此去经年

朱铁军　主编

中国言实出版社

图书在版编目（CIP）数据

此去经年 / 朱铁军主编 . –– 北京：中国言实出版
社 , 2017.1
　　（全民阅读精品文库）
　　ISBN 978-7-5171-2148-0

　　Ⅰ . ①此… Ⅱ . ①朱… Ⅲ . ①中篇小说—小说集—中
国—当代②短篇小说—小说集—中国—当代 Ⅳ .
① I247.7

中国版本图书馆 CIP 数据核字（2017）第 003943 号

出 版 人：王昕朋
总 监 制：朱艳华
责任编辑：蔡　玥
封面设计：水岸风创意文化

出版发行　中国言实出版社
　　　　地　　址：北京市朝阳区北苑路 180 号加利大厦 5 号楼 105 室
　　　　邮　　编：100101
　　　　编辑部：北京市海淀区北太平庄路甲 1 号
　　　　邮　　编：100088
　　　　电　　话：64924853（总编室）　64924716（发行部）
　　　　网　　址：www.zgyscbs.cn
　　　　E–mail：zgyscbs@263.net
经　　销　新华书店
印　　刷　北京温林源印刷有限公司
版　　次　2017 年 5 月第 1 版　　2017 年 5 月第 1 次印刷
规　　格　710 毫米 ×1000 毫米　1/16　14.75 印张
字　　数　227 千字
定　　价　40.00 元　　ISBN 978-7-5171-2148-0

出版前言

　　《特文学》系列丛书所编选的作品，均为 2006 年至 2016 年间《特区文学》杂志所发表的中、短篇小说，按作品的题材分为《岁里春秋》《人间烟火》《仕说新语》《此去经年》《五行八作》，共五卷，包含 24 位国内知名作家的 33 篇纯文学力作，这些作品大部分都在发表后被多家选刊转载，其中有获得各类文学奖项的，有收入年度选本的，也有被改编为影视剧本搬上荧幕的。

　　作为深圳特区唯一公开出版的纯文学期刊，《特区文学》杂志在打造"新都市文学、文学新都市"的办刊理念下，多年来较为倾向于涉及城市题材的纯文学作品，其中"深度叙事"与"质感文本"两个固定栏目，发表了一大批城市文学范畴的小说精品。因此在本系列书编辑之初，我们也以"叙事性、可读性、文学性"为选题宗旨，侧重于城市题材进行了作品的选择。

　　现下的时代，高度的科技化与商业化无时无刻不在改变着我们所生活的场域，城市生活在我们的世界中变得空前的复杂、新颖、多样，同时传播方式的不断更新迭代，也将传统的阅读方式推向了碎片化的趋势。信息的爆炸带给文学艺术的影响与刷新，也在悄然裂变。几乎每一天，我们都能接收到与素常认知更为不同的新事物发生。

　　传统文学随之也进入了新的时代。因此在当下的阅读环境与文学生态中，进行怎样的文本书写、怎样的艺术传达，不仅仅是作家与读者，同时也是编辑们所面临的选择课题。在本书编辑的过程中，我们着意选取了叙事角度特别、题材新颖特殊、文学性与艺术性具有较高水准，并保持着传统的纯文学作品优良基因与特别的阅读价值的若干作品。

　　因此，我们将本套丛书命名为《特文学》。我们希望通过这三十余篇异彩纷呈的中、短篇小说，为您开启一条重温与新识、质感与深度并存的、独特的阅读之旅。

编　者

目录

女人的四个愿望 /陈世旭

第一章　陈蓁

一

陈蓁咬咬牙："妈的，为什么不呢！"

天刚刚放亮，四处静悄悄。自行车已经绕着这个大院的外围兜了两圈，陈蓁还没有决定是不是停下来。

大院是有武装门卫的。顾长清很详细地告诉过她，到了门口，出示记者证，就说是电视台送审稿件的，急等着发稿，让门卫给他打个电话，就OK了。记住，一定要神色坦然，大大方方的。

"妈的。"她又骂了一声。不知道是骂自己，还是骂这个让自己心神不安的男人。

认识顾长清之前，陈蓁的印象是这位副省长好像更愿被人看作书法家，全省范围，不管走到哪里，从妇产医院到殡仪馆，从汽车站到和尚庙，从星级酒店到收费厕所，到处是他的题字。她那位李贺也操练书法，说顾长清的字根本就是狗屁，倚仗副省长的职位写字敛财罢了。在顾长清面前，李贺的态度是挺尊重的，背着人家立刻就恢复了本性。这种压抑后的发泄明显是有偏见的，在他眼里，除了他自己，天下也未必有书法家。文人写的叫文人字，军人写的叫军人字，官员写的叫官员字，都不入流，好像只有他这样十三不靠的才好叫书法家。陈蓁不懂书法，但她觉得顾长清的字不像马屁精们说的那样好，也不像李贺说的那样赖，就是看不出什么特点，更说不上才气，很一般的楷书，跟电脑上的标准字差不多，看过就忘了。在电视上见到的这位副省长，一脸孔圣人的君子像，望之俨然，即之也温，听其言也厉。文化界的几个头面人物肉麻地说是"貌之庄，色之和，辞之确，并行不悖，如良玉温润而栗然"。认识后才知道，男人就是男人，不管他们怎样的千差万别，本质都一回事。一切男人想要的这位副省长也都想要，一点都不会落下。

顾长清调来前就是副部长，传说他下派到地方，是准备接省长位子的——到这一届人大结束，省长就超龄了。因为最终局面未定，他没有把老婆孩子带来，自己一个人住在省长楼的一个大单元里，公开场合的风光结束，在这个大单元独自进出，照样是出门一把锁，进门一盏灯，跟所有的单身汉没有区别。有区别的是，他有许多单身汉没有的地位，只要他不想寂寞，就可以不寂寞。

他们认识还不到半个月。一帮企业老总开会，中间办了一台晚会，老总里面领头的指名请陈蓁去主持。演出完了，"副省长顾长清"被"请上台"，领着一帮大小官员跟演员合影。陈蓁事先没注意她照着名单念的这个人坐哪儿，她主持节目从来不注意台下的谁谁，更不会眼睛闪闪烁烁地搜寻最佳座位上的头头脑脑。顾长清上了台，她也没有在意，一直在跟旁边的人嘻嘻哈哈，直到顾长清走到她面前，握住她的手，她才一愣：这就是那些文化精英们说的"如良玉温润而栗然"的副省长啊。苍白，疲惫，好像还有些浮肿，满脸沟渠纵横，几根稀疏鼠须，笑跟哭差不多，挺猥琐的。

顾长清的手掌却是肉肉的，还挺温暖："小鬼，不错！"他握着她的手用力抖了一下，转脸问身边电视台的林太："叫陈蓁，对不对？""对的对的。"林太连忙回答，又对陈蓁说："刚才在下面看演出，省长对你评价很高。八个字：光彩照人，台风很正。我没记错吧，省长？""是的。"顾长清一直带着哭一样的笑容注视着陈蓁："我记住你了，陈——蓁。"说着，手又用力一抖，表明他对陈蓁的亲切绝不是敷衍其事。"你的名片呢？"一边的林太干着急。"我又不是名人，哪来的名片。"陈蓁说。"回头我把你的手机号给省长，你不反对吧？"林太说。陈蓁说："行啊。"顾长清好像什么也没听见，但手在松开前，使劲捏了一下。

陈蓁对顾长清一点好感也没有，林太明显的拉皮条味道也让人恶心。她答应林太也许是觉得没必要让林太面子上过不去，不管怎么说，林太总是她的顶头上司；也许是因为顾长清的那八个字挺让她受用，她不就喜欢听好话吗。现在她有些明白了，她的潜意识里是有所图的。

　　从林太临时安排的那个所谓机关舞会的第二天开始，顾长清就每天早上打一个电话过来。陈蓁晚上睡得晚，录好第二天早上的节目，回家差不多半夜了，接着上网，东南西北地一通QQ，快天亮了才蒙头大睡。枕头边的李贺不敢轻易惊动她，偏是这个电话不由分说。如果真是一种霸道——不管是倚仗副省长的权势还是出于一个成功男人的自信，陈蓁还说不准会有几分欣赏。但那浑浊低沉肉感的西北口音拖泥带水，还鬼鬼祟祟："你好……"就两个字，然后就是老半天黏黏糊糊的浊重喘息，让你感到一个老男人饥渴却又怯弱的在暗中的窥视，然后就挂断了。

　　一个有权有势却可怜巴巴的老男人。连李贺都看不起了："什么玩意，去会会他！"陈蓁说："这可是你说的啊，他要让我上了床你可别后悔。""上床？我看他就是个有贼心没贼胆、有贼胆没贼力的主。他真要有本事成为我的情敌，我认了。"李贺当然没有他嘴上说的那样洒脱，他有他的小九九："我倒是觉得不妨利用。"

　　李贺说着，把一只手臂伸到陈蓁的脖子底下。他们喜欢早上做爱。李贺每次都能把陈蓁折腾得高潮迭起。"怎么样？"他咬着陈蓁的耳朵不停地问。陈蓁醉眼迷离，嘴唇半闭半启，一句话也说不出。他得意洋洋，然后陈蓁蒙头大睡到半上午，他去卫生间洗漱一新，下楼，在小吃摊抓上一把馒头包子、一袋奶或豆浆，去他的省作协上班。

　　"利用？利用什么？"陈蓁一翻身跳下床，胡乱套上衣服，出门时重重地踹了一脚，门铰链那儿"咔吧"一声裂响。"妈的，利用？你以为我不敢！"下了楼，陈蓁一撩腿夹起自己那辆小跑车，恶狠狠地一踩踏板。

　　陈蓁现在最不想看到的就是李贺那张小白脸，听他臭美的哼哼唧唧"战斗的岁月多美好！"他把那事叫作"战斗"，居然给那句话谱上曲当歌唱，好像他这辈子最大的成就就是床上那点事。以前还不觉得，现在想起来真是反胃，没劲透了！

　　小巷两边挤满了最简陋的排档，地上昨夜留下的污油浊水横流。开排档的是当地失去土地的农民，赚的是马路对面大学穷学生的昧心钱。陈蓁整个大学四年也是这里的常客。车子滑出脏兮兮的窄巷，清新的气息扑面而来。城市难得的清静尚未消失，早班公交车和早起的货车刚开始出动，街两边只有三三两两的行人。

城郊的这个湖是城市扩建开发成风景区的。除了自己的那个悠哉台，这里是这个城市中陈蓁最喜欢的地方。大学毕业分到单位之后，她常来。白天有时间她会带本书在那儿一待一整天。去得最多的时候是晚上，找棵树靠着，在草丛里坐下，面对着在黑暗中闪着微光的湖水，胡思乱想，或者什么也不想，就那样静静坐着，听越来越少的人声和远处汽车的响声，听风声、水声、树叶的沙沙声、一会儿这里一会儿那里的虫鸣声。常常待到天亮。后来去了北京，又因为李贺从北京回来，她就几乎荒疏了这里。偶尔路过，想着什么时候再来坐坐，终没有兑现。

这么早，湖边那些晨练的老头老太太早就注意到这辆孤独的单车、这个孤独的年轻女人了。让他们瞎琢磨去吧，陈蓁把单车放倒，抱着腿坐下来。顾长清后来在电话里有意无意地问过她的作息习惯、日常爱好之类，听说她没事常到这个湖边看书，说："好哇，我也常去那儿散步的。"如果他真像说的那样来这儿散步，他们偶然邂逅，那又是另一回事了。

二

大四上学期，省电视台就有人来鼓动陈蓁："毕业去我们卫视，我们就缺你这样的文艺节目主持人。"当时他们看了她主持的高校晚会，一个个很振奋，恨不得她第二天就去他们台里上班。可他们都是扛大活的编导摄像，没一个说话能算数的。毕了业，她去省电视台应聘，那班兄弟好说歹说，费了九牛二虎之力，她才好不容易进了一个自负盈亏的栏目。每天的主要业务就是陪各类官员老总上饭局，下歌厅，目的是让人家当他们栏目的广告主。陪了几次，她越想越不对头，先是给林太写了封措辞尽可能委婉的自荐信，等了几天不见回音，有一天上班直接去了林太办公室。

林太正在听电话，对陈蓁的擅自闯入很不高兴，皱起眉头做了个轰苍蝇的手势。陈蓁稳稳站在屋子当中，毫不动摇。她是来找领导谈工作的，领导有责任接待她。况且进门时她已听见，林太那个电话谈的是不久前在国外旅游时他们中的某个人闹的一场笑话。

"你有什么事？"林太总算放下了电话。

"想跟您谈谈。"

"我看过你的自我推荐，不就是想当主持人吗？"

"是这样。"

"你是不是把电视主持人看得太简单了？以为就是你在大学的那个学生舞台？"

"所以我要请求领导给我成长的机会。"

"机会会有的，但是现在不可能。我说的'现在'就是此时此刻，我不会给你任何答复。请你遵守起码的纪律，回去上班。"

机会很快就来了，这机会根本不在林太的掌控之内。

厅办公室主任直接把电话打到他们那个栏目的办公室，找陈蓁。这是从来没有过的事。一般情况下，找一个普通记者，不会由主任自己打电话，即便打，也会打给栏目负责人转达。

除了应聘和报到接触过相关的人，陈蓁对厅里的行政部门很生疏，也不知办公室主任是何等级，就像接一个客户的电话："你好。"

"是陈蓁同志吗？"

"太夸张了吧？"陈蓁大笑起来："就是陈蓁，还同什么志。"

"厅长让你到他办公室去一趟。"对方依旧小心翼翼。听起来是把陈蓁当成姑奶奶了。

"厅长？"陈蓁纳闷："厅长找我干吗？"

房间里早静下来了。看陈蓁还在那里磨蹭，有人说快去吧，瞎琢磨什么，肯定是好事。陈蓁"噔噔噔"地走到门口，忽然想起来："各位能否指点一下，厅长办公室在哪幢哪层哪间、门朝哪开啊？"

主楼大厅有一个巨大的电子屏幕示意图，机关所有的部门标示得一清二楚，只是之前陈蓁从来没有留心过。

厅长居然对陈蓁到电视台半年来的表现颇为了解，甚至知道陈蓁每天到得最早，拖地，抹桌椅，打开水，其他同志的办公桌也不落下，虽然工资不高，但救灾的捐款最多，等等。

陈蓁眨巴着眼睛，很快就觉出厅长是在绕圈子，不知天高地厚地说："厅长不会是专门让我来听表扬的吧？"

厅长笑笑，也就不再拿腔拿调："我听说你写了封自荐信？"

"是的！"陈蓁一下来了劲。

"厅里打算考虑你的要求。我们知道你在大学就是一个很出色的文艺节目主持人了。"

"真的吗？"陈蓁从沙发上跳起来。

"当然。"

厅长满脸是长者的慈祥："人才难得。希望你好好干。"

"我会的，一定！"

"那好吧，你先回去上班。调动手续有关同志会给你办的。"

从厅长那里回来，林太居然在陈蓁那个栏目的办公室门口守候她。见到陈蓁，她快步迎上去，一把揽住陈蓁的腰："走，去我那儿坐坐。"

妈的，这就叫时来运转吧！陈蓁想。

"坐下坐下。"林太亲亲热热地把陈蓁按在她办公桌前面的软椅上，她显然在这之前已经知道了厅领导的决定："这下你高兴了吧。别忘了你的自荐信是我交给厅长的哟。"林太忽略掉了是厅长先打电话过问陈蓁的情况、她琢磨出了厅长的意图才送过去的。

"林台不瞒你说，我还真说不上有多么高兴。倒是纳闷，一封自荐信会那么灵吗？"

"真是个人精。"林太说，"有人帮你说话了。"

"谁呀？那不就是你吗？"

"我倒希望是我。可我有那么大影响力吗。"

"那会是谁？"陈蓁想不出自己周围从哪儿会忽然跑出个什么贵人来。

"别装傻了，你不该瞒我的。"

"我瞒你什么了？"陈蓁给林太说得丈二和尚摸不着头脑。

"左兵！"

"左兵？"

"你们在大学不就好上了吗？"

"林台你说什么呢！"

"左兵不是厅长的儿子吗？你会不知道？"

"林台你越说我越糊涂了，我是真不知道啊，厅长不姓左呀。"

"你这么说，我有点相信你了。左兵随他母亲姓。"

"原来这样……"陈蓁长出了口气。

"不管怎么说，你的命是真好！"林太的口气酸酸的，"我当初为得到这个位置付出了怎样的代价，你根本不能想象。"

消息比风还快。整个广电系统舆论哗然：厅长不是在找主持人，是在找儿媳妇。厅长已经到点了，办这点事自然用不着太多顾忌。

多少年后陈蓁才知道，事实跟舆论相去十万八千里。那年春天，左兵带着他的第一小提琴女友出国留学，行前跟父亲说起了陈蓁：陈蓁是个要强的女孩，是个好女孩，却又总是不顺。希望父亲能够对她有所关照，不是特殊照顾，只是正确使用。这样的女孩不需要恩赐，但需要赏识。她是值得赏识的。左兵那时候已经知道了陈蓁毕业前跟她系里的教授王守信之间的那一场风花雪月，他没有告诉父亲，因为没有必要。以他对陈蓁的认识，当时学校里沸沸扬扬的各类传闻大多是不负责任的，不管怎样，陈蓁都只会是受害的一方，与品行无关。

陈蓁的父母这辈子最大的一致，就是要求自己的女儿和儿子长大成人后一定要凭本事吃饭，要硬气，要有人格，决不要丢掉做人的起码尊严，不要依附任何人，尤其不要依附权力和金钱。陈蓁几乎被所有人都看成是绝对的时尚女孩，随时都有可能做出惊世骇俗的事来，如果不是她自己那么不可理喻地犯傻，谁也不会相信她骨子里会留着这么老派的观念。

"我哪儿也不去，就在原来的栏目。"变换她工作的正式文字通知下达的那天，陈蓁找到林太，把那张通知放到她桌上。

"为什么？"

"我觉得耻辱。"

"耻辱？怎么是耻辱？"

"我不想做谁的儿媳。我只想做我自己。"

"原来如此。"林太笑起来："你是给那些风言风语吓坏了。这可不像你哟。"

"请尊重我的决定。"陈蓁一点不想笑。

"我劝你慎重些，好好想想。厅长很快就办离休了，后面的事就谁也说不准了，也许过了这个村就没这个店。"

"随便。"陈蓁自以为很干净，其实不然。等大家知道了左兵的出国，她就成了一个被抛弃的可怜虫。

三

一块小石子激起的涟漪很快平静。栏目组的一切又恢复了原状。大家都安了心，不必对一个同事侧目或仰视。林太又回到原来的林太，不必老远就喊一个普通员工的名字并赶过去搂她的腰。而陈蓁则继续着每天陪各类官员老总上饭局，下歌厅，为的是让人家当他们栏目的广告主，直到忍无可忍。

而今有几个官员老总是省油的灯？大把的权利和钱攥在手上，帮谁不行？吃饭喝酒唱歌跳舞不过是序曲，高潮永远是在床上，你不让他达到目的，他能让你达到目的？

多少讲点品位的也许会有几分含蓄，约个有情调的酒吧，隔着一只飘浮烛光和花瓣的水晶碗，一人握一盏高脚杯，在远处水幕墙下传来的隐约散漫的钢琴声中，海阔天空地跟你谈人生，谈社会，谈他的个人感伤和国家忧虑，更出色的还会谈谈颓废和唯美，然后开车送你回家，临分别前情意绵绵地说一声"真希望今夜永恒。可不可以抱抱你？"如果可以，下次见面的地方就是他预先开好的宾馆房间。

更常见的干脆就是赤裸裸让你开价。这些人还未必都是想象的那么粗俗，甚至有一些可以说相当杰出，他们对人性的穿透比常人更加尖锐而且深刻：身体就是一种资源，不同的只是提供的品质和随之产生的价值。交易？很对。交易不是商品社会的特有本质，人类生活从一开始就是交易。人们付出自己的智力、体力乃至声音、姿态，总之是本身所具有的种种，逐一谋求并满足马斯洛所说的五大需求，整个过程都是一个交易的过程。其中唯一需要解决的问题只是意愿的是否对等和结果的是否公平。

厌倦工作的陈蓁向林太提出想来京进修的时候，林太没有反对。

学院给的那个进修名额的主要对象是电视节目主持人，林太说："你我之间有什么不好说的，何况你是自费，台里还不用发工资。"陈蓁当时哑口无言。她并没有说自费，更没有说可以不要工资。在她之前，台里所有进修的人都没有听说自费和停发工资的。陈蓁睁大眼睛看着大班桌后面笑吟吟的那个女人，整张脸像蒙着一张精心描画的面具，在脖子和锁骨那儿现出明显的分界。因为要努力保持口型，不使嘴巴大张而增加面部的皱纹，笑容很僵硬；因为要躲避，眼神有些找不着焦点，显得无耻。

　　她其实不必这样心虚的，谁都知道她是因为"上面有人"才从主持人成为了"林台"，又最终成为了"林太"。因为"上面有人"的色情意味，后一种称呼意义较为复杂，有阿谀，也有揶揄，但她本人喜欢。看来她还是少一点底气，到底是一个过气的女人。陈蓁居然有了一丝同情。

　　"保持联系，我会想你的。"林太的声音依旧像年轻时那么诱人。"当然。"陈蓁淡淡一笑。出门的时候，陈蓁已经变得愉快。钉了掌的马靴在走廊上响得像一连串哒哒的马蹄声。那时候她想，一旦走出了这里，她就再也不会回来了。相对于这条逼仄的走廊，她将要奔赴的天地是太高远了。

　　陈蓁没有告诉老妈自己离开原单位将要自谋生路，她不想让她为自己担心。如果老爸在，她有可能告诉他。他是天生的乐天派，无论对自己还是对女儿都永远不会有忧虑。她从小骑在他的肩头，长大了——直到大四——骑在他的自行车后架，跟着他满世界乱跑。他是摄影发烧友，一有空就背着一架破相机带她周游列国，不到身无分文不回家，常常嬉皮笑脸地在私下里讨回他先前给她的零花钱。他们不像父女，看起来更像两个形影不离的忘年的情人。她对他无话不谈：某次考试吃零蛋，初潮，以及第一次对一个男孩动心。她上了大学，不管她是不是在上课，他不时地就给她来条短信："滚滚长江都是酒，酒精淘尽英雄……"之类，像个调皮捣蛋的坏男孩。但这个也许是她今生世上最亲的人不在了，从机关退休下来的头一个月，他欢天喜地地背着行囊从川藏公路坐车进藏："我去朝圣"出发前他打电话到大学来，说要带好多西藏的照片回来，馋死她。本来说好了就是这个学期的暑假她跟他一块去的，但他等不及。他在进藏前遭遇了大塌方，再没有回来。

　　老妈心硬如铁，不允许家里的任何人再踏上那条"朝圣的路"。他要朝圣就让他独自在那里的大山沟待着，我不能失去了丈夫，再失去女儿和儿子！老妈脸色铁青，但没有泪。老妈是爱老爸的，但在骨子里始终没有接受老爸的快乐哲学，为他的从来不思进取遗憾——坐了一辈子机关，到退休连个科长也没有当上。这种说不出的气恼也很自然地转嫁到陈蓁身上。一讲陈蓁，就说都是给你爸带坏了，自由放任，老是自作主张！

他们家两代人的男女角色定位其实应该调过来：老爸是慈母，老妈是严父；女儿像男孩，儿子像女孩。当了一辈子中学数学教师的老妈把日子过得像计算机一样精确，每天必须喝几杯水，食用多少精粮、粗杂粮和肉类水果蔬菜，有多少健身时间和睡眠时间，补多少钙和维生素，等等，务求分毫不差。丈夫去世后，她把全部心思都放在了儿子身上。儿子凡事都问过老妈再做，好像永远断不了奶。考上了外地的大学，老妈直接就去那个城市租房，好陪着她的宝贝儿子。承担这样的开销，她的退休金自然有困难。为此陈蓁每个月按时或多或少给家里寄钱，太少了，就在电话里嘻嘻哈哈说一声"对不起，这个月又没管住自己的大手大脚。"

陈蓁到北京后，一面在学院上课，一面在一家民营的文化公司打工。学院在通县，那家公司在京西，跑一个单程，中间换三次公交车，得两个多小时。上午上完两节课立刻就疯一样往那边赶，晚上学院有讲座，又在晚饭的时候啃着面包往回赶。既然来了，她就一点机会也不肯错过。在大学学的是中文，主持节目只是玩票。真想象模像样地拿下一个电视节目主持，不受点系统的专业教育还真不行。她在那家公司的工作就是在电脑上录入书稿，书稿不能带出公司，报酬按工作量计算，她一分钟也不想浪费，双休日也全部泡在那儿。她相信自己能在北京待下去并且最终得到期望的发展。台里没有一个人来京出差顺便看望过她，也从没有人跟她联系，他们也都相信她再不会回去。真像人们说的人间三薄：纸张、人情、避孕套。她偶尔会愤愤不平。但是她也没有主动跟台里的任何人联系，她不想让人感到她的无助。

所有这些，陈蓁都咬牙忍着，她只是没有想到，没人帮她也就罢了，却会有人这么没完没了地要求她的帮助。

陈蓁每次将近半夜打工回来，如果房间里的另外两位大小姐雪儿和梅子不在，她就得花好一通时间收拾房间。那两位走出这个房门的时候永远跟T台上的模特一样神气活现，谁也想象不出她们的房间会邋遢成这种样子：床永远乱得像鸡窝，桌上永远有长了毛的剩菜剩饭，极小的卫生间，塞满了她们的大盆小桶，里面堆满了已经沤出怪味的胸罩、丝袜、底裤，甚至卫生护垫。她给她们叠床，涮碗，归置桌子，清洗卫生间的那一大堆乱七八糟，倒垃圾，拖地，最后是清洗自己，到上床的时候，差不多累得贼死。她从她老妈那里继承了洁癖，不把房间弄个彻底清爽，就是累死了也睡不了觉。

那两位尽情地享受她，说："我们是婴儿，蓁姐是保姆，我们在蓁姐面前没有秘密。""在任何一种异乎寻常的美后面，都可能有不堪入目的现实真实"，陈蓁板着脸说。寝室里正传看着《阿娜伊斯·宁日记》，可气的是她们也许有阿娜伊斯·宁的真实，却没有她的优雅。"我们没有异乎寻常的美，有异乎寻常的美的是你"。她们乱笑。陈蓁对她们毫无办法。

如果回来时她们在家，哪怕只有一位，那就更会是一场灾难。她们永远有向你倾诉不完的快乐和苦恼。

雪儿来学院前刚跟东北老家的男友分手。他们在老家那个地方电视台是同事，雪儿给陈蓁看过照片，那男的贼眉鼠眼，不知是怎么把雪人儿似的新闻主播搞到手的。最让雪儿想不开的是居然是他抛弃了自己。那瘪犊子扔下摄像机跑到南方去做生意，居然泡上了款姐。雪儿一咬牙打了胎就上北京来了。"我才不给他生下那个小瘪犊子呢！"她恨恨地说，好像这能给人家多大的惩罚。她可以整夜整夜地一会儿咬牙切齿，一会儿哭天抹泪，反反复复地追问："蓁姐你给说说，我咋就这么倒霉呢？"

梅子则相反，幸福得像盛开的花儿。她老家在南方山区，初中没毕业，家里就不让读书了。起先跟着亲戚到她们那个市的一家餐馆当服务员，被那个市的广电局长看中。局长常常带客人来，每次都指定要她服务的那个包厢。这些人多是记者演员，吃喝起来牛哄哄，没完没了，花的都是别人的钱，买起单来毫不手软。老板很高兴，认梅子是摇钱树，常有红包鼓励。她为此对局长有了感激。局长对她很尊重，在她正式答应之前，从没有在饭桌下对她乱摸乱掐过。好上之后，局长决心把她培养成大学生，就送她来北京了。怎么办的手续，花了多少钱，她一概不知。局长每次来京，她就去他住的宾馆住几天。每次回学院，从的士下来，手上都拎着大包小包。局长出手很大方，局长说："你是我的心肝宝贝，你是我的命根子，比我的命根子还宝贵。我活在这世上，没有你，一点意思也没有。花钱算什么，堆座金山把你供起来也不为过。"

"一个女人活一辈子，图什么？"梅子说："不就图个知道心疼你的男人吗？像我妈那样，整天蓬头垢面，破衣烂衫，一辈子只知道受苦，我爸从不晓得给女人一个好脸子，喝了酒就往死里睡她，不乐意了就往死里扁她，那也叫活？那是活受罪！"

雪儿说话就像热锅炒豆子，嘎嘣脆，再伤心的事说起来也像报喜似的，尽管没完没了，你好歹能听下去。梅子说话絮絮叨叨，回回转转，不知哪是头，也不知哪是尾，你非得要仔细听着，边听边琢磨才能听出个头绪。陈蓁一坐下来眼睛皮子就打架，她根本不管。你要睡着了，她会推醒你。今天让你看钻戒，明天让你看项链，不是炫耀，是请教："这东西是真的吗？真有那么值钱吗？"要不就在被窝里摸摸索索，好半天一声不响，你以为她总算放过你了，她却忽然出溜出来，晃着一身蕾丝，问："他说我穿这比什么都不穿还让他兴奋。真的好看吗？我怎么觉得丑死了？"她问得最多的是该不该马上答应嫁给那位局长。她心里其实已经定了，但她担心他是不是真的会娶她。那位局长比她父亲还大两岁，但这没什么，就怕他到时候变卦，他说等她进修结束，在电视台给她安排好工作就跟他结婚。这之前他还得和家里那个黄脸婆子离掉。

一个学期没到头，雪儿和梅子的日子却又莫名其妙地掉了个个儿。

梅子那天上午走之前说一个星期后回来，她老公——就是那位局长——这次来京，要跟她一块采购他们的结婚用品，但是当天晚上她就丧魂落魄地回来了。陈蓁正在拖地，梅子一进来就一头扑在她怀里，脸色惨白，一头冷汗，浑身颤抖，牙齿格格作响："本来好好的，可是，本来，可是，好好的……"

他们逛商场的时候，一直好好的，完了踏上一个下楼的滚动电梯，那位局长往后一仰。梅子以为他没站住，还想笑他不如她这个山里人，马上就发现他两眼发直，整张脸都吓人地扭歪了，手上抓着的东西散落在电梯的台阶上。梅子的手也一下松开，猛然捂住嘴巴，不让自己发出声音。然后腿一软，就不知怎样的从电梯上滚落了下来，跑出商场，跑上大街，拦下一辆的士，直接跑回了学院。

那位局长后来的消息是从一张小报上看到的：某日某商场一男子中风倒于滚动电梯，热心者迅即拨打120，但抢救人员赶到时该男子已因颅内大出血死亡。局长这次来京的理由照例是因公出差，所住宾馆以及商场虽有监控，但有关单位一时难以确切知道梅子的存在。

陈蓁每天都不得不面对梅子那双惊恐的眼睛和不停地追问："他们会来抓我吗？会吗？""我还在这里上学吗？往后去哪儿？"不管你怎么回答，

她依旧只是颠来倒去地问同样的问题。

跟梅子相反，雪儿迎来了自己灿烂的春天。她的眉眼、嘴角、声音，一举一动，都让你觉得她随时可能溶化掉。她每天出门进门都光彩照人，艳香扑鼻，一脸媚态。她越来越频繁地跟一个叫杰克的外国留学生在外面过夜。她时常从包里翻出些领带卡、男内裤之类的小物件让陈蓁过目，说是回赠给杰克的。杰克出手牛气，而且付的都是美元。哪像原来那瘪犊子，整个一个抠屁眼嗍指头的货，好了那么些年，连个裤头也没给她买过。她回赠杰克，是表明发生在他们之间的是一场爱情："咱可不是做鸡。"

每天听着这些，陈蓁真是很累。有时候心里会很气。她们只是需要她，没完没了地向她倾诉，她们有没有想过，她也是个女人，她也有心事，她也需要倾诉，也需要人倾听？她也一样有欲望、有冲动？她的乳房一样会有肿胀，盆腔一样会有灼热？她的手一样会有抑制不住的抚摸？她们关心过她吗？不论是分担忧愁，还是分享快乐？她们把她当成了非男非女的中性人，或者干脆就是泥塑木雕。她们从来没有想过，她们鸦雀一样聒噪不休地面对着的这个女人，这个看上去骄傲、独立、能干、永远不会没有主见的女人，内心是多么孤寂荒凉。唯一过问她生活的是母亲，但她在电话里问的永远都是"苹果是否每天吃了，如果不削皮——最好不削——是否用盐水洗过？"之类。谁也没有用心体察过她内心深处的无边空虚。她每天迫使自己无休止地劳碌奔波，除了生存，就是为了填补这种空虚。

她们根本不会去想象，她也可能有过深重的惨痛。

四

过了多年，陈蓁一旦想起王守信，还是止不住会不寒而栗。这种恐惧的原因，与其说在王守信，不如说在自己。

王守信教授是陈蓁在大学见到的那种最典型的冬烘先生，仿佛是上世纪二十年代留下的一个那种类型知识分子的标本。矮而胖，肩膀一高一低，任何衣裳穿在他身上都像是刚从旧货市场捡来的便宜货。脸色黑黄，眼睛小而呆滞，隐藏在酒瓶底似的近视眼镜后面。他专长《文心雕龙》，在那个学术圈子里好像还小有名气。可惜在课堂上却没有学生缘。大学读到研究生毕业，却一句普通话也说不利落，一口家乡土话没有几个人能听明白。又特怕别人不知道他有一肚子学问，一开讲就声嘶力竭，脸红脖子粗。《文心雕龙》讲如何作文讲得面面俱到，要想在选修课有限的课时里讲清楚还真不容易。看看下面一教室学生心不在焉，便拼了命写板书。黑板是可以升降的，写完上面一层，下面还有一层。因为恨不得要把教案都写出来，字就写得小，密密麻麻。除了他自己知道写了些什么，下面的学生根本就看不清楚。往往等他写板书告一段落，回过身来，教室里剩下的学生早已是寥若晨星。

陈蓁永远是坚持到下课的一个。她从小就受到老妈关于师道尊严的反复教训，把一切老师都当作老妈来服从，即便是表面的服从。她在电话里跟老妈讲起过这位可爱的王教授。老妈厉声说："不许用这种口气提到老师，不管怎样，认真听课是学生的本分，是最起码的教养。"但陈蓁无法不为王教授悲哀。每次上王教授的课，她都会想起老爸给她讲过的一个笑话：一个说书的说到最后，只剩了一个老太婆。说书的很感激。老太婆说："我在等着搬回你搁茶碗的那张桌子呢。"王教授比老爸至少小十岁，可老爸那是什么劲，六十岁的人，三十岁的活力。如果论精气神，老爸至少比王教授小十岁。王教授一脸晦暗，走路从来抬不起头。因为讲课不受欢迎，正教授连着报了几年都评不下来。

"谢谢你！"有一回下课，王教授还真像那个笑话说的对最后一个走出教室的陈蓁说。"我有什么好谢的？"陈蓁觉得搞笑。"我看你是个秃须动儿。"王教授说。陈蓁语言天赋不错，"秃须动儿"她马上就判断出是"读书种子"："我？读书种子？王教授有没有搞错啊。""本科毕业，考研，跟我学《文心雕龙》吧。"王教授一点没有开玩笑的意思。"好哇，只要王教授愿收我当女弟子。"陈蓁坏笑着看着王教授，他越严肃越显得幽默。

她知道他早就注意到自己了。从小到大，她从没有被人忽视过，不管男性还是女性。小时候，见了她的人总忍不住在她脸上掐一把。小学，领头献花献辞、当小天使小仙女，除非她生病了，否则不可能找别人。中学，男孩子老是在远处偷偷看她，一旦被她发现，脸就通红。大学，就更不得消停。短信、小纸条、长篇书信，没完没了。她几乎说不上有那种无话不谈的女性朋友。多数认识她的女性，要么疏远，要么瘪嘴，要么亲热得要死要活，转身就不知会说出多么难听的话，要么像她老妈，她还没有开口，早就准备了一堆教训在那里等着。

这个王教授看上去挺窝囊的，却不是糊涂人。陈蓁在课堂上早就发现，王教授常常只是对着她一个人说话，并且常常会莫明其妙地走题。正举着杨雄骈文的例子，忽然扯到了宋玉的头上："其形也，翩若惊鸿，婉若游龙……仿佛兮若轻云之蔽月，飘飘兮若流风之回雪。远而望之，皎若太阳升朝霞；迫而察之，灼若芙蕖出渌波……余情悦其淑美兮，心振荡而不怡。"抑扬顿挫，长吁短叹，老半天回不来。好在他说什么大多数人都不明不白，只有陈蓁瞎子吃汤圆心里有数。陈蓁的坚持听课，王教授一定以为是对他才华的认可，不知道是出于礼貌甚至同情。

　　"就这样讲定了。"王教授站住，看定陈蓁，眼睛放出从未见过的异样光彩。

　　陈蓁第一次进王教授的家，是因为王教授的太太朱春燕。

　　朱春燕是她们那个年级的辅导员，四十出头了，跟她们二十郎当的本科生打得火热，穿着打扮、行为做派都跟她们力求一致，跟几个喜欢的走得特别近。一伙人疯疯癫癫去一家正时兴起来的号称"绝味"的鸭脖子店打牙祭，的士司机问去哪，一伙人乱叫乱喊："去吃鸭！懂不懂？你们喜欢吃鸡我们喜欢吃鸭！"其中朱春燕的声音往往最尖最响。

　　陈蓁起初以为朱春燕没大没小地跟她们混，是为了联络感情，便于开展工作，后来发现，她根本就不觉得自己和她们有年龄差距。她对陈蓁的欣赏毫不掩饰，从化妆品到衣服，都跟陈蓁亦步亦趋。陈蓁洗澡前盘拢了披肩发，因为已是晚上，懒得放下来，她马上就啧啧叫好，第二天你就可以看见一个盘拢了头发的朱春燕；因为打扫房子，陈蓁翻出了一条从不在公开场合穿的下摆齐大腿根的无袖短裙，她看见了，死活缠着陈蓁帮她上街再淘一件。几乎到了东施效颦的地步。这让陈蓁很不自在。同为女人，又是师长，她真不愿意看到朱春燕出丑。

　　"有些话，我们说，朱老师你别说。"陈蓁终于忍不住说出了口。她一直都想说：有些衣服，我们穿，朱老师你别穿；有些口红，我们用，朱老师你别用；有些玩笑，我们开，朱老师你别开……"我怎么成朱老师了，不是春燕姐吗？"朱春燕觉得奇怪。陈蓁也就没什么好说的了。

　　那个星期天，朱春燕非拉着陈蓁上她家，让陈蓁看她的衣柜，帮她决定，哪些留着，哪些捐掉，学校正在组织向贫困地区的捐助。中午在饭桌上，陈蓁看到了王守信教授，这才知道他们是两口子。此前，她只知道朱春燕的丈夫也在中文系，不知道就是王守信。朱春燕从没有提到过这个名字。王教授的课是选修课，上完课就走人，平时没有交道，谁会管他太太是何许人。

午饭是王教授做的。一上午他都猫在厨房里，直到把饭菜端上桌。看到陈蓁，他很客气地点了点头，说："你好像听过我的课，是中文系的吧？"不等陈蓁回答，朱春燕就说："这是我小妹，你问那么多干什么？"王教授低眉顺眼，老实坐下，闷头吃饭，再不多嘴多舌。吃完了，朱春燕让陈蓁跟她坐到沙发上喝茶，一张碗盏狼藉的桌子，让王教授去收拾。陈蓁几次站起想帮着做点什么，都让朱春燕及时扯住："别管他，平时都是我伺候他，他也该伺候伺候我们。"

陈蓁后来知道，朱春燕平时也并没有伺候王教授。王教授在朱春燕面前就是一个被使唤的下人。她在陈蓁这样的学生面前都从不隐讳对王教授的蔑视："才不才，貌不貌，莨不莨，莠不莠，过半百了，还是个副教授……"每次说到这里，朱春燕就眼泪汪汪，满腔委屈。每次王教授都缩在书房里，一点动静没有。陈蓁多少有些尴尬，不管怎么说，王教授教了她的课，还对她挺赏识。朱春燕可以对丈夫发横，自己却不可以对老师不尊重。但不论她怎样力图回避去她家，每次都抵不过朱春燕的生拉硬拽。朱春燕从不为吃醋操心："这样的狗屁教授，谁能看上？也就是我罢了。"

王教授在家里的地位，让陈蓁想起老爸。老爸在家里也是一切听从老妈，老妈说是庙他就磕头，老妈说是油他就点灯，从来说一不二。但老爸那是快活，老妈把他当大男孩养着，他乐得享福。老妈唠叨完了，他自己该干嘛还干嘛。王教授的惧内，却是一种彻里彻外的被贬低，被压抑，他的忍气吞声，让人很难不同情。

但仅仅是同情，并不足以解释，陈蓁怎么会那么轻易地就向这个人交出了贞操。如果他是那种年轻气盛、魅力十足、头衔一大堆的男教师，那种笼罩在玫瑰色梦想中的青春少女的绝命杀手，以她当时的幼稚和率性，她有可能走火入魔。但情况正好相反啊。

出事是在大四下学期。

得到老爸的噩耗，陈蓁就像是死过一回。一连几天，她直挺挺地躺在床上，不吃不喝，不声不响，别人都以为她要以这种方式去找她老爸。正好王教授去外地参加学术会议，朱春燕不由分说，让几个学生帮着把陈蓁弄到自己家里。"我反正不会给他生孩子，就当你是我女儿。谁让我们姐妹一场！"朱春燕一腔热诚，每天尽心尽意地管着陈蓁的吃喝拉撒睡。陈蓁总算是缓过劲来。但是朱春燕说，他没回来，你不准回宿舍。就算是陪我吧。

错误应该是从接那个电话开始的。那天晚上，朱春燕去参加一个学生社团的活动。陈蓁半躺在床上懒洋洋地翻书，床头柜上的电话忽然响起，她以为是朱春燕不放心自己，抓过话筒，却是王教授的声音："怎么是你？"

"对不起……"

"她呢？"王教授夫妇提到对方都只用代称。

"参加学生活动去了。"

"那回头请你转告，我这边会议加了个旅游日程，要晚几天回来。"

"好的。"

"你睡在我们家吗？"王教授迟疑了一会儿，问。

"是。"

"那好那好。"

"王教授，我爸死了……"

"你说什么？"

"我爸死了……"

陈蓁啜泣起来，不知为什么，她忽然有了向一个男人倾诉的冲动。她就那样向话筒那边的王守信抽抽噎噎地说着，不管对方有没有回话，直到声音嘶哑了，软软地放下话筒。

半上午，雨后初晴的暮春的阳光，明晃晃地照在窗玻璃上，有鸟儿在窗外的浓绿的树冠里啾啾跳跃。朱春燕去系里上班了，她一走陈蓁就开始收拾屋子。王教授隔天就要回家，她无论如何不能再待下去了。吃早饭时跟朱春燕说起，她还是一连声说："不行不行不行，你不完全恢复我绝不放你走，他就是回来了，我也让他去别处待着。"陈蓁拿定了主意，不再争论。

才几天工夫，没有王教授的家被朱春燕弄得到处凌乱不堪。陈蓁打起精神，一心要把屋子收拾得比她住进来前还整洁。朱春燕在家里一向油瓶子倒了都不扶起，这几天也是难为她了。陈蓁看不顺眼的地方比比皆是。

她对收拾和整理有一种偏执的爱好，从来都让自己待着的地方井井有条，一尘不染，还情趣盎然。尽管老妈让她逆反，她却摆脱不了老妈的影子。

　　她干得很起劲，完全没有听到开门的响动。等她感觉到有人走进了屋子，一切都晚了。

　　王教授黑乎乎地站在她身后，眨着充血的小眼睛，"呼哧呼哧"地大口喘气。而她，身上随便套着一件T恤，几乎光着。肯定只有自己一个人干活的时候，她喜欢光着，这样可以无拘无束，放手放脚，大干一场。今天因为到底是在别人家里，她才套了那件T恤。

　　王教授没有参加他在电话里说的那个会议增加的旅游，按原定时间回来了。一个让他心仪的学生遇到这样的不幸，他还有心思旅游，岂不是狼心狗肺？随后的局面，陈蓁完全不知所措。王教授直逼过来，一点一点地把她按倒在她刚刚擦洗过的地板上。她没有叫喊，也没有挣扎。在一阵尖锐的撕裂的痛楚之后，她觉得自己进入了一个完完全全另样的黑暗世界。

　　血出得很多，在光洁的地板上缓缓滑动。

　　"对不起……"王教授惊惶地看着那摊血，嘟哝。

　　"你要对我好。"陈蓁大大的眼睛木然地看着上面的吊灯。

　　"我会的，我会的，"王守信认错似的直点头："我来带你读研，带你修《文心雕龙》，让你一定成器……"

　　"跟《文心雕龙》没有关系。"陈蓁漠然说。

　　跟什么有关系？陈蓁一时也说不清楚。她几乎是在一瞬间就结束了处女时代，成为一个女人。那一瞬间来得那么突然，那么猝不及防，那么毫无准备。之前，她有过那么多的怀春的憧憬，从来没有想到过那一瞬间的出现会像现在这样缺乏美感。

　　"亲亲我。"陈蓁不甘心似地呢喃。已经半坐起来的王守信重新俯下身体，但他抑制不住自己的紧张。突如其来的风暴过去之后，他已经完全清醒。朱春燕随时有可能回来。

　　"起来吧。"陈蓁轻轻别过脸，脱离开王守信哆哆嗦嗦的嘴唇。

五

　　要完全得到一个女人，必须经过阴道。这话在某种意义上是不错的。王守信后来的约会，陈蓁从来没有拒绝。他事先给她发个短信——空白的，一个字也没有，她就去了。每次都是在家里，他给她配了钥匙。

这个家陈蓁现在来得很勤。朱春燕只要在家，就一定拉上她，说："一天不见你我就像掉了魂。"楼道的人开玩笑说："你们是亲姐妹还是同性恋啊？"朱春燕说："比那还过，应该是连体人。"这让陈蓁在这里的出现成了常态，有日子不见反而是怪事，会有人问朱春燕："跟你那个连体怄气了？"

朱春燕是个感觉粗糙的女人，又把王守信看得那么一钱不值，除非亲眼看到活生生的事实，否则什么也不会猜疑。王守信一如既往，只要朱春燕在，他永远是闷声不响，做牛做马，任劳任怨。陈蓁起先有些惊讶自己，在这个家进进出出，怎么会那么平静，那么理所当然，那么没有愧疚？似乎已经发生的那些是本该如此，早已注定了的。后来就渐渐坦然：她没有什么对不住朱春燕的，朱春燕并没有失去什么，只不过王守信多得到一个女人。朱春燕既不爱王守信，也就不必限制王守信爱别人。

王守信是爱自己的，陈蓁确信。对于他的已临黄昏的人生，她的青春是至高无上的奖赏。如果不是那样一个鬼使神差的机缘，那一切对这样一个迂腐得发霉又形象丑陋的老男人，只能是一个垂涎欲滴的色情梦想。"你这家伙真有艳福。凭什么呀。"她有时候会半真半假地拍王守信黑黄的胖脸。

陈蓁当然不爱王守信，当然也不会跟朱春燕争夺他。她还处在等待白马王子的年龄。每天有那么多准白马王子在她身边转悠。可怜的小男孩们为陈蓁神魂颠倒，就像印第安人崇拜太阳。一天一封信，随后是一天一个电话。他们不敢奢望回信，甚至不敢奢望陈蓁阅读。电话则只是为了证实信已收到——如果还有什么斗胆的想法——就是为了能够跟陈蓁通话。她回宿舍背后常常跟着尾巴，她进了房间，他们还会在对面的墙根下痴痴地站半天。这样的小男孩太多，烦死陈蓁了："好好学习，别胡思乱想！祖国在等待你们成才的消息呢，乖孩子！"陈蓁对每一个都乱打哈哈。

在陈蓁的春梦中出现过的唯一一个离自己最近的人是校管弦乐团的指挥左兵。左兵正是人们想象中的那样一种艺术系研究生：高挑白皙，浓发纷披，眼神忧郁，让多少女孩着迷，形容为徐志摩的诗。他有足够的理由自负，但他对自己所有的优势似乎毫无自觉，对所有人——无论男生和女生——都平静而谦和。大家也都喊他"大哥"。每次排练和演出结束，他都坚持送她回宿舍，因为她的宿舍在校区最偏僻的角落，一路上安安静静地听着她滔滔不绝的絮叨。她不是一个见谁都话多的人，但总有无穷的感受想说给他听，她觉得他什么都懂，什么都明白，喜欢被他赏识或指点。他极少打断她的话，最多及时表示一声肯定或否定。他真的就像一个大哥。如果是晴天，他们之间就永远隔着他的自行车；如果忽然下雨，他的雨衣就只给她披着。私下里有过议论，以为他们会成。但她知道不会。她知道乐团的第一小提琴跟他好，也觉得他们更般配。人生不可以重来，她只求左兵是他大哥。她希望自己有的是一个大哥，而不是一个比自己还像女孩的弟弟。至于爱情，她还需要等待。

而现在，这样的等待也已经因为王守信的侵犯戛然而止。她无疑是不情愿的，但没有委屈。她是成年人了，应该对自己的行为负责。说王守信是一种侵犯未必尽然，如果重现那一幕，难免不让人指责是她勾引了对方。即便那种勾引并非预谋。换了任何一个正常的男人，面临当时那样的情境，谁能把持？在那之后，应该承认，她有了对王守信的需要，就是那种赤裸裸的肉体的需要。王守信每次都慌乱而匆忙，她刚有一点感觉，事情就结束了，让她有了一种非要找到尽头的执拗。一旦接到王守信的短信，她立刻就会心旌摇荡。在觉得该有短信而不得的时候，她难免会怅然。她的生命的激情是那么旺盛，她骨子里有着天生的淫荡。这就是为什么，她觉得是自己更让自己恐惧。

陈蓁没有报考研究生。王守信以此作为一种引诱，她觉得可笑。她已经失掉的，岂是一个学位可以挽回的？毕了业，她就会离校，未来会怎样，她不愿多想。她相信老爸的那句口头禅：船到桥头自然直。而现在，她生活的一个重要部分被一个男人的短信套牢。她永远不能想象，当她的身体已经被一个男人占有的时候，还可以有另一个男人能够进入，即使是左兵这样无可挑剔的男人。

那个下午，朱春燕送几个学生去远郊开发区的企业实习，陈蓁看着他们上了车，心里忽然一阵莫名的激动。她知道王守信在家。每当遇到这样的机会，他绝不会放过。她想很快就会有他的短信，但她没有必要等，完全可以给他一个惊喜。并非为取悦他，只是她乐意看到他那种受宠若惊、诚惶诚恐的样子。

陈蓁开门和进门的声音很轻。但是里面的声音很清晰：喘息，呻吟，床笫的动摇，声声入耳。对于性，陈蓁还只是刚刚觉醒，远远说不上成熟。每次她都在那个单一的姿势中闭紧眼睛，听任王守信的压迫和撞击。事后她从不认真打量光着的王守信，总是让他尽快穿上衣服。她始终克服不了下意识里的羞涩。现在，她是第一次从一个俯视的角度看到趴在性交中的王守信：手和腿短而肥，身体的主干部分像一个完整而松弛的肉团，因为激烈的冲动，已有的丑陋被加倍放大。

想起自己竟然也曾一丝不挂地敞开在这样的肉团底下，陈蓁极力控制着，不让自己呕吐出来。

"是她主动的。她想考我的研究生……"王守信后来在电话里哀求陈蓁至少再给他一次机会。陈蓁每次都没有听完就结束了通话。她犯了跟朱春燕一样的错误，过于轻视了王守信。她曾经看到过王守信接收的短信，上面只有一组数字："7758"，她没有在意。如果在意，她当时就应该明白的，那是"亲亲我吧"的谐音。

那是一段黑色的日子。除了吃饭、上课、睡觉，别的时间陈蓁反反复复、没完没了做的事就是洗头、洗澡、洗衣服、洗鞋袜、洗被褥，甚至桌椅床架，冲刷宿舍的门、窗、地板。她变得格外多疑，即便大白天也不敢独处。宿舍没人，她就抱本书去人声鼎沸的操场。

陈蓁不再去朱春燕的家，拒绝得毫无理由也毫无余地。朱春燕终于知道了真相："是我害了你了，丫头……我以为他不敢……那是个畜生，我早该让你防着的……"朱春燕仿佛是在那一刻才忽然意识到自己并不是陈蓁的什么姐妹，而是她的长辈："如果怀上了，我领你去做人流，我有个学生是妇科……"陈蓁直直地看着地下，摇摇头。"那我领你去修补处女膜……""别。"陈蓁叹了口气，抬起头："将来，如果还有将来，我会把什么都告诉那个人，如果他不能接受，那就什么都不必谈。""丫头，苦了你了。你可千万别想不开啊。""不会的。"陈蓁抿着嘴唇，凄然一笑。

去电视台之后，陈蓁有一次偶然在一家饭馆门口见到过王守信。当时她正在等着修理工给她的自行车补胎，一辆小车在街边停下，几个人陆续下车从陈蓁身后走向饭馆，其中一个人走到门口忽然扭回头喊了一声"丫头"。

"丫头！"那个人又喊了一声。

是王守信。

陈蓁一下傻了，浑身一阵彻骨的寒冷。那是个真正意义的苦夏，高温持续得特别长，而且是那种创纪录的高温。已经到九月底了，城市还完全像座火炉。站在街上，就像在被烧烤。但陈蓁抑制不住地一阵阵发冷。因为酷热，她没法不穿得薄露透。现在，突然有这样一个人出现在面前，更是像一下被当街扒光了。

好几个月过去了，换了个全新的环境，陈蓁原以为一切都消失了，一切都不可能再被记起。现在忽然知道，一切并没有消失，一切都可能随时被记起。那是一道永远不会弥合的创伤，是一座永远让她灵魂惊悚的地狱。

但在王守信，却没有一丁点难堪，好像什么事都没有发生过，他从来只是个受学生尊敬的教授："要不要进去坐坐，街上这么热？"

"……"

陈蓁面对着他，眼睛里一片茫然。

"你现在怎样？有什么要我帮的吗？"

陈蓁身体仰着朝后移动，因为王守信走得离她越来越近。"请您就站在那儿，别动！"陈蓁说。然后匆匆把钱付给修理工，操起自行车把手："咣当"一声几乎是跌落下人行道，飞驰而去。

六

李贺出现得正是时候。那些日子，陈蓁几乎崩溃。

春天的北京，寒风料峭，黄沙弥漫。过了一个寒假，宿舍里忽然有了一种死亡的气息。梅子没有返校，也没有离开北京，有人似乎是在一家洗脚城看到过她，当时的灯光很暗，她在什么地方闪了一下，就再没有露面。

雪儿也没有回东北老家。整个寒假，她在北京过得像一个贵妇人。她跟杰克的那段如火如荼的爱情已经结束，现在热恋着的是杰克的叔父詹姆斯。杰克是有钱，可都是詹姆斯给的。既然是分享财富，何必要经过杰克的中转呢。杰克伤心了好长一段日子，对自己把雪儿带去见叔父后悔莫及。他等于是亲手把自己的羊羔喂进了虎口，而他连稍稍的不满都不敢表示。在金钱和爱情之间，他只能屈从金钱。有了金钱不会没有女人，而要反过来，麻烦就大了。

詹姆斯是一家跨国公司在北京的高管，但这并不是最主要的。"头一眼他就把我镇住了，"雪儿一惊一乍地说："叔侄两个差了一辈儿，可詹姆斯什么气度！那叫一个强大！跟他比起来，杰克太嫩了，像棵小菜秧子。"詹姆斯当天就让雪儿在自己公寓留下，杰克灰溜溜地离开的时候连大气都不敢出，"真够窝囊的……"

"你真幸福！我为你高兴。"陈蓁说。她刚刚拖完地，打算洗个澡就睡觉。她不敢制止雪儿。那样就会引出雪儿更多的话："你不想听了？吃醋了？要不我给你找一个？"但这并没有制止住雪儿给她造成更大的灾难。有天晚上，那个被雪儿说得神乎其神的詹姆斯竟然出现在她们寝室里。

泡完酒吧，送雪儿回学校，詹姆斯不由分说地跟着下了车。他已经几次说过要去雪儿寝室看看，都被雪儿拒绝了。雪儿曾经跟陈蓁说是怕让人家看出咱的寒碜。但事实并非完全如此。陈蓁后来见到詹姆斯就明白了，她更多的倒是担心陈蓁会笑话。詹姆斯的样子实在是难以恭维，又瘦又老，须眉皆白，像一头老山羊。

詹姆斯跟在雪儿后面走进来的时候，陈蓁正偎着被窝靠在床头看书。寒假返校，她失眠得厉害，每天从那家文化公司下班回来得再晚再累再怎么折腾也没有睡意。詹姆斯像突然受了惊的老山羊站在天花板中间那盏白得刺眼的日光灯底下，怔怔地瞪着陈蓁。好像整个寝室，什么都不存在，只有陈蓁。雪儿以为陈蓁还没回来，直接就捅开了门，陈蓁没有任何防备，现在起床也不是，溜进被窝也不是。双方就那样静静地僵持着。

"对不起对不起，我不知道你在。"雪儿一面对陈蓁说，一面一闪身挡在詹姆斯面前："我说过寝室不方便的。我们走吧，去你那儿。"

好像是一种报应，这一次是轮到雪儿后悔了。她当时真恨不得把陈蓁从詹姆斯的眼睛里挖出去。但一切为时已晚。

詹姆斯甚至知道中国的一个民间笑话：一个客人对主人说他最喜欢吃的是豆腐，豆腐如同他的命。主人同时端出了豆腐和肉，他却只吃肉不吃豆腐。主人质之，他回答：他见了肉就不要命了。

詹姆斯对雪儿说："而你就是豆腐，同房的那个女孩是肉。"他让雪儿说出了陈蓁的手机号，后来又说出了陈蓁打工的那家文化公司。为此他付了比得到雪儿身体加倍的钱。

陈蓁起先不断接到詹姆斯的电话，来电的号码不断变换。陈蓁一听到詹姆斯的声音就立刻掐掉。后来詹姆斯又不断跑到那家文化公司的楼下蹲坑，车子也不断更换。陈蓁一发现詹姆斯的身影就赶紧叫住的士。"我会叫110的！"陈蓁有一次在电话里吼叫。詹姆斯很惊讶，说："为什么？"

无论白天黑夜，詹姆斯像一只巨大的兀鹰，盘旋着，威逼着，黑压压地笼罩住陈蓁，让她窒息。

见到在教学楼下面的篮球场忽然出现的李贺，陈蓁飞奔而下，就在大天白日，众目睽睽之下，直接扑进了李贺的怀抱。

李贺到机场的时候正好赶上上午的第二趟航班，一个多小时后落地，又紧赶慢赶打车去陈蓁的学校。进了大门，里面还在上课，他稍稍松了口气，也不敢随便打听，就站在这个篮球场上发呆，心里面七上八下。这样的怯场从来不是他的风格，但现在他面对的是陈蓁。他好像是头一次发现，他是认真地爱上一个女人了。陈蓁飞奔着向他扑来，完全出乎他的意料，居然张皇得没有反应。

"抱紧我。"陈蓁的额头拱着他的胸口。李贺忽然觉得脑门子一热，浑身像着了火一样烧起来。这是一个漫长的接吻，长得像是没有开始也没有结束，长得先是周边的人、然后是像涟漪一样一圈一圈漫泛开来直到教学楼的所有楼道和篮球场上满场的人，都纷纷停下了自己的活动，来围观一场似乎近年流行的街头接吻比赛。"欧，欧，欧……"四面八方发出了一片起哄的叫嚣和鼓掌。

"你是第一个也肯定是唯一一个从家乡到这里来看我的。"在他们的第一个夜晚过去之后，陈蓁说。泪水从两边的眼角汩汩地滚落到枕头上。

"你不会仅仅是因为这个才给我的吧？"李贺停住对陈蓁的抚摸。

陈蓁问："你说呢？"

"当然不是。"李贺肯定陈蓁，也是在肯定自己。

如果是那样，陈蓁就不是陈蓁，而是他见识过的所有女人中的任意一个女人，那他的痴迷就不值得。

第二章 李贺

一

陈蓁是自己撞到枪口上来的，事先李贺完全没有思想准备。

省作协开会，难得有饭局，好不容易有一回，驻会管事的就尽可能地让大家尽兴。吃饱喝足了，接着卡拉 OK。作协自然没钱请大家上歌厅，就在作协的大会议室，把桌椅板凳推到四边，中间空出一块跳舞。音乐一响，大灯一灭，一帮星眼朦胧的男女就春风沉醉不知今夕何年了。李贺的眼睛特尖，在幽暗中熠熠发光，鼻子比狗还灵，闻香识女人。那天从下午开会、到饭局、到重回会议室唱歌，他一直都是一副无可无不可的样子，因为始终没个提神的人。陈蓁的出现让他一下振奋起来。

歌舞半酣的时候，会议室忽然进来了几个女孩，她们刚在哪儿录完一档节目，匆匆赶来。领她们来的是欧阳，此人没事常来作协走动。事先他就吹牛，说："你们那帮女文人坐在一起就像是选丑比赛，看我给你们找几个养眼的。"

欧阳是电视台广告部的头，手头上有大把关系，呼风唤雨。那些自负盈亏的频道和栏目，谁都想巴结他发慈悲。碰到现在这种事，只怕欧阳不找。

陈蓁就在那几个女孩中间，李贺一眼就盯准了她，欧阳还在向众人介绍女孩，他就仗着酒意一把扯过她："敢问尊姓大名？"

"陈蓁。"

"什么？"这名字让李贺想起一个武打明星。

"那么认真干嘛，不就是个名儿吗？"陈蓁两只眼睛在幽幽的灯光下忽闪忽闪："你打算就这样拉扯着我吗？"

"冒失冒失。"李贺赶紧松开手。

看着李贺的熊样，陈蓁笑说："我们唱支歌吧？"

这正是李贺的强项。他马上就感觉到，这女孩对他有好感。

"合唱一个？"

"行呀。"

"唱什么？"

"随你。"

"那就《敖包相会》吧。"

陈蓁扭头就去点歌。两个人唱得很默契，高音部分李贺没怎么费事就上去了，比平时爽得多。完了，底下一片乱糟糟的叫好。李贺顾不上得意，放下话筒就搂上陈蓁的腰，搂得几乎贴住自己："我不会跳舞，要跳就是这种两步。"李贺的满嘴酒气直往陈蓁的颈脖子里钻。

"什么两步，你的脚根本就没动。"

"我就想这样。"李贺赖赖的。

陈蓁没有躲避的意思。散场的时候，她一点不掩饰地对其他女孩公开表示对李贺的赞赏："没说的，要才有才，要型有型。"

一个星期以后，李贺才给陈蓁打了个电话。舞会间隙他让陈蓁把手机号发到他的手机上了。陈蓁应声照办，一点矜持也没有。他们毕竟是头一次认识啊。李贺当时就想，这女孩还真痛快，说不定主动就把电话打过来了。结果一个星期过去，却没有动静。李贺不由笑自己失算："那就是个有口没心的女人，这样的应酬她还少吗？凭什么有事没事就想起你来了？还以为人家真把你当回事了。"这样想着，李贺反倒上来了股子牛劲："你不找我，我就不能找你？"

这天晚上，他忽然就想起了陈蓁。陈蓁的小夹克，宽皮带，高马靴，柔韧的小蛮腰在他的紧扣着的手臂里扭动，散场的时候，飞身上车，挥手招呼同伴头也不回。

彩铃声响了好久，李贺的手见鬼地有些发抖。那声音越响他越希望没人接，却又不甘心放下。"喂——"是陈蓁，但李贺觉得不像。像不像他其实都没有把握，他们那点交情几乎就不叫交情。他有点透不过气，结结巴巴地重复了好几遍，陈蓁总算才搞清他的意思。陈蓁说："我这会儿正跟几个同学喝茶呢，你该早点啊。要不，你过来？""别别，不敢打扰。"李贺关机的时候一阵轻松，倒像是摆脱了对方的打扰。

陈蓁不是那种可以手到擒来的女孩。这类做媒体的女孩，什么男人没见过？一个小文人就让人家动心了？李贺的脸不由热起来。想想又掏出手机给欧阳拨了个电话，说他刚刚给陈蓁打了个电话，作协有个联谊活动想请她主持，见她忙着没好意思说。

这个电话其实是一种预防：如果欧阳从陈蓁那里知道了他今晚的电话，就不至于笑话他。李贺的话还没有说完，就给欧阳打断了："跟我打什么马虎眼，你就是撩拨人家嘛，犯得着这么鬼鬼祟祟吗！"欧阳在电话里大声说："追她的人排着长队呢，不会多你一个的，就看你的本事了。"

李贺向来认为，女人就是男人的门，永远等着男人去开。有的虚掩着，一推就开了；有的锁上了，但只要有钥匙，就没有打不开的，只不过多费些手脚和时间罢了。而他本人，从来就是万能钥匙。欧阳的电话，激发了李贺的挑战冲动。

二

门一开，陈蓁大踏步从李贺身边走过，也不等主人让座，就一屁股在李贺对面的椅子上坐下来——李贺那张桌子很大，丁字型对着窗子，一边一把椅子。李贺关好门回到座位上，居然不知说什么好。他老吹自己小说写得不咋的，但历经风霜雪月，识人无数，十年一觉扬州梦，赢得青楼薄幸名，这回却给陈蓁的咄咄逼人弄得有点措手不及："喝水吗？""行呀。"

李贺这才发现还没去打开水呢。作协几个搞专业的共用这一间办公室，除了开会和领工资，平时极少有人来，谁也没有打水的习惯。陈蓁哈哈大笑："别忙了，坐吧。"随手从坤包里翻出口香糖，给李贺扔了一块。

李贺今早来上班的时候，整个作协机关连个人毛也看不见，他关上门，坐下来就给陈蓁打电话。彩铃声刚响就听到了陈蓁的声音。李贺努力像是满不在乎地说："有没有时间会见一个崇拜者啊。"陈蓁在那边很清楚地回答："行啊，我正往你那边去呢。"

比想象的痛快得多，也简单得多。李贺起先以为女人多少总要扭捏一下的，即便答应，也会让他找个讲究些的地方。哪知道她说："办公室比哪儿都好"，更想不到她这么快就来了。

"我上午有个采访任务，你来电话时我刚好路过你们门口。"

"你能在这儿待多久？"李贺看着陈蓁，总算憋出一句。

"你想我待多久啊，这是工作时间呢，哪像你们精神贵族，饱食终日。"陈蓁说着站起来，走到阳台上。阳台的一长排落地窗下，临着树木葱茏的院子，院子外面是车水马龙的大街："哇！你们这阳台真大，哪天晚上找几个朋友来喝茶，放着轻音乐，对着街上听不见噪音的眼花缭乱，那叫一个爽。"

陈蓁的注意力并不在自己身上，这让李贺心里有些不是味道。对她来说，他只是她的许多刚认识的人中的一个，最多是印象还不坏而已。朋友不朋友的，也就是那么一说罢了。但李贺并不是那么容易放弃的人："坐下来说说话好不好，难得见到你。""我有什么难得见到的。"陈蓁重新坐下来："好，说话。"

"我能想象你们那个圈子。"李贺身子仰在椅背上，一脸高深。

"你说。"陈蓁亮亮地看定李贺。李贺心里轻轻一笑：没有一个女孩会忽视别人对她的注意的。"我说不好，但可以想象是最前卫的。""什么呀，跟你们比，我们就是一群头脑简单的动物。"陈蓁笑完了，又说："不过还真别把我们想得太没文化，下次邀几个夫子来，没准还真有能和你们谈禅论道的。"

"快别！你还真别把我们、尤其是我本人想得太有文化，我不懂什么之乎者也的，最大的兴趣就是男男女女，说句酸的，谈风论月还凑合。"

"风月也是禅啊。"

"喝，还真没有看出，道行甚深。"

"是吗？我瞎说的。"陈蓁的样子很动人。

李贺极力止住自己站起来的冲动："你很像一个人。"

"是吗？谁？"

"我早年的一个情人。"

"不会吧。"陈蓁拉长声音，嘴狡黠地一动——这种男人的把戏也太小儿科了。

"我是说真的。"李贺清清嗓子，用很压抑的声调娓娓说起来。

故事很老套，却是真实的：那年在某地开笔会，认识了田田。田田高中毕业，没考上大学，军队转业的父母希望她复读再考，她执意进了县文化馆，图的是有时间也有机会学写作。上学的时候她就在当地报纸上发过不少小文章，是小有名气的才女了。某地是这个县新开发的风景区，笔会的食宿也都是县里负担的。县里就组织了许多作者到笔会上来学习。李贺又是喝酒又是唱歌又是拍照，身边总是跟着一帮女孩。几天后大家就渐渐有了眼色，不打搅他和田田了。田田很少说话，老是睁着一双好奇的眼睛。

散场的头天晚上安排了舞会，是一个合资企业的多功能厅，音响和装潢还说得过去，但李贺无意留心这些。一晚上他抓着一只话筒不放，尽唱些缠绵伤感的歌。唱到动情处，还真的泪眼婆娑。直到最后一支曲子，他才放下话筒跟田田跳舞。

　　那支舞曲很长。田田把头埋在他胸前不看他。他问为什么，她说没想到他会哭。他问知道为什么吗，田田用力摇头。他就用下巴拱起她的额头。他看到两只深潭一样幽黑的眼睛，整张脸像火一样灼烧。他贴着她的耳朵说："回头去我的房间。"田田没有回答。他仗着酒意说这句话的时候心里其实并没有太大的指望，更多的只是一种即兴的表达。田田清纯得像山里的泉水，一点烟火气没有。他说那些，如果没有这些日子的铺垫和当时的气氛，完全就是一种亵渎。即便田田是个见过世面的女孩，她的房间不是她一个人住，不归宿也没法解释。没想到田田当真了！所有的房间都安静下来后她直接就来了。

　　后来田田到省城来看过李贺，跟他说她想到省城来嫁人。李贺当时就像是五雷轰顶，他结结巴巴地对她说"对不起"，说他其实并没有准备好，不能肯定是不是能做到她所希望的那样。

　　对陈蓁说着这些的时候，李贺承认自己很卑鄙，他这样有可能毁了一个女孩的一生。但当时的田田并没有在意他的想法。他们在郊外公园一个树丛中的石凳上，田田被李贺抱着坐在他腿上，两只手臂抱紧了他的脖子，看着他身后很远的地方，自顾自说着：她不在乎李贺是不是真的喜欢她，她说的嫁人，不一定就非是李贺不可。也可以嫁别人，随便什么人，只要能方便见到李贺。

　　"不可以的。"李贺说："那不公平！"

　　"我不管！"田田说，死死搂住李贺，身体一阵一阵地痉挛。

　　李贺后来才知道，田田那次就是到省城来见她后来的丈夫的。男孩是她父亲老战友的儿子，做 IT 的，自己有一家公司，长得仪表堂堂。

　　"冷静，田田，你要冷静。"李贺有些慌了。

　　田田突然松开搂着他脖子的手。"不，我不管，我不管你，我只管我自己。"她一边嘟哝一边用力脱衣服。

　　这个时候李贺要再犹豫，他就不是个男人了。

　　那个树丛并不是太隐蔽，外面不时有脚步声响过。李贺死死吻住田田的嘴，压抑住她越来越厉害的呻唤。

风暴过去，田田把头埋在李贺赤裸的胸口，轻轻地哭了很久。离开那个树丛之前，田田在他身上咬了一个很深的血印。

"那个疤就在这里。"李贺指着被衣服遮着的左胸，对陈蓁说。

这是一个永远的伤口，但这不是最大的伤口，最大的伤口在他心上，李贺的眼睛看着陈蓁面前的桌子。

田田后来闪电结婚，后来随丈夫去了深圳，并没有留在省城。很久没有音信。春节，李贺忽然收到她的信，是一张照片——田田孤零零地坐在一间大房间的沙发上。

照片的背后写着："他回老家探亲了。院子里的人也差不多走空了。真希望有个人敲门。"

李贺抬起头，看着陈蓁，说，省城去深圳，每天有好几个航班，如果他去搭机，当天就能去敲那扇门。

但是他没有。

为此他一辈子都不会原谅自己。

"男人都是自私的。"陈蓁像是宽慰，又像是谴责，眼睛里闪着泪光："她是爱你的。你对不住她。她也是幸福的，她毕竟爱过。"

三

"想听听我的故事吗？说不定我可以成为你小说中的一个人物。"李贺刚讲完，陈蓁就冷不丁幽幽地来了这么一句。

虽然诧异于这段凄美故事的铺垫似乎没有起到任何作用，但李贺仍然摆出一副转换自如的姿态说："你不是要陷我于不仁不义，让我出卖你的不幸吧？""真的。"陈蓁说："你愿听吗？""当然。"李贺别无选择，屁股往起挪了挪，坐正，准备好打持久战。

陈蓁的叙述真是很长，但是线条清楚，重点突出，描绘也很生动，加上专业的嗓音，让李贺居然听入了神。他的眼前变幻着种种色彩：先是橙色的父亲、母亲；然后是玫瑰色的儿时和青春的快乐与梦想；然后是黑色的王守信；然后是灰色的林太。所有实质性的内容陈蓁都没有保留，连那些难于启齿的细节都没有回避。她在精神上完全敞开了自己，赤裸裸一丝不挂。这让李贺震惊，也让他感动。这是一种纯净，贬低这种纯净，只能表明自己的肮脏。这是一种信赖，亵渎这种信赖，就是亵渎自己。李贺忽然觉得自己有些高大了。

"被我吓住了，是吗？"陈蓁说。

"没有。你是最干净的。"

"你真这样看吗？"

"当然。我永远会是你最好的倾听者。"

"谢谢。如果有一天，我支持不住了，要崩溃了，你会帮我吗？"

"会。"李贺说得很轻，但是很肯定。

那天晚上李贺让陈蓁先离开，他觉得应该对陈蓁的声誉负责，然后他慢条斯理地走到光怪陆离的街上。满怀希望地来，一无所获地去，心里有一点淡淡的惆怅和忧伤。但他并非两手空空，他看到了自己并非没有高尚的可能，并非那么低俗那么肉欲化，这样的自我感觉其实也可以是一种享受。

从那以后的日子，两个人竟然就这样莫名其妙不咸不淡地交往了起来。有一天晚上，陈蓁在火车上给李贺发了一条短信："对不起，最近都瞎忙着。在车上。返校。"李贺很清楚地感觉到心往下一沉。最近他都在等着陈蓁招呼。连他自己也搞不清怎么忽然变得这么乖了。如果陈蓁不先联络他，他就只会傻呵呵地等着。陈蓁似乎是在一个下午突然改变了他的两性交往的快乐原则，让他一下子就意识到这份情感不是逢场作戏，陈蓁是不可以戏谑，不可以狎玩，不可以轻佻的。陈蓁期待于他的，远不只是情感，更多的是责任。问题在于他愿不愿意、能不能够担当起这份责任。

第一次在作协跟陈蓁聊天，他讲了田田的故事。那个故事最动人的那部分情节都是杜撰的，比如田田主动去他的房间，在离别前夜主动献身，在遥远南方的孤寂中对他的思念，等等。李贺在女人面前把假话说得比真话还像真话，常常让他的哥们自愧弗如。他当时跟陈蓁讲田田故事的目的，除了制造魅力神话，除了打动几乎所有女人都少不了的那根软肋，就是想借此表明他的不想对任何女人负责的快乐原则——当然这并不意味着他不会不重视每一次情感。看着陈蓁真的被感动，真的热泪盈眶，他忍不住在心里喊："可怜的女人们啊，要当心一切痛心疾首地向你们检讨自己的男人啊！要当心巴尔扎克说的'有计划的诚实'啊！真情不怕浅，假意唯恐深啊！"他后来把这些话写进了作为小说素材备用的文件夹，很有几分得意：跟各种女人的交往使他不止是获得通俗读物写作的源泉，还使他成了格言家。

但陈蓁的真实让他好像经历了又一次洗礼。陈蓁是他见识的所有女人中第一个让他觉得一旦得到就决不能失去的女人，是第一个让他觉得他只能听命于对方而不能随意左右的女人。每一天，李贺都在惴惴不安地等着陈蓁的电话或是短信。短信终于来了，人却已在远方了。

"你休息吧，我想写信。"李贺小心翼翼地抓着向来总是随意摆弄的手机。"给谁？"陈蓁问。"你说呢？"李贺真是要感谢他的职业，这职业的训练使他在作任何表达的时候，第一不缺乏生猛的词汇，第二不缺乏夸张的勇气。

"知道我在想你吗？陈蓁。从第一次见到你开始，我一直在我的灵魂深处把你作为完美的偶像加以供奉。我一直犹豫着，生怕惊扰了你、生怕损害了你、生怕你因为我的激情而失去平静，抑或是产生对我的嫌恶、把我的最为珍视的情愫视作对你的冒犯。我因此长时间地沉默着。我本是应该永远地沉默着，让这种幻想象火光一样追随我暗淡的一生、直至进入坟墓。

然而我竟表达了。

表达之后我是多么恨自己，恨自己意志的薄弱。

然而我又是多么幸运。因为它居然得到了你的理解。

你不知道，当时我是多么想跪下来感谢老天爷。他让这样美丽、这样纯洁、最主要的是这样真诚的女孩走近了我。这是我一生的顶峰。我多么想大笑、大哭、大喊，直到老天爷终于听到我的声音。

但是可恶的理智却让我渐渐地平静下来。当巨大的排山倒海的幸福的浪涛涌过之后，我便陷入了深深的探究：她对我的认可是真实的吗？不是受到时髦风尚诱惑的结果吗？不，我绝不相信这一点。决不会认你作一个轻浮的人，一个浅薄的人，一个不诚实的人，一个对自己的决定并不在乎、可以心血来潮地拥有也可以随心所欲地放弃的人，一个不懂得尊重别人因而也不懂得自尊的人。倘若事实证明你正是这样的，那我宁肯自杀也决不肯接受这种残忍的打击。果真这样，我会觉得我的一生从此都完蛋了，从此我将生活在永远的黑暗中。

我再三地问我自己，我爱你吗？我对你的爱深刻到什么程度了呢？我透彻地了解了她灵魂深处的一切了吗？我会把她当作生命的中心吗？我肯为她放弃整个世界吗？当我独自面对空虚的时候，我一遍遍地问自己。

答案是肯定的。

还有什么比这更可以称作幸福的呢？一个人无限地爱着的人，正是一个同样可以无限地爱着他的人。他可以把最美好的情感、思想、语言都奉献给她，而她承受着这些的时候，也觉得这是她一生中最大的幸福！

我多么害怕。这仅仅是我的幻想。这一切并没有真实地存在，而只是被我的想象美化了。

是的，我从一开始就决定了，我永远不会让你为难。任何一个我的要求，只要使你为难，我便该立刻抑制。我以为这种自制力是一个男人的骄傲。即使我那么渴望拥有你，我也必须隐忍。我希望你的给予是出于你的决定，而不是我强求的结果。

我现在依然遵守这个原则。我永远不会因为那些在我看来是你的过错而责难你。你的不辞而别，证明着你尚没有把对我的情感确认到我所期待的程度。但你已经给予我的那些，对我也已经足够。我何德何能可以对你予取予求呢！我唯一可以做的，只能是等待你的恩赐。"

李贺在点击发送之前，把这些话重读了一遍，连他那么厚实的脸皮都有些发烧。从第一次见到她之后，他何曾老实过一天？他的邮箱里，好几个女人还在等着他的回复呢；他凭什么"探究"陈蓁？那与其说是"探究"，不如说是想拿"探究"做成枷锁把陈蓁套牢；他居然还有脸转弯抹角地标榜什么"自制力"，什么"男人的骄傲"！李贺哟，哪个女人真要被你迷住，那就算是倒了八辈子血霉了！但李贺还是咬咬牙，把信发了出去。他想，他的话也许有假，他的心思却是真的，他现在最渴望的，真的就只是跟陈蓁在一起、在一起、在一起。而且他相信，除了陈蓁，这辈子他再不会爱别的女人了，这世上再不会有一个女人值得他像爱陈蓁这么爱了，永远不会！

一觉醒来，已是第二天的半上午。李贺一跃扑上电脑。电脑昨夜没有关机。

没有陈蓁的回复。

李贺自己笑起来，陈蓁也许还没进校门呢。火车即便正点到达，下来转几次公汽，到她们学校还不得将近中午。耐着性子等到中午，李贺一边啃着盒饭剩下的猪脚骨头，一边盯牢电脑，仿佛陈蓁的邮件会露个面就跑掉。依旧老半天没有动静。他忍不住发了个短信。居然又老半天没有回音。只有拨号了。

彩铃响好久，李贺都要晕了，终于听到陈蓁爽快的声音："你好。"他居然有了一点儿童般的委屈，就像小时候走失了，忽然听到母亲的呼喊："看到邮件没有？"

"我上哪儿看邮件啊，刚下车就给拉到这儿来了。"

"谁呀？到哪儿了？"

"同学。酒店。你问得可真细。"

"怕你被劫持了。"

"谁劫持我啊，穷学生一个。"

"就不可以劫色吗？"

"多谢夸奖。别忘了，这是异地手机啊。"

"行行，再说一句，就一句。"

"说吧。"

"吃的什么？"

"涮羊肉呗。还能是法国大餐呀？"

李贺结束通话，接上就发了一个短信："太阳光光照九州，谁人欢笑谁人愁？谁人高楼涮羊肉，谁人寒舍啃骨头？"

陈蓁很快就回复过来："给各位看了，都说这人谁啊，酸死了。"

"告诉他们我的名字。"

"别指望了，不会知道你的。"

"惨啊。"

那边肯定是一片欢腾。李贺心里真有点酸溜溜的了："涮你的羊肉吧，不打搅了。回去记得收邮件。"

"好的。"

一个下午过去，又一个长夜过去，还是没有陈蓁的邮件。

"我现在在极度的痛苦和烦忧中给你写信。"快天亮的时候，李贺给陈蓁的邮箱发了第二封信："从我们约定的那一刻开始，我怀着激烈的心跳，一眼不眨地盯着电脑，等着你随时可能的出现。但我一次又一次失望了。你是知道的，我是那么重视守约，把信守诺言当成一个人是否可以信赖的标志。当我发现一个我以为值得信赖的人并不像我想象的那样郑重——尤其是当我准备在她身上寄托我的全部精神和情感的时候，我是多么悲伤。如果没有绝对的理由，我只能说，你并不是像我想象的那样认真地对待我的情感，你并不是像我想象和希望的那样珍重我已经和将要给予你的一切。老天爷啊！为什么要这么沉重严厉地来惩罚我呢！"

陈蓁依旧没有音信。在回复了最后那个短信后，陈蓁好像突然蒸发了。

在经历了好些日子的疯狂和煎熬之后，李贺渐渐冷静下来。

除了那个下午的陈蓁的自述，他并不了解陈蓁。像陈蓁这样的北漂，怎么可能寂寞？

忽然收到了陈蓁的回信。是在他的第二封邮件的相关的话后面用括弧加的评论："……但我一次又一次失望了。（你失望什么？我说过我会收邮件，并没有说一定会回复啊）；……我是那么重视守约，（我怎么会知道你重不重视守约）；……老天爷啊！为什么要这么沉重严厉地来惩罚我呢！（老天爷怎么你了？）。"

李贺忽然一阵轻松，如释重负。一件事，一个人，你当回事的时候，那是个负担，一旦你不当回事，那就什么也不是了。陈蓁如果并不爱他，事情就简单多了："一切真是被我不幸言中了。我的想象美化了事实。事实是，你是一个现实中人。你能做的一切并不能超越现实对你的限制。你也许是有过某种冲动的，但你终于不能挣脱世俗这个牢笼。我曾经寄希望于你是个不凡的女人，并且把这种希望当作了现实。我错了。在一个精神价值像水一样流失的权力和金钱的沙漠，一个像我这样的穷酸文人怎么可以指望你这样的时尚女人的爱情呢？"

陈蓁对李贺这封信的回复只有四个字："你是混蛋！"

先前那两封夸张的、矫揉造作的邮件现在想起来简直让人作呕。陈蓁像抹灰一样一下把它抹去，露出了情感的本来面貌。爱情的甜言蜜语阶段其实是不确定阶段。他在陈蓁心里的距离比陈蓁在他心里的距离要近得多。陈蓁已经确定了，他还在瞎琢磨。"我真是混蛋，"李贺想，"我怎么就没有想过陈蓁那里会不会有什么事呢。"

"你没事吧？"李贺的回复哆哆嗦嗦。

"有一只小猫咪死了。"陈蓁的回复让李贺莫名其妙：几天前她在街上捡回一只被抛弃的怀孕的猫，在自己的床底下用纸箱给它安了个家。后来它产仔了，一共三只。同房的雪儿很反感，老想把那只纸箱扔出去。有天她半夜回来，那只纸箱果然没有了。但那只母猫衔回了一只死去的仔，另外两只不见踪影。母猫趴在她的床下，一口一口地舔着那个小小的僵硬的尸体，太惨了。她就坐在地上，怎么也忍不住，号啕大哭。

李贺后来知道，雪儿是因为詹姆斯把枪口转向了陈蓁而向她发泄。但他当时已经感觉到，陈蓁哭的不只是猫，一定还有她自己。

"你那儿一定出什么事了，千万别一个人受着。我说过会是你最好的倾听者的。你也说过愿意让我帮你的。告诉我，你那儿发生什么了？求求你！"

陈蓁回了一句让李贺惊心动魄的话："记住有一个女人是为你活着的！"

李贺没有再啰嗦，关上电脑就去了机场。

四

中午他们是在校食堂吃的饭。陈蓁身边出现了一个一看关系就很不一般的帅气男人，引起了很多人注意。陈蓁在这个学校给人的感觉向来就是个冷面美人，来去匆匆，拒人于千里之外，忽然之间阳光灿烂，婀娜多姿，让人真是惊叹爱情的魔力。

"这位是谁啊，也不给介绍介绍？"雪儿那天也在，端着饭菜凑过来。

"我男人。"陈蓁用雪儿的东北腔说："还能是谁。"

"你男人？咋没听你说过啊？"

"你问过吗？"

"那倒是。"雪儿笑笑。

"你看见了，我有自己的男人，不会抢你的。你该放心了。"

"蓁姐你说什么呢，我说过你抢我男人了吗？我有什么男人。我可告诉你蓁姐，你不抢，可不等于我不抢。"雪儿说着，放肆地看看李贺。

陈蓁说："你抢吧，我可不像你那么小心眼。"雪儿"咯咯"大笑起来，她是真放心了。陈蓁看着雪儿的笑，有些辛酸，为雪儿，为自己，为女人。

吃过中饭，陈蓁让李贺在她寝室等着，她出去办点事。李贺说，要不他先去找个朋友家安顿下来？陈蓁说："不用，就在这儿等我。除非你还有别的事。"一边的雪儿很仗义地说："就在这待着吧，我不能吃了你。我这就出去，晚上这屋子也留给你们了。"

这是李贺第一次走进陈蓁的私人生活空间。陈蓁的洁癖和唯美呈现无遗。除了雪儿那张大大咧咧、零零乱乱的床铺，屋里凡是她觉得可以触及的地方，都流露出她精心整理的痕迹。一间再普通不过的学生宿舍，被她一双精巧的女人的手整理得井井有条又情趣盎然。这是一个内心丰富又不容纤尘的女人，爱这样的女人绝对不是一件容易的事。陈蓁有过性经历，但那经历即便有青春期的骚动做基础，离爱情也还有十万八千里。那个阶段的女孩子容易被这样一种人吸引：他们要么有些特质像从小娇惯她们的父亲，要么有些像对她们童年性格塑造产生影响的其他成年人。那样的经历或者从此毁了她的终生，或者使她更执拗地要求爱的纯净和爱的完美。

"你敢吗？能够吗？准备好了吗？"李贺问自己。都说女人是一所学校。李贺在陈蓁这所学校学到的是对情感的尊重。

李贺的手机在静默中忽然响起，像黎明时分的一声号令。是陈蓁来的短信："出校门，对过，右行百米。606房。爱在等你。"李贺的心狂跳起来。走出筒子楼，眼睛一阵发黑。

是一家四星宾馆。李贺一头窜进电梯，按了"6"楼，觉得不可靠，死死盯着那个亮点，直至熄灭。出了电梯，楼道悠长而静谧，厚厚的地毯，踩上去无声无息。李贺屏住呼吸，觉得快憋死了。一扇扇深色的门沉重地紧闭，一直走到楼道尽头也没有看到"606"。这才发现，电梯在楼道中间，正对着电梯口是有房号指示牌的，他看也没看就糊里糊涂地瞎窜，走反方向了。

"606"离电梯并没有几步路。李贺站住，看看那个铮亮的铜牌，长出了口气，举手去按门铃。门无声地开了。

陈蓁就站在门后，身上穿着宾馆的毛茸茸的睡衣，湿漉漉的长发披散开来，浑身蒸发着沐浴后的气息，像是受了惊吓似的睁大满是惶然的眼睛，直直地看着李贺。李贺背靠着门，拥住她。

两个胸腔轰然作响。偶尔有宾馆门前马路上的汽车声划过，很快就被粗重的心跳淹没。

"去洗洗。"陈蓁忽然松手。

从卫生间出来，李贺看见陈蓁在床上趴着，脸埋在松软巨大的枕头中间。他小心地再次紧了一遍浴巾，轻轻地俯下去。

"我不是一个坏女人，知道吗？"

"……"

"我一直在努力做好我自己，知道吗？"

"……"

"你要对我好，知道吗？"

"……"

李贺蠕动着滚烫发干的嘴唇。他知道，陈蓁并不需要回答。这个时候的伶牙俐齿、巧舌如簧即便是由衷的，也是多余的。

"脱掉它——我是说帮我。"陈蓁已经碰到了李贺火炬一样的坚挺。

李贺深吸了口气。他自认为阅人无数，但不能不承认陈蓁的身体真是让他意外。认识陈蓁之后，他有过好几次对象是陈蓁的性梦，没有想到，真实的陈蓁的身体会比梦里的还要美，美得多！这样的身体真是有点让他不忍触碰。

"我想好好看看。"

"你看吧。"陈蓁顺从地让李贺托起，抱到巨大的穿衣镜前放下。

两个身体互相依傍着。李贺比陈蓁高半个头，强壮而挺拔。陈蓁的皮肤是浅咖啡色的，匀称而结实。

"我怎么样，还行吗？"这是李贺在向女人卖弄的时候常说的一句话，现在却显得很没有底气。

"还行。"陈蓁马上就感觉到了李贺的不自信："其实我并不怎样，我的乳房不够大。"

"再大就是波霸了，大胸女人十有八九是蠢女人。"

"我就是蠢女人。"陈蓁转身一把抱住李贺，身体仿佛失去了骨头的支撑，软绵绵地直往下坠。

"我们就这样到大街上去，好不好？"两个紧缠着的身体往床边移动的时候李贺说。

"好。"陈蓁嘴唇半张着，饥渴而颤抖。

之后好多日子李贺都觉得奇怪，同陈蓁的第一次整个过程事后一点也回忆不起来。只知道那过程是那么长，仿佛有一个世纪。两个人似乎是一下投入了滚沸的熔炉，立刻就熔化、蒸发、消失了。那是一个胶着的战争状态，双方都只有进攻没有退却，只有视死如归不存生还之念，直到奄奄一息，形同死灰。李贺从来都喜欢睁大眼睛看着他下面的女人如痴如醉，要死要活。这一次，他却从一开始就迷失了自己。

李贺醒来的时候，陈蓁不在身边。她重新穿上了睡衣，半躺在靠窗边的睡榻上。窗外华灯初上，斑驳的光投在她身上，像是一个幻影。

"你好。"李贺看着天花板。

"你好。"陈蓁的声音像是从远处传来。

"可以提问吗？"

"当然。"

"我可以娶你吗？"

"不知道。至少现在不可以。"

"为什么？你已经给我了。"

"你觉得这跟婚姻是一码事吗？你让我一大堆总是骚动的情感有一个安放的地方，对我来说，已经足够。我为此感激你。"

"之前我说我们就这样到大街上去，你说好，你是真的敢吗？"

"我为什么不敢？"

"你喜欢惊世骇俗，是吗？"

"说不上喜欢，只是不怕。"

"知道西班牙的《阿娜伊斯·宁日记》？"

"看过。"

"你有点像她。"

"我？"

"不是所有地方，是有的地方。比如她说'我身上至少有两个女人的影子，一个绝望迷茫……另一个只想给人带来美丽、优雅、活力'。"

"你是在夸我吗？"

"我是在说事实。她的情人亨利·米勒这样评价她：'如果说她没有道德顾忌，那也是因为她抵达了另一层次的优雅。'"

"你觉得我没有道德顾忌？"

"当然不是。我还想借用她的话：'我们把目光抬高，并非是因为我们热爱谎言，而是我们相信在凡俗的生活之上，还有纯净美好的精神世界。'"

"也许吧。"

"陈蓁！"

"唔。"

"我又想了。"

"来吧。"

李贺再一次向陈蓁俯下身体的时候，她问："你会珍重吗？"

"会！永远！"

仿佛是为了证实承诺的庄严，李贺旗手般的插入凶猛而坚定，让陈蓁的呻唤几近惨烈。

五

不记得什么时候，也不记得从什么地方听到一个关于韩信的典故。说是韩信做过一个女人割韭菜的梦。解梦的告诉他："你最终会死在女人手上。"详情是不是这样李贺说不准，反正记得有种男人的悲剧是女人造成的。他现在觉得自己也是这种男人里的一个。

从北京回来后，他们把窝安在陈蓁这里。这地方先前是近郊的乡村，现在是城中村。周围顶天立地的楼群让他们这一帮蠕动的人群成了井底之蛙。陈蓁在大学毕业前就租下了这间屋顶上的阁楼。打开阁楼的门，便是整幢楼的屋顶。屋顶的面积比阁楼大差不多一倍，很开阔。陈蓁来租房，看中的就是这个屋顶。房东是农民，儿子儿媳去住了高档住宅。老夫妇两个留下来守老屋。他们爬不动楼，陈蓁也就独享了这个屋顶。

陈蓁像是非要把这里弄成世外桃源。阁楼里面打理得跟飞机机舱也差不到哪儿去。屋顶上，几个男生帮着在附近早已干涸的河道弄了一堆大大小小的卵石，大的当桌子，小的当凳子，沿屋顶边沿砌起土台，插上水竹。有客来或打平伙聚餐，或喝工夫茶，没客来或数夜空的星星，或看溅落的雨花，优哉游哉。众人七嘴八舌起了个名字叫"悠哉台"。

"什么'悠哉台'啊！只能叫窝，鸟窝。"李贺憋了半天，还是忍不住说。"'鸟窝'！这叫法好，我怎么没想到。新鲜，洋溢着生命的气息。"陈蓁说。"还是住我那儿吧。虽然不是什么豪宅，至少是正儿八经的单元房。"李贺实在没法苟同。"不喜欢这儿，是吗？""不敢说不喜欢，但肯定说不上喜欢。""……"

沉默了一会儿，陈蓁说："你当然不必喜欢。"

"我没有别的意思……"

"我知道你的意思。"

"我是好意。"

"谢谢。"

"那么……我服从你？"

"记住，你我之间永远没有谁服从谁的问题。任何决定都只能是自己的决定。这里你可以住，也可以不住。但是我肯定不会去你那儿住。"

"我们不会在这里结婚吧？"

"结婚？我们说到过结婚吗？"

李贺像呛了水似的一下闷住了。

在北京的那几天，李贺和陈蓁讨论的主要话题是她的去向。李贺没有问过陈蓁会不会嫁他。他想只要他提出来，那是不成问题的事。当时最应该明确的是陈蓁在哪儿发展。是继续北漂，还是回老家？除了这两种去向，似乎也没有别的选择。

"别漂了，"李贺主张。"'所有的事件都是偶然事故，所有的发展都是偏离主题，所有的住处都是流离失所。在不可名状的地方逗留，既非这里，也非彼处。'这是一个中东作家写的巴勒斯坦人，我看大多数北漂跟这差不多。奥地利作家托马斯·伯恩斯坦说，'每个人都有他的路，每条路都是正确的。'世界上有五十亿人，就有五十亿条正确的路。人的不幸在于他们不想走自己的那条路，总想走别的路……"

"而你的不幸在于不说自己话，总说别人的话。"陈蓁打断李贺的旁征博引。

"对不起。"李贺说："我忘了你在第二次上大学了。"

"去你的。"陈蓁抬起光溜溜的腿蹬了李贺一脚。李贺就势一把按住，翻到陈蓁上面。

气喘吁吁地完事之后，陈蓁依旧搂紧李贺的脖子，说："你这家伙，难怪女人离不开你。"

"那就乖乖跟我回去？"李贺不敢太得意，壮着胆子说。

李贺有充分的信心，陈蓁不过就是想当个省电视台的节目主持人，又不是加官晋爵，有什么大不了的？不就是省广电系统那点人事吗，有什么摆不平的？林太？林太算什么？她自己的位子也未必就是铁打的。

在省内的中青年作家中，李贺算是个人物。他发过几篇在全国有点响动的小说，算是后起之秀。省里文坛日后的发达好像就指着他了。只要有跟培养中青年人才有关系的津贴、称号之类的好处，总少不了他。平时上的场面也多，跟许多相关的领导也走得近。省里管文化的领导中，最喜欢李贺的是顾长清副省长。不是太讲究规格的饭局，总会叫上他。

每次喝酒他一定先问清顾长清的意思，顾长清喝什么他喝什么。顾长清喝酒全凭当时的状态，状态不一样喝的酒就不一样。一旦顾长清招架不住，他就挺身而出，死而后已。他的记性不怎么样，但顾长清在省里的报纸或机关的内刊上发了文章，不管是一个豆腐块还是一个整版，他都有本事当众背诵，抑扬顿挫，声情并茂。顾长清过的是单身汉日子，虽说有秘书和司机照顾，总有照顾不到的时候。他常常会把顾长清请去参加小型聚会，红男绿女，美酒咖啡，很私密，很高雅，也很惬意。他每回都向顾长清介绍说来的都是文化界名流，其实只有天晓得。顾长清五音不全，却喜欢唱歌，得意处会突然停下来，问大家："这一句我处理得怎么样？"每次李贺总是第一个鼓掌喝彩，而且把两只手高高地举过头顶。

李贺自然就认定，有这样的关系，还会搞不定陈蓁那点事？但是他没有把这关系告诉陈蓁，在陈蓁面前，他应该努力持重，不卖弄，应该让结果说话。

陈蓁像只乖乖的小羊羔一样被李贺从北京牵了回来。但陈蓁却绝对不是什么"乖乖的小羊羔"，这是李贺绝对没有想到的。在自以为得到了陈蓁的那一刻，曾经有"也不过如此"的念头一闪而过，现在他知道自己错了。阿娜伊斯·宁说得不错："内心深处的个人生活永远超越自身的真相"。陈蓁的内心不是他可以轻易穿透的。但愿那所谓的"独立"云云，只是一种女人难免的矫情和防御。他赢得她的程度，最终还是取决于他为她付出的程度。

约了一次，接电话的是顾长清的秘书，他们正在下面视察。一回来顾长清就主动给李贺打了电话，他以为是李贺安排了小聚会，结果是李贺急匆匆地赶到他的住处，急匆匆地一通好说歹说。

"看来你这回是真动心了，"顾长清仰在沙发上。站在茶几对面的李贺像个大小孩，话说得有点结巴，顾长清从来没见他把一个女人这么当回事，他知道李贺的名言："女人不过就是件衬衫。"

"什么女孩啊，我能见识见识吗？"

李贺看着一脸嘲讽的顾长清，心里一想：让这位仁兄帮忙，岂不是把羊羔往饿狼嘴里送吗？这样的事他已经碰到不只一回了：好个没几天的女孩，带到饭局上去露脸，回头就让桌面上一个狗屁不值的小官僚或小老板拐跑了。陈蓁当然不会是那类女孩，但在他和顾长清两者之间，后者毕竟太强大了。

"可以啊。"李贺嘴上答应得很爽快，心里说："那才怪呢！"

"你们现在到哪一步了？准备结婚吗？"顾长清问。

"我们在同居。"

"同居？什么意思？"

"没什么意思，就是同居。"

"为什么不结婚？你不愿意？"

"不是，是她还没有想好是不是嫁人。"

"这样啊。我懂了。很前卫呀。"顾长清的眼神怪怪的。"前卫"当然是指陈蓁。

李贺不作声。他真后悔把这事告诉顾长清。不告诉顾长清，他还可以想别的招。现在顾长清知道了，那就成也萧何败也萧何了。搞成和搞黄这事，对顾长清都只要一句话。而今的出路是劝陈蓁：为什么非要当什么狗屁的主持人呢？不当主持人就玩不转了？就找不到自己的价值了？志趣也罢，价值也罢，都是可以变的，哪里非得在一棵树上吊死？翠竹黄花无非般若，山河大地尽是法身。你不是要"悠哉"、要"发乎性情，由乎自然"的吗？一个人一辈子活的还真就是个自在，一饭一食，一啄一饮，便是莫大的安详喜悦；心清如水，人淡如菊，即成最高的人生境界……诸如此类。凭他的三寸不烂之舌，不相信说不服陈蓁。陈蓁继续在原来的那个频道干，他很容易就可以帮上忙的。不就是每年拉几万块钱赞助吗？

第三章　陈蓁

一

李贺电脑包里的避孕套，陈蓁是偶然发现的。

事先并没有任何形式的约定，他们从来都没有在对方不知晓的情况下翻动过对方的东西。陈蓁认为，同居应该是一种比法律保障的婚姻更高级的情感形式，其可靠性在这种关系存在着的时候应该远远超越婚姻关系。确定同居，就是确定对对方的完全信赖。这种信赖不需要事先约定。一经约定，其实就打了折扣。

但是李贺的认识好像达不到这样的高度。因为朋友追问，李贺越来越经常地要求结婚。出差回来，他会用撒娇的口气说："谁谁又问了，什么时候喝你们的喜酒啊，我说人家还没恩准呢。"陈蓁说："你真的那么看重那一纸文书吗？结束那一纸文书确定的关系不也只是一纸文书的事吗？""但那是法律啊，"李贺说："法律应该尊重啊。""你想约束住我，是吗？你觉得有了法律就约束住我了，是吗？"陈蓁有点意外。在这之前，她觉得李贺应该更愿意无拘无束。"就算是吧。"李贺盯着陈蓁的眼睛。原来这样。陈蓁沉下脸，说："对不起，我是个没有安全感的女人。我不想依附谁过日子，我早跟你说过，我不会放弃独立。如果情感的基础不在了，我随时会选择分开。当然，你也是自由的。"

陈蓁越来越清晰地有了一种怅然，一种累。李贺本来应该比她高级，而现在似乎并非如此。只能期待李贺会在他们共同的日子里更多地懂得她，也更多地提升他自己。她坚持着做自己该做的。李贺搬到她这里来后，她努力把这里先前单身女人的色彩转换成一个有模有样的雌雄相处的鸟巢：床头最醒目的位置挂着她与李贺暴露亲昵的照片，那是他们在一次高潮之后自拍的，又自己在电脑上处理过，保留了表情迷醉的面部，其他部分作了虚化；屋里放不下大衣柜，陈蓁也不喜欢那种又蠢又笨的家什，拉了一方布帘，后面夹杂着挂满了洗净熨平的李贺和她自己的衣服，地下交替放满了被她擦得贼亮的李贺和她自己的皮鞋；每天都是她先下床，做早饭。李贺要赖床，她会端着水盆子让他刷牙、洗脸，然后像伺候病号似的一口一口给他喂饭；出门之前，总要跟李贺在门后面碰撞出一个响亮的热吻；回家，手里总是提着大包小包的生食熟食。

总之，陈蓁一心一意地体会和享受着居家女人的快乐。她对李贺说过不止一次："只要还觉得这种共同生活的幸福是真实的，维护这幸福是值得的，那就希望不要伤害它，不要做大家都知道了只有你我中间的一个人不知道的事。"李贺说："怎么可能？除非是你让我戴绿帽子。"

"那就好。"陈蓁愿意相信李贺，相信他是在经历过许多女人之后最终选择了她，相信他没有理由改变这种选择。李贺出去应饭局和什么沙龙之类，除了李贺非让她去不可，她从不掺和。李贺多晚回来，甚至通宵达旦，她从不追三问四。李贺要是醉烂如泥，她还得仔细给他收拾，没一句埋怨，最多是说声："傻不傻，干吗跟自己过不去。"

李贺又感动又得意："我那帮哥们都眼红死了，说你小子真有福气，这么好一个女人让你遇上了——"原话是"搞到手了"，李贺不敢照本宣科。陈蓁说："这有什么，不很正常吗？"

"还正常啊？"李贺说："太非凡了！正常的就是从里面把门插死，你就是死在了外面，也不给你开门。好几个哥们大冬天就这样从半夜到天亮给晾在水泥走廊上，差点没断气。"

"那太过分了，"陈蓁说："不至于吧。"

"所以说你太非凡了！"李贺说着说着就来劲了。

陈蓁迎合着他，她相信他的纯粹和他的真诚。

"你真的一点都不怀疑我在外面有可能出轨吗？"李贺一面喘气一面问。

"我为什么要怀疑？"陈蓁眼睛紧闭着："那样我自己有意思吗？如果真有那一天，你就明白告诉我，我会坦然面对，不会让你为难。"

李贺说："你很可怕。"

陈蓁说："可怕什么？"

"我怕你有一天真的离开我。"李贺用力抓住陈蓁的乳房。

陈蓁笑起来："如果你怕的是这个，那可怕的是你自己，不是我。"

朱春燕来电话的时候，陈蓁正在家里上网。陈蓁离校后她们中断了联系："你手机没变啊。"朱春燕的声音很尖细，听得出有点紧张。

"是，为什么要变？"陈蓁很平静："你还好吗？"

"我好不好无所谓。"朱春燕迟疑了一下："我看见你那位了。"

朱春燕是在一家歌厅，上洗手间的时候偶然见到李贺在一个包房里，那个包房叫了一群小姐，热闹得很。

看来朱春燕对她还真是关心，不光知道她跟李贺的事，还知道李贺是哪一个。这让陈蓁感动："你觉得有什么不好是吗？"

"当然！这是什么地方？风月场所！"

陈蓁说："朱老师你不也在那儿吗？"

"你别管我。你得看紧点你那位。男人没一个好东西！"

"谢谢。"

"别谢。赶紧给他去个电话，让他老实回家。"

"我会的。"

陈蓁没有给李贺电话，李贺昨天把她惹火了，今天整个白天她都没有搭理过他。

倒是过不多久李贺来了电话："睡了吗？"

"什么事？"

"等着我，我就回来。我有好消息带给你。"李贺接下来就说："我是在一家歌厅里，一个赞助我们作协活动的企业老总叫了小姐，不过你放心，我没要，我就是在这儿陪陪他们，很快就回去。"

"我什么也不想知道。"陈蓁放下电话。

"我在这儿一分钟也不想呆了。你等着我，我快不行了，一回去就得直奔主题。"有点夸张，但倒也真是他的德性。李贺待她是真心真意的。

昨天在班上，林太很突然地把陈蓁叫去了她的办公室，一脸没来由的笑容："你干吗那么客气呀，我一直认为你不是个庸俗的人嘛。你的事我一直记在心里的，一有合适的机会就会给你办，办了也是因为工作需要，没有任何别的原因。"

陈蓁疑疑惑惑地眨着眼睛，想说什么又不知从哪里说起。

"这次我就算领了你的情。记住，下不为例。"林太说着从办公桌后面站起来。

陈蓁好半天没有回过神来。回家告诉李贺，李贺脸一红，咬咬牙说："妈的，这娘们什么意思，讲好了不告诉你的！"

"怎么回事？"

"你脸色这么难看，你别吓我啊。"

"怎么回事？"

"你得先答应我，说出来了你别生气。"

"怎么回事？！"李贺不知从哪里搞清了林太的儿子在谈恋爱，以陈蓁的名义给她寄了一只价值万元的钻戒作贺礼。

"事先我不敢跟你说。我知道你不会同意我这么干的。"李贺回避着陈蓁的眼睛。

陈蓁脸色惨白，好久，从牙缝里说："我会还你的钱。但是请你记住，这样的事如果再有一次，我们的关系就到头了。"

"如果我没有搞错，你是放过我了？"李贺松了口气，觍着脸凑上来。

陈蓁把李贺的手从肩头上摘下："请你自重。"

无论李贺怎样央求，陈蓁都不肯响应。央求和拒绝的意义都主要不在性上。在李贺，是想证实陈蓁对他的原谅；在陈蓁，是难以摆脱李贺带给她的屈辱感。

"卑鄙是卑鄙者的通行证，高尚是高尚者的墓志铭。"李贺在黑暗中独自嘟嘟哝哝。

陈蓁懒得搭理。李贺其实没有错，只是她不想妥协。

李贺果然像在电话里说的那样心急火燎地回来了。陈蓁刚洗过澡从卫生间出来，光溜溜地被李贺一把抱起搁到床上。

陈蓁后来知道，李贺那天晚上陪的那个企业老总要赞助的并不是省作协，而是她在的那个频道。

"你犯不着这样的。"陈蓁的心一下软了。李贺并非是没脸没皮的人。她以为屈辱的事，他哪里就愿意？

"我们很可怜。"陈蓁抚弄着李贺草一样的乱发，让他的脸埋进自己的乳沟。

而李贺的可怜远不仅止于此。

免谈结婚自然也就免谈生育，他们又都不喜欢避孕套，结果是陈蓁上了环。

但李贺居然备有避孕套！

双休日，家里那台台式电脑出了故障，陈蓁有个文字稿急着要发出去。李贺去菜场了，他那台手提就挂在门后面，陈蓁取出电脑的时候带出了一串避孕套。

二

陈蓁是为爱情回来的。李贺先是牛气十足地向她保证回去不出三个月就去当她的电视节目主持人，还不到三个月，又说："别骂我是小男人，我的女人我要独享，我可不愿意你在电视上出头露脸，你在那个频道的赞助定额包在我身上就是了。"其实，即便没有这些，陈蓁也愿意跟着李贺走。她确信李贺是爱她的，而她也是爱李贺的。至于爱他什么，她并没有想得太清楚，也不想想得太清楚。

邓丽君在《四个愿望》中说，每个女人需要四个男人：偶像、爱人、父亲、性伴。李贺属于哪个？或者哪一、两个兼有？神经生理学家和心理学家都认为爱有精神和情欲的不同类型，并且前者持久而后者短暂。她与李贺的爱属于哪种类型？或者两种类型的成分都有？所有这些，她一概不想深究。爱毕竟不是一种计算的结果。激情、亲密和承诺共同构成了完美的爱情，正如三点确立一个平面。使之稳定和持续需要双方耗尽毕生的精力去培育与呵护，那该是一项贯穿人生的浩大工程。也许他们的爱情还有相当一段难以克服的距离，爱情对她来说只是一个不断迫近的目标和不断改变的体验，即便如此，她想她也不会放弃爱和被爱。在这个连爱情都需要能力才能支撑的时代，她自认是爱情最后的信徒和守候者，为了一份真爱赔上自己的黄金时代是值得的。

女人的目标从来就不是很确定的。常常见到这样极端的例子，一个女人因为某个男人的地位和财富爱上了他，而当这种爱让那个男人身败名裂，失去地位，一文不名，她依旧选择了不离不弃，完全背离她的初衷。何况陈蓁也不肯相信，一个执着的职业女人就真的不能凭本事吃饭。

李贺一次也没有带陈蓁去过他所谓的文化界的小聚会，顾长清问过一次就没有再问。他有的是找到陈蓁的办法。有一次在电视台录完节目，他很随意地对林太说："上次晚会上那个叫陈蓁的主持人今天没见到嘛。"

"是啊，今天没安排她。我马上叫她来？"林太立刻睁大了眼睛。

"别打搅了。"

"怎么是'打搅',她要知道您关心她,不知会怎么高兴呢。"

林太转身就去安排:当天的晚宴是事先定了的,临时增加了晚宴后的舞会,就在电视台的多功能厅。饭桌上请求顾长清赏光,顾长清说:"不好吧,给你们添麻烦。"林太说:"我们机关的业余文娱活动活跃得很,隔三岔五就有的,只怕您不肯与民同乐。"顾长清说:"没那么严重,我给大家助个兴就是了。"

电视台是俊男靓女的集散地,很快就陆陆续续来了一大帮美女。林太站在门口守候着,不时敷衍一下跟她打招呼的人。她眼巴巴等的是陈蓁。先是让助理打电话,陈蓁拒绝了,说:"今天在外面跑了一天,累死了,想休息。"助理说:"这叫什么理由!"陈蓁说:"没有理由就不可以不参加吗,八小时之外是我的自由。"助理说:"小姑奶奶我求你了,要不我没法向林台交差,顾省长来了,林台非要你作陪。""作陪?"陈蓁冷笑:"有没有搞错,该上哪儿找三陪小姐你们不知道?"话说得这么难听,助理一下噎住了。林太只有自己出马,用极尽柔美的音调说:"陈蓁你还是来一趟吧,也是为了让领导对我们台有更多的了解,这样的机会很难得,你很快也要到主持人的岗位了,也该为台里多出力。"

林太没有提到顾长清打听过陈蓁。事实上她现在也只是猜测,并不知道顾长清与陈蓁关系的深浅。不提显得她对陈蓁的关心跟顾长清无关。另外,也用很明白的暗示讨了陈蓁的好。

陈蓁出门的时候对自己有点怀疑:她捯饬得那么用心真的是像往常一样,一点没有别的动机吗?扑粉之前她把有色碎粉混合透明碎粉,以淡化不理想的色素;然后把调和好的碎粉在掌心压实,用化妆海绵均匀地按压到脸上,以使妆紧贴并且透薄;色泽偏紫,以使妆容亮丽。整个这个捯饬的过程中,她甚至想起了有关这种清纯约会妆应该达到的所谓"四步效果":第一步是在三米开外就能让对方发现你的肤色;第二步是两米开外就能让对方看出你的眼神;第三步是一米开外就能让对方注意到你的嘴唇;第四步是站在对方面前你经得起仔细推敲,等等。

尽管她一再在心里把老妈抬出来说服自己——老妈从小就没完没了地告诉她,一个女孩子家家的什么时候站在人前都该有模有样,这是对人家的尊重，你尊重人家，人家才会尊重你，但她清楚，这理由后面还是藏着一些东西。如果没有顾长清，没有副省长，只是机关的一场平常舞会，她当然也不会马虎，但至于这么费心机吗？她还是不能免俗，甚至免不了一种应召的下意识。也许这就是女人。

又一次见到顾长清，陈蓁的感觉好像没有上次那么坏，林太把陈蓁领到他面前的时候，他一点没摆副省长的谱，赶紧站了起来。陈蓁事先想过，如果此人要像上次在台上接见演员似的犯酸，她勉强应付一下就趁早溜号，恕不奉陪。她当然愿意他有可能出于公心看待她想当主持人的事，并有可能伸手帮助，但那并不等于说她就该低三下四。

顾长清和陈蓁一下舞池，林太就知趣走开。在音乐的掩护下，顾长清凑近陈蓁，说："给你说几个数字，在这个偌大的世界上，一个人与另一个人相遇的可能性，大约是千万分之一；成为朋友的可能性，大约是两亿分之一；成为终身伴侣的可能性，是五十亿分之一。千万分之一，我们今天就是。两亿分之一，我要努力争取。"

"是吗？"陈蓁笑一笑，有些僵硬的身体明显松弛下来。

"你不想问问我想不想争取那五十亿分之一的可能性吗？"顾长清说。

"你觉得我会吗？"陈蓁收起笑容。

"开个玩笑，别当真。"顾长清贴在陈蓁腰间的手指头轻轻动了动："有时候，真是很想轻松轻松。你可能想象不到，我们很累的，心累。当官其实也是一种围城。"

陈蓁说："也许吧。网上有句话说，在这个浮华的世界，连伤痛都是一种值得炫耀的资本。"

"你是说我在炫耀吗？"

"不敢。"

"你很有个性啊，有股子硬气劲。"

"个性说不上。'坚硬的城市里没有柔软的情感'，这句话也是在网上看来的。谁都这样。"

活见鬼了，得了好还卖乖，混上副省长了还叫苦！陈蓁想起自己，只不过是想做一个自己喜欢并且能发挥的工作，都像是比登天还难，不由有些愤然。顾长清的自怨自艾其实是一种淫威。用一个拉近距离的小伎俩就想把一个刚见面的女人弄上床，他敢于这样做的底气还不就是权力？这种遮遮掩掩的以势压人，比起干干脆脆的直接开价其实更加下流。

"我是不是让你不高兴了？"顾长清很敏锐。

"没有。"

"那就好。"顾长清轻轻嘘了口气。这支舞曲很长。沉默了一会儿，顾长清说："有句话我不知道该不该说。"

陈蓁没有回应。

"我怕冒犯你。"

"那就别说。"

"可又按捺不住。"

顾长清忽然把悬空抓住的她的那只手移到自己的胸口，按住，问她有没有感觉到他的心跳？说话的时候脸居然发红，像个初恋的少年。

陈蓁即便心里早已明镜似的，对这个动作还是有点猝不及防："顾副省长您是不是酒喝多一点了？"

"对不起对不起。"顾长清连声道歉："我真是有点失态了。但请你相信，我对你的好感是真实的。"

"谢谢。"陈蓁想，你这样的我见得多了。

这支长长的舞曲结束，没有落座，陈蓁就告辞了。

还在路上，就听见手机短信的提示音响了，陈蓁懒得打开。短信肯定是顾长清发的，她的手机号也肯定是林太给他的。她告辞的时候，顾长清的表情就像当头遭了一闷棍，林太居然追到院子里扯住她的单车。

李贺下午出去应了一个饭局，比她早一脚到家，正仰面躺在床上："怎么就回来了？舞会没开成？"

去参加舞会前陈蓁给他打过电话。

陈蓁从坤包里翻出手机，扔过去，说："有个短信，我还没来得及看，你看看吧。"

"别是试探我吧？我可不敢窥探你的隐私。"

"你烦不烦！"

果然是顾长清的短信，话说得很诚恳："看来是真的冒犯你了，深深道歉。但爱本身不是过错，相信能够谅解。"

"王八蛋！"李贺恨不得一把捏碎了那只手机："衣冠禽兽！道貌岸然！满嘴仁义道德，一肚子男盗女娼……"

"哎哎，那是手机，不是顾长清。"准备去卫生间的陈蓁一边脱衣服一边说："你发火只能说明你有恐惧感。"

"我恐惧个屁！"

陈蓁笑道："说的就是，你们男人在乎的不就是那玩意吗？"

李贺抓手机的那只手软软地落下来。等陈蓁披着浴巾从卫生间出来，他还摊在那儿出粗气。

"你该骄傲，有我这么个女人。"

陈蓁的身体忽隐忽现，往常这时候李贺早跳起来生拉硬拽了。现在他闷闷地躺着，没有反应。

"怎么，还没到二十四个月呢，就失效了？"陈蓁撩拨说。

李贺收集的小资料里有一条核磁共振成像研究的结果，说热恋中的男女核磁共振图像和血液中的复合胺水平会发生变化，荷尔蒙可体松卵泡刺激素和睾丸激素的水平，以及神经增长因子的水平也会升高，但所有这些在十二到二十四个月之后就会失效。他一脸忧心忡忡地给陈蓁看，陈蓁说："那有什么，你们不是老号叫不求天长地久，只求一旦拥有的吗。"李贺自言自语说："真要有那一天我就自杀。"陈蓁："听起来挺罗密欧、朱丽叶的，我等着那一天。"

"你能答应我不再见他吗？"李贺翻个身，背对着陈蓁。

"你觉得见和不见有那么重要吗？"

"我不想他见到你。"

"好吧，我答应你。"

"我不能没有你的，知道吗？"

"我懂。"

"但是这个男人懂我吗？"陈蓁想，他不懂。他陷在世俗的规范中间。他不懂并不是所有人判断生活都只有一个尺度。他享受不了她的爱情。对他来说，这才有可能是他最大的悲哀。而最终又何尝不是她自己的最大的悲哀呢？

三

顾长清的电话每次都很简短，问过好之后就说："找个时间谈谈你的工作。""你的工作"有两个意思，一个是广义的，一个是具体的，就是陈蓁想做主持人那个事。那天在舞会上他跟陈蓁说，他们的电话是不方便的："许多话你得意会。"

陈蓁每次都彬彬有礼，说："谢谢领导关心。"就没有了下文。顾长清在所有这些电话里，虽然始终没有实质性的内容，但其实没那么简单。李贺在那个沮丧的夜晚把跟顾长清的交往一五一十告诉过她，他原指望过顾长清帮他把陈蓁的事搞定的，后来发现是个狼心狗肺的东西。顾长清真要帮忙，有什么可谈的，给广电厅的头提一句，分分钟就搞定了。现在他是把这事当钓饵，鱼要是不上钩，什么事也搞不定，相反他还会成为不可逾越的障碍。顾长清什么都没说，其实什么都说了。

对陈蓁来说，上床？还是不上床？根本不成为问题。所有人都只看到她是个女人，而不是个有独立价值的人，所有人都只注意她的身体，而无视她的灵魂，如果一个女人在这个男权社会只能选择服从，否则就是死路一条，那她就对抗到死好了。大学毕业之后，许多同学当官的当官，开公司的开公司，成家立业，生儿育女，活得特滋润，而当初人人看好的她却还在为了一个谁都会觉得不值当的愿望苦苦挣扎。用她老妈的话说，这叫作"人能命不能"。

如果李贺能够有足够的担当，也许多少会是个安慰。但是，无论在情感上还是精神上，李贺都是那么靠不住。

陈蓁从来认为自己是个理智的女人，但她的爱情却是盲目的。世界上几乎所有的女人都把爱情当作一种信仰，却又几乎都天生缺乏对爱情的分辨能力。李贺其实是个浅薄的人，迷倒过许多同样浅薄的女孩，竟也迷住了她。陈蓁后来在检讨这一次的盲目的时候，记起了一句她当时并没有特别注意的话：有泪涌出的时候才发现，命运早已写好了结局，只等我们去经过。

最初刺痛陈蓁的是李贺从单位带回的他刚出版的一本小说集。人还没进屋他就大呼小叫，远远地把一个没拆封的邮件抛给陈蓁："出来了！"

李贺好久没有出东西了。一说起来，他就大骂这社会越来越物质化了，文学越来越没戏了之类。陈蓁知道他其实并不甘心，老是宽他的心："写不写都无所谓，好好活着比什么都强。"为了证明自己在文坛的存在，李贺把宝全押在了这本小说集的出版上。这些中短篇在帮着看清样的时候陈蓁都看过，留不下多少印象。出版社那边很不客气，一开始要求作者包销五千册，等于作者自己掏钱印了书，他们多少赚一点。好说歹说减到了两千册，也就是他们不赚了，但也不赔。

书出来了就是好事。陈蓁很为李贺高兴。她最不愿看到的就是李贺的百无聊赖。书的装帧还说得过去，二、三十万字，拿在手上有点分量。翻开扉页，两个人一下傻了眼：跳出来一张李贺全裸的照片。

照片是从李贺的背面拍的。夕阳很好，把芦苇丛染成一片金黄。天和湖水湛蓝而静谧，李贺匀称的身体立在水边的石头上，头正好侧向受光面，让夕阳勾勒出一个很好看的轮廓。照片的背后有一行字："说说，打算怎么谢我？"

陈蓁凭感觉就知道，这只能是一个女人："你不会打算告诉我这是一个哥们的杰作吧？"

照片是某出版社的女编辑在某天和李贺放纵后偷拍的，事后她没有用任何方式告诉过李贺。李贺跟陈蓁同居后，几乎放弃了跟她的联系。但她对李贺似乎是一往情深。李贺为出那本小说集找了好几家出版社，直到走投无路才不得不恢复了跟她的联系。她一点没有作态就答应尽力。她也确实尽了力。没有她，包销数从五千册降到两千册门都没有。

李贺想想，只有豁出去了："我们有过约定的，既往不咎。"

"我想知道的是现在。"

"现在她只是我的责任编辑。"

"是吗？那就好。"

陈蓁不能接受的不是李贺的过去，而是李贺靠满足女人出书。但她不再追问。她相信李贺还不至于这样堕落。

却出现了那一串避孕套。

李贺从菜场回来，陈蓁尽量平静地说："对不起，我不是故意的。我的电脑出问题了，那边等着我的稿子，结果它们就出现了。我有点尴尬，真的。你能解释一下吗？"

李贺的脸一下刷白，一下通红，整个身子像风吹的草一样弯下来。

"我可以不说吗？"好半天，李贺说。

"不可以。除非你想结束我们现在的关系。"

"可我不知从哪里说起。"

"只要是真话，随便从哪里说都行。"

"我说不出口。"李贺软软地在床沿上坐下，头一点一点地垂到接近膝盖，肩膀一抽一抽地耸动起来。

李贺事先准备了避孕套，不是为了女人，而是为了保护自己。这一次他的角色很明确，就是鸭子。两千册包销的书，陈蓁今年还差一大截的她那个频道拉赞助的定额，都需要钱。相对于想得出来的其他方式，最便当最快捷也最有效的就是他去掏以前和他有过瓜葛的女人的口袋。那天，李贺把那个女人伺候得极其舒坦。

李贺后来懊悔不已，当时太性急了，太低估那女人又太高估自己了，以为这样的女人都是傻瓜，以为光是凭自己的生殖器就能把她弄成白痴。他千不该万不该在还不能确信已经抓住了这个女人的心的时候，就暴露了目的。

她的一大堆肉重重地趴在李贺怀里，他极力忍住嫌恶，问："好不好帮我个忙？"她眼神迷离地"咿咿呜呜"点头。李贺说出的那个钱数远远超过了出书的需要，他一次性地把陈蓁那个频道当年的赞助定额也包括在里面了。

"那么多啊。"女人一下抬起脸。

"分几次到款也行的。"李贺意识到了自己的贪心。

"你觉得你值那么多吗？"女人举起一只手托住李贺的下巴。

李贺抓住那只手，却又不好甩开，把它移到胸口上："我们不是做生意，是情分，对吧？"

"怎么不是生意？你摸摸你这里，有情分吗？你以为我真是傻瓜？要钱可以的，随叫随到一个价，包月定日子一个价，由你挑，怎么样？只要你勤快，刚才要的那点钱算不了什么。谁叫我喜欢你呢。"

这是一个漫长的噩梦。那之后，李贺对陈蓁说的饭局，大多应的就是那女人的局。她也很守信用，每笔款子都照李贺提供的账号如期如数支付。李贺让陈蓁告诉他，她们那个频道收受赞助的账号的时候，很轻松，说："你再不用为拉赞助发愁了，你的定额我给你包了，有个倒霉的冤大头会分期分批付到你们频道账上。"

"陈蓁，我是爱你的。我知道你不会原谅，但还是希望你相信，我对你牛哄哄的时候心里在流血啊。"

陈蓁的感觉像是坠入一条漆黑的峡谷，任凭激流冲撞，跌宕，天旋地转，死去活来，终于被抛到一片寸草不生的荒野。

什么地方闪动着一个长着长指爪的细瘦身影，传来嘶哑但狂放的吟唱："吴丝蜀桐张高秋，空山凝云颓不流。江娥啼竹素女愁，李凭中国弹箜篌。昆山玉碎凤凰叫，芙蓉泣露香兰笑。十二门前融冷光，二十三丝动紫皇。女娲炼石补天处，石破天惊逗秋雨。梦入神山教神妪，老鱼跳波瘦蛟舞。吴质不眠倚桂树，露脚斜飞湿寒兔。"

那是唐朝诗人李贺。童年即能词章，十五、六岁已经因为工于乐府诗与先辈李益齐名，却始终不得登第。他喜欢在与友人游历的路上作诗，得有诗句，便投进一个破旧的锦囊。母亲心疼，说"是儿要当呕出心乃已尔"。惊人的想象诡谲而又感觉过敏，像许多天才一样，一生体弱多病，二十七岁就早早死去。当初，面前的这个李贺所以让陈蓁心动，跟那个不得志的名字多少有点关系。

她现在知道那一次李贺讪笑着对她说的"我倒是觉得不妨利用"并不是打趣，他心里真是那样想的。

"出去。"陈蓁低声说。

"陈蓁！"李贺一脸涕泪横流。

"出去。现在。从这里。"

四

快过年的时候，陈蓁很突然地接到梅子的电话。她和她男人从北京回老家办婚礼，正好路过这个城市，非要下来看看蓁姐，刚在火车站下车。

梅子给陈蓁留下的最后印象是她从那个中风死亡的局长身边跑回来之后的一双惊恐的眼睛。现在这双眼睛已经看不出丝毫阴影，有的是历练的平静。依旧是那个实在的、穷怕了的、会过日子的山村女人。肯定了陈蓁这间屋子只有她一个人住，马上就对男人说："我们不用住店了，就住蓁姐这儿，你打地铺，我跟蓁姐睡床上。好长日子不见，我想死蓁姐了，有说不完的话。反正就一晚上，也给蓁姐添不了多少麻烦。蓁姐是吧？"

陈蓁只能笑说："只要二位不嫌弃，欢迎。"

梅子的男人是北京那家洗脚城的修脚师，比梅子去得晚，是一个省的老乡，只是隔着一个地区。小伙子老实厚道，说话讷讷的，干脆不说，手脚也好像没处放，在这里住下简直就是受罪，却又不敢违逆梅子。

"一个女人活一辈子，图什么？"梅子说："不就图个知道心疼你的男人吗？"事隔多年，这句话陈蓁是第二次从梅子嘴里听见。那时候梅子男人已经在轰轰烈烈地打鼾。

"莫看他这副熊样，手艺是我们那里头牌的，怪不怪？"梅子毫不隐讳对自己男人和对自己的现状的得意。一晚上她都在说她的日子，他们这次回老家，说不定就不再去北京了，如果找到合适地方，就自己开一家洗脚城。她男人有亲戚是当官的，贷款没得问题，他们自己业务也都熟了，边开业边培训人手，生意很快就会火起来。她忽然想起了雪儿，长长地叹了口气。有个学院的同学跟一伙人来洗脚城，她正好碰上，来不及躲开。随后聊起了学院的事，说雪儿得了脏病，老家来人把她领回了东北，当时瘦得不成人样，现在不知道是不是还活着。

陈蓁的眼前立刻现出雪儿那张恨恨的脸，整夜整夜地一会儿咬牙切齿，一会儿哭天抹泪，反反复复地追问："蓁姐你给说说，我咋就这么倒霉呢？"

"你呢？"梅子总算想起了陈蓁："你肯定过得好，在省城，那么好个单位，又有爱——对了，你眼界那么高，能为了一个男人放下在北京发展的机会，可见那人有多么出色，我后来听说，还有雪儿都羡慕死了。"

"还行吧。"陈蓁笑笑，嘴角微微颤抖。

"那位呢？出差了？"

"是。"

梅子说话絮絮叨叨，回回转转，不知哪是头，也不知哪是尾，说着说着眼睛就闭上了，很快就沉沉睡去。陈蓁听着两个人此起彼伏、酣畅淋漓的呼噜声，想，应该羡慕的是他们。他们有踏踏实实的生活。

过了年，林太通知陈蓁去新岗位上班，做她想了多年的主持人。又说："你该去送送顾省长，他调回北京了，你这事怕是他在省里亲自关照落实的最后一件事了，人家对你是很不错的。"

顾长清每天早上黏黏糊糊的电话不记得是哪天忽然停的，也许是觉得那游戏没趣了，也许是因为别的缘故。陈蓁都有些淡忘这个人了。他没有像传说的那样升任省长，调回北京好像也不是什么重用。官场的事陈蓁永远也搞不清楚，也不想搞清楚。这点她也很像老爸，对官场很麻木，别人说得津津有味，她听了跟没听一样。

陈蓁没有去送顾长清。大人物之间的应酬轮不到她。一个小百姓，到哪都是干活，给换个地方说不上是什么恩典。顾长清走之前无条件地办了陈蓁这么档子事，应该说多少还有点人味。一个人再不怎么样，拿着权力总得办点正经事。也就是这样了。不知为什么，做不做那个主持人好像已经引不起兴奋了，她接到林太那个通知的时候一点感觉也没有。

李贺走后一直没有消息。

想起两个人曾经那么煞有介事地宣言的珍重和永恒，有点可笑，有点像幼儿园的孩子过家家。

陈蓁知道自己有些绝情，但是她无法改变。李贺是没有资格做"爱人"的。"爱人"这个词被用得很滥，其实应该是一个神圣的词，不是所有男女都当得起的。只是她与李贺也未必就要从此形同路人。李贺让人厌恶的也正是让人怜悯的。接到林太通知的那天，忽然看到李贺的电邮，她心里一阵柔软：

"谢天谢地，到底有了这一天！此前你陷入的困境，全因为我的轻率。我以为自己是个什么人五人六，却根本不是东西。没有自知之明也就罢了，千不该万不该给你带去了坎坷。更恶心的是，我给你酿下了苦果，却只能用那样下三滥的方式帮你。没有比这更懦弱更可耻的了。这叫什么男人？

这些时，我闷头在写。一个率真激情的女孩在一个实利世俗的社会中跌宕起伏的命运，抗争和失望——包括对男人的失望，让我的精神经历着地狱般的煎熬，那些字、词、句就像刀子一样在心里剐着。这小说什么时候能写完，发不发表，我现在都没想，那并不重要。

我当然知道我没有资格重新拥有。我说那些，只是想让你知道，我很糟糕，但还没有糟糕到把什么女人都当作玩物，对什么女人都不知道敬重。回想起来，我这一辈子对不起许多用情真诚的女人。罪孽很深，自有天谴。作为一个写作时才有清醒的臭文人，我深感女人的伟大。

不敢指望回复。如果有，你说什么、怎么说、哪怕是痛骂，都行啊。"

陈蓁马上就给了回复：

"你不必过于自责，的确，从北京回来，精神的压力是我从未有过的。但我没有后悔，自己选择的自己面对。更没有依赖过你的帮助，我甚至没想过你曾经的信誓旦旦，早忘了。现在，一切都过去了，无须再提了。另外，你一贯好色多情，不尽风流，那是男人的劣根性，也是本性，其实没有对与错、高尚与卑贱可言。把女人当作审美打趣尤物的男人远不是你一个，你也不是做得最低级的一个。我仍视你为良师益友。就这样保持一定距离，友好真诚地交往，那也是审美。"

那天晚上，陈蓁又梦见了左兵：

刚结束一场晚会，高挑白皙，浓发纷披，眼神忧郁的"徐志摩的诗"送她回校园最偏僻角落的宿舍。一路上安安静静地接受着她的滔滔不绝。他极少打断她的话，最多表示一声肯定或否定。真的就像一个平静而谦和的大哥。他们之间隔着他的自行车，在下雨，他的雨衣给她披着。四下的黑暗里响着叽叽喳喳的窃窃私语，说他们会成。但她知道不会。她知道乐团的第一小提琴跟他好，也觉得他们更般配。人生不可以重来，她只求左兵是他大哥。至于爱情，她需要等待。

很难说这是一场梦，因为梦时跟梦醒时一样清醒。她一直在爱着左兵，只是她没有勇气承认。她认定人生不可以重来，才只求左兵是她大哥，如果人生可以重来，她不顾一切追求的就只能是左兵。没有左兵，就不会有她的爱情。是她的自卑截断了她追求左兵的道路。王守信弄脏了她，她不可以让自己弄脏了左兵。她后来之所以一度接受李贺取代左兵，恰是因为李贺没有左兵的完美。

永远在希求完美，永远得不到完美，这就是她的命运。

作者简介：

陈世旭，男，江西南昌人。著有长篇小说《梦洲》、《裸体问题》、《将军镇》、《世纪神话》、《边唱边晃》、《一半是黑色，一半是白色》等，散文随笔集《风花雪月》、《都市牧歌》、《中国当代作家选集丛书·陈世旭卷》等，短篇小说集《带海风的螺壳》、《天鹅湖畔》等。曾获全国第二届优秀短篇小说奖、首届鲁迅文学奖等。现为中国作协主席团委员，江西省文联主席、作协主席。

不等式生活 /童 全

一

一切的不幸来自于卫生间。

卫生间缩在房子的一角，设计师按着习惯思维把卫生间放在厨房的隔壁。它会随着一日三餐或者日夜转换而频繁地开开关关。卫生间的门因为挨厨房太近，所以主人用了一根弹簧绷上，人的身体刚进去或者刚出来，那根弹簧就发挥了它的威力，发出砰、砰、砰的闷响。

在没出那件事之前，作为半个主人的夏虹还挺喜欢这个卫生间。卫生间麻雀虽小，五脏俱全。乳白色的浴霸，乳白色的洗衣机，乳白色的马桶，乳白色的梳洗台。一面心型的大镜子下面，放满了瓶瓶罐罐。洗头的、洗脸的、大人的、老人的、小孩的，一应俱全。

假若不是出了那件事情，这个不足七十平方米却挤了三代人的房子还是非常温馨的。老向夫妇住靠近过道的一间，向北京夫妇和九岁的儿子住带阳台的一大间。左边是厨房和卫生间，所谓的客厅就是一个过道而已。而这个过道里却塞满了一家人的鞋子，新的、旧的、好看的、难看的。

夏虹嫁过来的时候，曾经为耳目一新的生活狂喜过一阵。后来，随着日积月累又渐渐形成的生活规律，最初的兴奋露出了原本的无奈和尴尬。因为没有自己的房子，她在回到家后不能穿上睡衣光上脚丫，不能随心所欲地对老公撒娇。每次的夫妻生活都要小心翼翼。

夏虹很想有一套自己的房子，为了这个房子，她从不死不活的内衣厂出来，成为一名靠提成吃饭的房地产经纪人。她以为这份职业好做，会像经理说的那样不出两年就可以挣个十万八万。其实，三年拼死拼活地做下来，除了日常开支，也不比在内衣厂的时候多挣多少。

夏虹这边没希望，作为一家之主的向北京也好不了多少。向北京在一家饮料厂开车。工作倒是四平八稳的，但没什么钱。以前没儿子的时候，他们多少还能存点，现在有了儿子，别说存了，每个月不借就不错了。

想当初，向北京和夏虹恋爱的时候，老向夫妇拼命反对。夏虹之所以能成为向家的媳妇，全是因为固执的向北京。他为了能把夏虹娶回家，躺在床上不吃不喝搞绝食行动，吓得向夫人给夏虹打电话的时候，哭得一塌糊涂。

因为这样，夏虹才暗地里为自己打气，她做任何事情之前都要想着老向夫妇，希望讨得公公和婆婆的欢心。她手里再没钱，只要娘家有的，她决不会向婆婆伸手。就算婆婆拿钱给儿子，夏虹也会找机会还回去。结婚十年了，除了没给婆婆房租之外，夏虹基本上不欠他们什么。

没事的时候，向北京的工资和她的工资，在脑子里加了又加，除了日常生活开支就算一个月存上一千块，一年才一万二。五年存下来只够交个房子首付。

房子，她做梦都想有自己的房子。可生活总是被现实打得七零八落。大过年的儿子吃得好了点，结果吃成了急性肠胃炎。存了一年的钱，一眨眼就扔到了医院。望着空下去的存折，夏虹真是痛苦得无以复加。

为了安慰激励自己，夏虹又凭着自身的条件制造了许多希望。比如突然中个五百万，比如房子拆迁，比如她家或者向北京家有了一个富后归根的亲戚。不过最为实在的想法就是老向夫妇的离去，到时候房子就光明正大地属于她了。

因为工作需要，夏虹长年累月地带着不同的客户参观不同的房子。别墅，复式，四室二厅，三室一厅，塔楼，板楼，四合院等等。当她看到那些漂亮的房子时，总是身不由己地激动。

如果看的房子是三室一厅，夏虹就根据自己的实际情况审视这套房子。是把客厅打通呢，还是就保留这三室一厅，如果保留这三室一厅，除了他们住之外，还有一间书房兼做客房。如果不保留客房，就可以把客厅扩大，再增加一个卫生间。

如果是看的复式房子，夏虹就一边给客户讲解，一边在心里打如意算盘。这复式的房子如果买下来，可以把自己的父母接过来，自己一家住楼上，父母住楼下。当夏虹想到阳光洒满宽大的玻璃窗，她穿着乳白色的睡衣咯噔咯噔下楼的时候，那种感觉幸福极了。

不过，这种幸福，随着夏虹日复一日的工作，变成了一种遥不可及的梦想。当梦想变得越来越远，夏虹对于房子的感觉也慢慢麻木。要不是早上因为拉肚子跑卫生间，房子的问题也不会像个皮球一样弹跳出来。

二

时间停止在早上六点。

如果按照平时的规律，向北京一家还在沉睡之中，这个卫生间是属于老向夫妇的。他们俩养成了早睡早起的好习惯。每天早上六点，老向就会捅醒老婆子，两人在卫生间洗漱一番后下楼晨练。老向夫妇的晨练时间特别长，等他们转回来时，家里已是上班的上班，上学的上学。只有天天晚上加班的儿子正窝在被窝呼呼大睡。

晚上，休闲了一天的老向夫妇，早早洗漱睡觉，把晚上九点以后的时间全部留给了向北京夫妇。夏虹因为工作的原因，也经常加班带客户看房子。而向北京每天晚上不到十二点肯定回不了家。所以夏虹用卫生间的时候，老向夫妇和儿子早已睡下，夏虹可以自由自在地把公用卫生间当成自己的卫生间。她在卫生间洗澡，刷牙，裸着身体做收腹运动。有时候心情高兴，夏虹还能在洗澡的时候哼两句流行歌曲。

这一天早上，事情有了突如其来的变化。

老向像平时一样拉开卫生间的门时，除了一团白乎乎的肉体还有儿媳夏虹的尖叫。老向被这突如其来的变故吓蒙了，拉着卫生间把手的左手不仅没有因为夏虹的尖叫而松开，反而像救命稻草一样抓着不放。等到老太太和向北京过来的时候，卫生间的门才砰的一声发出了巨大的闷响。

向北京马上明白了怎么回事，他冲着卫生间骂了一句，在他看来就算父亲不小心拉开了卫生间的门，作为儿媳的夏虹也不应该发出那样的叫声。长长的，凌厉的，惊慌的，恐怖的，好像谁要刺杀她一样。

老向因为儿子和老伴的出现，好像从呆滞中清醒过来一样。他没理儿子，一把甩开了老伴。老太太以为老头子会回去睡觉，哪想到他回房套上衣服，一言不发地下楼了。

向洋也被母亲的尖叫搞醒了，他揉着眼睛跑出来说："爸，怎么了？"向北京有些恶狠狠地说："没你的事，上学去！"向洋说："我妈呢？"向北京说："听见没有，让你上学去！"向洋看到向北京的黑脸，马上意识到出了事情，他一边套裤子一边说："爸，你的脸好难看噢！"

向北京没说话，站在客厅里看向洋穿衣服。向洋很想搞明白怎么回事，所以才把衣服穿得七零八落。向北京揪住向洋，胡乱地套完衣服，从口袋里掏出十块钱塞到向洋手里，然后像拎小鸡一样把向洋拎到门外。向洋从来没见过爸爸这样，一下子吓坏了，他站在门边哆嗦着："爸，我还没洗脸呢！"

向北京瞪了儿子一眼，不用洗了。

向洋委屈地说："爸！"

向北京没有说话，而是站在门口看着向洋。小家伙抹了一把眼睛，把钱塞到裤袋里，满腹委屈地下楼了。

此时的夏虹，一直躲在卫生间里听着外面的动静，听到向北京在训斥儿子，马上从卫生间里冲出来，在冲到门口时，向北京一脚踢上房门，然后把夏虹扔到了床上。夏虹马上坐起来喊："你干嘛？"向北京说："你说我干嘛？"夏虹说："我不知道你干嘛！"向北京说："你知道自己干嘛了吗？"夏虹跳下床，像壮胆一样双手叉腰说："我干嘛了？"向北京说："你真欠揍！"夏虹挺着身子说："你揍啊？借你两个胆！"向北京示威地扬扬手说："你以为我不敢吗？"夏虹说："你打呀？来啊，我好怕啊？"夏虹把脸扬起来，挑衅地看着向北京。

向北京说："真丢人，大清早的！"夏虹说："有什么丢人的？一家三代挤一个卫生间是众所周知的事情。有什么丢人的？你要是嫌丢人你就买房子啊，自己没本事老婆孩子还跟着受委屈。"夏虹说完最后一个字，窝在眼里的泪珠就像断了线的珠子一样，哗啦啦地掉了下来。向北京已经伸到半空的手又缩了回来。

向北京什么都不怕，就害怕夏虹哭。

夏虹和别的女人不一样，人家伤心的时候会号啕大哭，或者连哭带骂。

可是夏虹哭起来，无声无息，只有泪水不停地在脸蛋上滚落。每次看到她一声不吭地流泪，向北京的心就柔软得一塌糊涂。

向北京说："不管怎么样，你都不应该叫！"夏虹说："如果换成了你你不叫吗？"向北京恨铁不成钢地说："那也不应该那么大声！再说你上厕所为什么不锁门？你锁了门他还能拉开吗？"夏虹狡辩说："我记得锁了。"向北京说："锁了？锁了怎么拉开了？"夏虹说："就算我忘了锁，你爸也应该敲敲门！"向北京说："你敲过门吗？我在厕所里的时候你敲过门吗？"夏虹说："那不一样，你是我老公！别说不敲门，你就是进去又怎么样？可是你爸不一样，如果换了你妈，我肯定不叫。"

向北京气急败坏地说："正因为这样，你才不应该叫哪。家丑不可外扬！"夏虹说："还怕家丑！"夏虹捡起自己的衣服穿。这下向北京看清楚了，夏虹穿了一件半透明的睡衣，因为没戴乳罩两只白嫩的乳房一览无余。向北京一下子愤怒了，这件招摇的睡衣不适合在家里穿，向北京早就警告过她。看她那样子，好像特地穿这套睡衣招摇一样。

夏虹下意识地捂住胸脯。

向北京再也忍无可忍，骂了声"下贱"。夏虹说："你说什么？向北京你有种再说一遍！"向北京说："下贱！你下贱！我下贱！生活下贱！妈的！"向北京一拳砸在了桌子上。

"向北京！"夏虹一下子愤怒了。"我不应该叫对吧？你觉得我在你爸打开门之后应该对他说声谢谢对吧？"向北京说："胡说八道！"向北京被夏虹激怒了，像拎只鸡一样拎起她，甩了一巴掌。夏虹捂着火辣辣的脸蛋儿，泪水淌得更多了。她抹了一把，又抹了一把："向北京，你打我，好，你有出息了，你敢打我了！向北京，"夏虹睁着肿成桃子的一双眼睛："这个家我是不呆了，一天都不呆！"说着，夏虹打开皮箱，胡乱地塞着自己的衣服。

这种场景自从他们结婚以后，已经出现无数次了。贫贱夫妻百事哀，两个人经常为鸡毛蒜皮的小事大打出手，然后像真的一样吵吵着离婚。只是他们都属于动动嘴的主儿，虽然在嘴上早就离了几百回了，现实中两人还是谁也离不开谁。

以夏虹的经验，向北京会像以前那样在她提出离婚的时候妥协。可是向北京没有，他站在门口，看着夏虹往里面装衣服，看着夏虹把皮箱盖上，看着夏虹拎着箱子从自己身边走过。

出门的时候，夏虹满怀期待的心一下子碎了，向北京的沉默足以证明，他们十年的恩爱因为这件小事而土崩瓦解了。

<h2 style="text-align:center">三</h2>

许显达并没有看好西山的别墅，西山别墅被村庄包围，交通不便。虽然销售商承诺不出一年就会通上城铁。许显达看着那条"明年城铁到我家"的标语，觉得特别可笑。

许佳要购买西山别墅的主要原因，是看好了附近的自然环境和原生态果园。许佳的客户大多是老外，他们喜欢田园式的生活。许显达心里不快也不愿意阻止，别说这里面没有自己的钱，就算有他能阻止得了么？自从老伴去世，许佳就像一个男孩子一样雄心勃勃虎视眈眈。许佳借着自己的能力和许显达的社会关系，从美国回来后就创办了98度公司，除了做进出口的业务，公司旗下还汇聚了服装公司、软件公司、顾问咨询公司等等。最近，许佳又雄心勃勃地进军娱乐场所，要在最繁华的地段筹建影子大酒店。

许显达在女儿没发达之前，就对购置房地产升值有了很深的认识。他采用拆东补西的方法在市内购了好几套二手房出租。依照现在的实际情况，旧房子因为地理位置和价格的原因比新房子好租，再说谁的新房子住都没住就租出去？

算一算，在许佳没成气候之前，许显达已经悄悄地置办了三处房产。许佳成气候后，给许显达的零花钱，他也置办了房产。许显达手里可以没钱，但不能没有房产。他好像患上了购房症，只要手里有点钱，他第一个想到的就是房子。许佳做梦都不会想到，在她的名下已经有了近八处房产，这些房产有两处许佳知道，其他的都是位于繁华地段但破旧不堪的旧房。它们被许显达以极低的价格购买过来，装修一下就租了出去。来北京打工的人太多了，这些被当地人不屑一顾的房子很快被抢购一空。

拥有数处房产的许显达，肯定体会不了没有房子的苦恼。他每次拿着不同的房地产证时，好像看到了滚滚而来的钱财。北京的房子只升不跌这是事实，有多少人拼上命都想两次三次或四五次地置办房产。许显达看着越来越高的房价，不由为自己的英明感到骄傲。这些房产加一加，许显达的身价也有几百万了。

当然，许显达知道，自己的这些钱在许佳那儿算不了什么。这个孩子好像被钱迷住了一样，不管如何折腾，她都能赚钱，仅仅三十一岁的许佳已是身价千万，她吃穿名牌，一个人住着套跃层的房子，开着辆法拉利。许佳挣了钱也很会花钱，她经常呼朋携友，频频做东。刚买的衣服随手送人，刚置办的音响不几天就换了主人。许佳的口头语就是："小气的人是赚不到大钱的！"面对这个像男人一样洒脱大方又春风得意的女儿，许显达喜忧参半。许佳事业上的成功并不能掩盖她感情上的空白。

许佳二十岁的时候，一心一意喜欢向北京，被向北京拒绝后，许佳好像就变得没有感情起来，随着出国，随着事业，她竟然从一个羞涩内向的女孩转变成一个风风火火、大大咧咧的女人，经常与男人搭肩勾背称兄道弟。曾经有一段日子，许佳和一个男人双双对对，还无数次把手搭在人家的肩膀上。许显达暗自高兴了许久，结果许佳一句话就打破了许显达的幻想："人家都结婚了，就是他没结婚我们也不可能走到一起，我们是哥们！"

西山别墅按照许佳的意思装修，她出高价请了设计师设计，又请了一流的施工公司。许佳把钥匙扔给人家的时候，自信地对许显达一笑："爸，三个月后，Things will all be done！"

话是这样说，许显达还是放不下心来。依他的经验看，没有一个施工队不拖泥带水偷工减料的。许显达宁可牺牲休息时间，也得来别墅里监监工。

西山别墅交通不便，要转好几次车才能到达。许显达怕女儿不让他来，就偷偷地坐了出租车。一个星期下来，的士费已是上千。许显达开始后悔，如果知道这样，他就学开车了。他的那辆黑色本田一直放在车库里。女儿买来就是让他享受的，可是许显达因为身处媒体顾虑得太多，以自己不愿意学车为由让本田躺在车库里睡大觉。他每天骑着自行车上班时，总会想到黑色的本田。依照许显达现在的位置，骑自行车会让他过得平静快乐！

当他又一次站在公车站前等车时，心里不禁想，要是有个贴心的人帮帮自己多好。最好是那种退休后没事做的，哪怕自己付点工钱也好啊。再说，西山别墅的楼上已经可以入住了，要不是因为工作，许显达完全可以和工人一样住在西山别墅。

四

出了这样的事情，老向夫妇觉得既惊讶又窝囊。老向也许因为自己的莽撞而产生悔意，而向夫人却以此觉得夏虹极没教养。夏虹的这声尖叫像一枚刀子毫不留情地穿透了她的心脏。她不止一次地想，如果当初说服向北京娶了许佳，他们一家人的日子肯定不会落魄到这个地步。

许佳是许显达的女儿，许显达是老向一个部队当兵的战友。老向在周报当摄影记者的时候把许显达搞进了报社，后来许显达升官之后又处处照顾老向，因为这些因素，两家走动得分外频繁，尤其许显达的夫人去世以后，许佳就像老向夫妇的亲生女儿。所以，当他们得知许佳喜欢向北京时，老向夫妇又喜又忧，喜的是许佳看中了向北京，忧的是和许显达门不当户不对，许显达未必愿意把女儿下嫁。

许显达听了这事，并没有像老向夫妇想的那样大发雷霆，而是非常乐意地投了赞成票。许显达还在老向夫妇面前显摆，说向北京成为他家的女婿后，不仅会把他调到供电局，还会买一套复式的房子送给他们。老向夫妇受宠若惊又有些炫耀地给儿子一说，结果被向北京鼻子不是鼻子脸不是脸地拒绝了。

在没提亲事之前，许佳在向北京眼里还颇多优点，一提亲事向北京马上想到了人家的种种缺点，什么塌鼻梁呀，什么皮肤黑呀，什么眼睛小呀等等。挑完了毛病，向北京就对老向夫妇宣布了两个决定，第一坚决不娶许佳，第二他有了女朋友。

那时候的向北京的确是一个帅哥，他继承了老向夫妇的所有优点，每次带他出去，身后全是欣赏和赞扬。向北京因为长得帅，特讨女孩子喜欢。在初中时，就有女孩送礼物讨他开心了。

有一段日子，因为养了一个这么帅气又讨人喜欢的儿子，老向夫妇倍感骄傲。

因为有了外表所带来的惊喜，向北京多少有些自恋的毛病。看人家这个女孩不顺眼，那个女孩有毛病。高中上完没考上大学的主要原因，就是围在向北京身边的女孩子太多了，她们给向北京写纸条，送电影票。有的女生知道向北京喜欢吃巧克力，宁可省下午饭钱，也要博得向北京一笑。大学没考上，向北京也不愿意复读，而是缠着老向夫妇学开车，开了车之后又想工作。老向夫妇心疼儿子，以为他在社会上混一段时间，自然品得其中艰苦，自然会回到学校。于是，老向夫妇就托关系找门子，把向北京安排在了饮料厂。每天开着大解放拉货，不仅有饮料喝还有几百元钱拿。

这样的生活一过就是三年，三年后老向夫妇望子成龙的心情终于被现实辗得粉碎。这时，向北京已经到了恋爱结婚的年龄。向北京身边的女孩并没有因为他是一个司机而有所减少，今天一个，明天一个，烦得老向夫妇恨不得马上定一个女人作为向北京的媳妇。这时，许佳的出现让老向夫妇看到了希望。他们暗中为儿子以后的幸福生活做着安排，谁知向北京死活不干。可老向夫妇怎么也没想到，带回来的女孩不仅是个普通工人，还有一对贩菜为生的父母。当时老向夫妇就翻脸了，向北京却铁了心一样，不仅不妥协还寻死觅活的。老向夫妇心一软，向北京就把住在胡同里的夏虹娶了回来。

向北京没再走回学校，已经让老向夫妇后悔得不行，又娶回了胡同女孩夏虹，老向夫妇已经不止后悔，而是内心的不舒服像一块酵母，随着向北京夫妇鸡犬不宁的生活而慢慢发酵变大。

老向夫妇在马路边拉拉扯扯的时候，一辆红色的法拉利停在了马路边。车窗摇下的时候，老向夫妇看到了笑容满面的许佳，一时都愣住了。

许佳穿了一条牛仔印花雪纺拼料短裙，一件 V 字领的黑色短衫，脚上是一双银色钻石高跟鞋。棕色的秀发烫成了小波浪，露出她高贵优雅的脖子。只是她的皮肤仍然像五年前一样黝黑。老向夫妇对许佳的印象还停留在十年前的那个晚上，扎了朝天辫的许佳为了讨得向北京的喜欢，像路过一样站在向北京必经的路口。

向北京拒绝许佳后，老向夫妇觉得很对不起许显达。许显达再来电话再送东西时，老向夫妇心里更像扎了碎玻璃，逢年过节打个问候电话，电话线也像会烧手一样。

许显达也摸不准老向夫妇的想法，加上诸多事务缠身，后来两家的联系就慢慢少了。

十年前的许佳与现在的许佳有天壤之别，老向夫妇看着青春满面的许佳，一时说不出话来。

许佳摘下镶钻淡黄太阳镜冲老向夫妇一笑："叔叔阿姨，我是许佳呀！"

"许佳？啊，你变得让阿姨都认不出来了。"向夫人抱着香气袭人的许佳，后悔得恨不得让时光倒流。

<h1 style="text-align:center">五</h1>

许显达正窝在别墅里和工人争吵时，许佳带着老向夫妇走了进来。许显达看着老向夫妇，一时恍如梦境。

说到许显达与老向最初的关系，还要从五十年前说起，五十年前，许显达和老向是海军某部的战友，一个在司令部当卫生员，一个当通讯员。两个人复员后又一起分到了化肥厂。老向业余时间喜欢摄影，作品经常被贴在宣传栏里。许显达是厂里的宣传员，每次都把老向的作品贴到最佳位置。后来化肥厂倒闭，老向就跑到周报当摄影记者，他进报社后也把许显达搞进来做了编辑。

两个人在一个单位，来来往往就多了起来。许显达还买了一个傻瓜相机跟着老向学摄影。在贫困山区采访时，许显达在老向的指导下拍了一组照片，其中一张在全国性的摄影展上荣获二等奖，许显达就借着这个奖从编辑跃到了编辑部副主任的位置。这事对视摄影为职业的老向触动很大——他做了二十几年的摄影记者，拍了成千上万的照片，奖状和奖杯也存了不少，就是没有碰上人家许显达的运气。

三年不到，许显达就从副主任跳到了副主编。职位一高，薪水和外快就像洪水一样涌来。许显达春风得意之时，没有忘记老向夫妇。两家的关系因为许显达妻子的去世、许显达的升迁而变得微妙又亲密起来。许显达除了拉着退休的老向参加这个奖那个展的评选，还隔三差岔五的让司机给老向夫妇送这送那，比如水果、香烟、保健品。反正都是人家讨好许显达，而又被许显达转手送了人情的东西。

每次接受人家东西的时候，老向夫妇心里都特别不是味道。东西收下，心里不仅没感到快乐还有一种被人恩惠的窝囊，如果不收东西，那也太不给许显达面子。用人家的话就是，人家许显达把老向夫妇当个东西，你扮清高的后果就是不识抬举了。

有很多次，老向夫妇恨自己没有许显达的运气和本事，也很多次说服自己不要许显达的东西，不和许显达来往。可是每当许显达的东西送过来的时候，每当许显达一口一个"老哥老嫂子"地叫着，老向夫妇原本滋生出来的想法就会不由自主地退去。

如果不是因为许佳喜欢上了向北京，也许他们的关系还会像小桥流水一样。可是向北京拒绝了许佳，拒绝了许佳，许显达并不生气，他生气老向夫妇的态度。他起初为了让老向夫妇解脱，伸出手来主动拉近他们的距离，但随着老向夫妇颇多的沉默，许显达也不耐烦了。虽然他走到现在老向同志算功不可没，但再大的恩情也在送东送西中还得差不多了。

老向夫妇碰到许佳，当然不会把他们在马路边的真正原因说出来，而是以散步的理由堵住了许佳的追问。许佳已经不是十年前的许佳，十年前她曾经因为向北京拒绝了自己而心灰意冷，别说见老向夫妇，就是听到他们的声音和名字，许佳都会自卑，觉得自己长得难看，觉得向北京打击了自己。现在，许佳已经不这样想了，她能有这一天，第一个要感谢的人就是向北京。

这几年，对于向北京的事许佳道听途说了一些。这次见到老向夫妇，埋藏在她心中很久的念头像火苗一样燃了起来。

许佳先是带老向夫妇参观了自己的公司，然后又拉他们到了西山别墅。许佳得意地向老向夫妇表示，这别墅是她买来送给许显达的。许显达以后的双休日就在西山别墅度过。

老向夫妇在没见到西山别墅之前，还对即将到来的相聚激动万分。许佳比他们想象的有出息，肯定不把向北京当盘菜了。他们俩站在豪华得像童话一样的别墅里，一种失落从头到脚"哗啦啦"地蹿了上来。看看人家，比比自己，人家一个男人拉扯着女儿的艰难生活还过成了这样，他们不缺胳膊不少腿又带着一个人见人爱的儿子却过成了那样。

别墅里有四个卫生间，许佳为这些卫生间买了自动冲洗器。这种产品老向夫妇在电视里见过，就是上厕所时不用纸巾了，按下开关就可以冲洗温干。许佳站在卫生间里，为老向夫妇做着现代化的演示。后来，在意大利自动按摩浴缸前，老向提出了自己的意见。

当下，许佳手一拍说："哎呀，向叔叔，我们对装修都不太懂，你就帮我们指导一下吧。"

明摆着要做一次义工，但老向夫妇还是有些高兴。别墅下面还没完工，上面已经装修完毕。向夫人拿着毛巾，像个清洁工一样抹着地板。老向则钻进卫生间，根据他的设想给卫生间添砖加瓦。老向夫妇干活的时候，因为怀了感恩和补偿，所以做得特别卖力。许显达也很感动，好像曾经停滞的友谊因为劳动而变得意义非凡起来。

中午的时候，许佳在海鲜城请了一桌。这一桌全是山珍海味，吃得老向夫妇心花怒放又手足无措。面对燕窝猴脑，鲍鱼鱼翅，许显达父女吃得轻车熟路津津有味。而老向夫妇却吃得生搬硬套笑话百出。当微黄的木瓜和通明的鱼翅上来，向夫人一边吃一边说："这粉丝还挺好吃的呀。"

老向的脸"腾"地一下子红了。说实话，他也没吃过鱼翅，但他在菜单上刚刚看过。几百块的鱼翅几下扒到肚子里，让他感觉如鲠在喉。吃完饭，许佳又请他们到咖啡厅聊天。聊天的内容不外乎别墅和许佳，许显达说起女儿时一脸幸福和骄傲。许佳还从皮包里变戏法一样变出一只戒指，那只周大福戒指带着不菲的发票推到向夫人的身边。向夫人很想拒绝，可是她还是伸出手去。在拿到戒指的时候，向夫人说："这房子，就让我们帮着盯盯吧。我们俩都退休了，也闲得无聊！"

六

夏虹回家的时候，父母正拎着水桶往青菜上淋水。老夏夫妇看中了绿色无公害蔬菜的前景，特地从菜市场搬出来，租了两间门市搞绿色蔬菜专卖。这些蔬菜从河北或者郊区直接贩来，打上绿色的牌子出售。本来抱着试试看的心态，没想到生意好得不得了。

出于对女儿的疼爱，老夏夫妇对女儿的婚事没有什么功利和目的。只是万万没有想到，女儿结婚后并没有像别的女儿一样补贴娘家，而是年复一年日复一日地拼命搜刮。

每次回娘家，夏虹就像鬼子进村一样，店里的青菜，冰箱里的冻肉，小板凳，破桌子，夏虹只要看到了，就会找各种理由把它们据为己有。拿完了想要的东西，夏虹就开始掏父母的钱包，她掏钱包的时候不管多少，都有光明正大非拿不可的理由。以前没有向洋的时候，夏虹总是拿向北京说事，等到有了儿子向洋，夏虹对父母要起钱来更是理直气壮。

"妈，向洋要买一套衣服！"

"妈，向洋要交赞助费！"

"妈，向洋生病了！"

在夏虹如愿以偿地离去时，老夏夫妇就觉得特别没意思。两个人累死累活赚的钱基本上全部归了女儿。不过话又说回来了，他们赚钱的目的不就是为了女儿么？虽然现在女儿已经出嫁了，已经属于人家的人了，可是他们的血缘并没有因为女儿的结婚而断掉呀，等到他们离开这个世界，所有的一切不都理所当然地归了女儿么？这样一想，老夏夫妇的心情就舒服了许多，假若夏虹在很长的一段时间没有来家里搜刮，老夏夫妇还不适应起来。

老夏一边往青菜上淋水一边对夏虹说："又没钱了吧？"夏虹说："谁要钱！"老夏说："你不要钱会来看老爹老妈？我们家姑娘是无钱不登三宝殿！"

夏夫人看到女儿脸色不对，马上拉了老夏一把。老夏说："又怎么了？"夏夫人说："我哪知道啊？"这时，屋子里传来了夏虹的叫声。老夏夫妇纷纷放下手中的菜跑到屋内。

"我的屋子为什么放了这么多胡萝卜！"

老夏夫妇觉得女儿过于大惊小怪了，她没嫁出去的时候，屋子里也不是没有蔬菜。

夏虹没再说什么，忙着收拾自己的床铺。跟着客户跑了一天，累都累死了。为了怕父母起疑，她没敢把皮箱带回家，而是放到办公桌底下，把现用的衣服提了些回来。夏虹把衣柜打开，把自己的衣服往里面挂着。

一种不祥的感觉笼罩了老夏夫妇！

"你和向北京吵架了？"

"还是和你婆婆闹别扭了？"

"要不，是向洋出了事？"

"没有。你们别瞎想了。"

"没事你不回家啊？"

"这不是我的家吗？"夏虹说着，往自己的头上拉被子。做母亲的一把抓住被子："有什么事你给爸妈说呀！"

"没事。"

"不对，你肯定是和向北京吵架了？"

"穷日子还过不完呢，哪有心思吵架！"不过，话没说完，窝在夏虹眼眶里的泪水就忍不住掉了下来。

"到底怎么了？"

"你快说啊？"

"你急死我们了！"

夏虹不说话，只是一把又一把地抹着眼泪。

"你哭什么呀？说话呀？"父亲见此情景也急了。

"没吵架！"

"那你哭什么呀？"

"是不是工作不顺心？"他们知道女儿为了挣钱，自己把端得稳稳当当的饭碗给砸了。

"行了行了，让我安静一会儿行不行？"夏虹用力把被子从夏夫人手里夺回来，像只受伤的动物一样在床里面缩成一团。

因为早上的事情，夏虹没能如约带客户去看房子。当夏虹像救火队员一样赶到公司时，客户竟然没有来。公司里的同事像往常一样抱着电话勾搭客户。夏虹放下包，看到老板正从办公室里出来。因为没有底薪，老板对于她的迟到早退并不在意。只是在看到她肿得像桃子一样的眼睛，才猫哭耗子地问她出了什么事情？

夏虹不想解释，而是忙着给客户打电话。这个客户看中了夏季园的一套房子，磨磨叽叽地看了很久时间，说好今天去签合同交定金的。夏虹以为客户忘了，或者说有事不能来了。谁知电话一通，对方就脆生生地告诉她："我不想买了，以后不要来电话了！"

夏虹说："怎么了？不是说好的事情吗？"

客户说："是说好了，可是我今天早上又变了。夏季园太远，我家先生上班不方便！"

切，这个女人来找夏虹的时候，第一个条件就是要夏季园的房子。女人怕夏虹看不起她，招招摇摇地表示，要不是为了老公上班，她才不会买夏季园的房子。现在，她却说老公上班远了。

"夏季园是远了点，但离你先生上班近嘛。"夏虹不想让自己努力了许久的事情不了了之。

"谁说我要夏季园的房子了？"女人一反常态地叫了起来。要不是隔着一条电话线，夏虹真想把手伸过去扇她几巴掌。

这套位于夏季园的三室一厅，房主因为儿子的病忍痛要了三十八万的价格，夏虹根据实际情况，认为这房子四十二万肯定能够售出。夏虹之所以把精力放到这套房子上面，就是为了拿到那四万元的差价。

四万块钱曾经像一个在嘴边晃荡的肥肉，连续三个多月挂在那儿，本来以为可以吃到嘴里，谁想到这块肥肉在她的嘴边滑了一下，就没有了。

七

在没出这件事之前，向北京从来没有考虑过房子。

向北京从来不会因为自己是个司机而灰心丧气，他也从来没有因为自己一个月挣一千六百块而忧心如焚。在他的眼里，父母就是他的整个天空，从小到大，他从来没有为钱发过愁，就算他结婚后，向北京向父母伸手讨钱的几率只多不少。

在他看来，父母的一切都在不久的将来属于自己，而自己的一切都在不久的将来属于儿子。他像所有不求上进的男人一样，不喜欢把大笔的贷款押在头上，也不喜欢为了物质拼命地工作。向北京深受父母的影响，骨子里有知识分子加小市民的双重身份。也渴望有钱，也渴望住很大的房子，开豪华的汽车，但因为自身的环境造成了他们看不起农民，看不起小市民，看不起有钱人。

现在，因为卫生间这件小事，夏虹及她的父母给向北京指明了前进的道路：要么买房子要么离婚。这两件看起来毫不搭界的事情一下子涌到向北京的眼前。

向北京为了给妻子面子，已经拎着东西三下夏家。可是除了一屋子的蔬菜和岳母岳父的冷脸，夏虹硬是挺着不与他见面。打电话过去，夏虹竟然像对付客户一样。向洋在电话这边哭得哇哇的，那边却硬着心肠摔了电话。

向北京从仇恨中冷静下来的时候，第一次梳理自己的处境：儿子今年九岁了，一晃悠就到了十七八岁。九岁的儿子可以跟他们同住一个房间，可是十七八岁呢？现在的小孩成熟得早，虽然为了避免给儿子造成不良的影响，他们的性生活从晚上改为儿子早上上学之后，但过程因为害怕儿子突然转回或者被父母察觉，总是草草结束。四十不到的年纪，向北京就已经厌倦了夫妻生活，要是不怕扣上一个性无能或者阳痿的帽子，向北京想做爱的几率已经为零。

父母没钱，他也没钱，夏虹父母的钱向北京也想过，不过他想不出一个以贩菜为生的夫妇会有多少钱？就算他们有钱，他们会把钱无条件地给向北京吗？

想来想去，向北京觉得唯一能改变的就是自己。饮料厂这几年效益还行，销售部门的利益像潮水一样，和向北京一起进厂的小路去年刚买了三室一厅的房子，一平方米达到了八千元。还有小满，那个不善言谈，长得像土豆的女孩，到销售部两年不是也有了自己的富康么？销售部工资不多，但年底的奖金和从客户那儿得的回扣无疑是一笔不菲的收入。

有了这种想法，在送李总去天津的路上，向北京一直寻找开口的机会。李总脾气温和，人缘好得不得了。向北京是李总的司机，但也是一位秘书。他经常把李总的日常事务记在脑袋里，接到李总问也不问直奔目标而去。因此，李总也特别喜欢向北京，应酬的时候从来不把向北京当司机看。向北京的夜晚大多数是在饭桌上，在老总旁边消磨掉的。

此时，向北京行驶在去天津的路上，一时拿不定主意，该说还是不说。

这时，李总的手机响了，李总接了一阵子电话，接完电话像是自言自语又像是对向北京说："现在缺少优秀的营销人才！做营销的很多，但能够悟透并做得优秀的人太少了！"

"我们销售部业绩不好吗？"

李总笑了笑，问向北京："你觉得销售部做得好吗？"向北京心里说，做得不好销售部的人能买房买车，但嘴上却说"不太清楚，听说做业务挺苦的！"

李总从鼻子里哼了哼。

憋了半天，向北京终于结结巴巴地说："李总，我有个事想给你说一说，不过你听了不管同不同意可不准生气！"

李总想也没想地说："你不说我也知道，说实话对于一个有家有口的男人，这点工资是太少了。北京呀，我是心有余而力不足，虽然看起来我们单位效益不错，可是人多肉少呀。"

向北京没等李总说完，马上打断他的话："李总，我不是那个意思。"

"那你？"李总笑了笑又自作聪明地说："我也明白，北京，你在我的身边呢是我的荣幸，你不在我的身边呢我们仍然是朋友。人往高处走，水往低处流，我懂我懂！"

向北京苦笑着摇了摇头："不是，李总，你误会我的意思了。我不是离开我们单位，我想换个工作。"

"为什么呢？"

"我家经济情况不好，孩子也一天天地长大。作为一个男人，我得想办法挣钱！"

"你想换什么工作呢？"

"销售部！"

"噢，去销售部！"李总沉吟了一下："这倒是好事，你应该趁年轻拼搏一下。回头，我给销售部说一声。不过，北京，销售部的前期是非常难做的，不光钱少而且折磨人。"

"没问题，我有思想准备。"向北京感激地看了李总一眼。向北京心里有了一种说不清楚的味道，他很明白现在的处境，从李总身边跳到销售部，假若一切顺利还好，如果不顺利呢？他还能回到李总的身边吗？

答案是已经没有退路，向北京想到自己端得好好的铁饭碗从此破碎时，他突然理解了夏虹辞职前的混乱。离开了李总就是离开了一份稳定的收入。他光想进销售部的种种好事，却没有想到做不下去的坏事，假若他做了三个月之后还没有业绩呢？销售部都是靠提成吃饭的，一个月三百元的基本补贴连他自己都养活不了。

向北京再也无法想象下去，他摁开音响，成龙那富有感性和力量的声音飘满了车厢："在我心中，曾经有一个梦，要用歌声让你忘了所有的痛……"

八

向北京第二天就去了销售部，他一边为李总的办事效率惊讶，一边为自己即将踏进一个新的领域而忐忑不安。向北京走进销售部的时候，给父母打了一个电话。正在为西山别墅忙碌的老向夫妇被儿子的这个决定吓了一跳，不过他们听完向北京雄心勃勃的理想，也只好用鼓励结束这次通话。

对于夏虹的事，向北京没说老向夫妇也不想问。这并不是因为他们不喜欢夏虹就盼望着儿子离婚。向北京现在的状况，已经不是当年讨人喜欢的帅小伙了，不知不觉地正向中年男人迈进。面对现实，他们愿意顺其自然。用老向的话说就是，注定要发生的，谁也逃不过。

夏虹的父母已经劝好了女儿，只待向北京一句话了。可向北京每天又忙得像只无头苍蝇一样飞进飞出，他现在已经没有车了，每天的交通工具是公共汽车。刚刚失去丰田的时候，每看到丰田或者说汽车从眼前驶过，向北京都会想念他以前开车的日子。

向北京突然转换了工作，打破了老向夫妇在西山别墅一起工作的计划。向夫人为了孙子向洋只好从西山撤回来，像以前那样待在家里做做饭，收拾一下房间。夏虹没回娘家之前，家里的事务也是向夫人操持。一是夏虹没时间，二是向夫人不愿意与她一起共事。那个奏响锅碗瓢盆充满爱情亲情的厨房里，那种婆媳相融母女相知的情景永远不会出现。向夫人宁可自己少休息一会儿，也不让夏虹和自己一起做晚饭。夏虹本来想尽其所有地讨好婆婆，试了几次之后，也就坦然地享受起来了。

向洋对于母亲的这次失踪，从最初的想念到后来的不以为然。母亲不回来，他就可以不用睡小床了，而是四仰八叉地躺在席梦思上。为了不惊动儿子，向北京每天回来只好屈身儿子的小铁床。向洋不想念母亲的状况让向夫人忧郁不已，她仿佛看到了向北京和夏虹正走向离婚的结局，不得不为儿子一家的将来忧心如焚。

向北京这边没消息，夏虹却已经支持不住了。她在娘家待了近一个星期，心都快拧成麻花了。与蔬菜打了一辈子交道的父母在明白了事情的真相后，比夏虹想得要明白，他们不仅不支持夏虹离婚，还让她快速回去和公公和解。可是，向北京却不来了。自家的女儿有错，但也没有错到低三下四的状态。夏虹只好像个待嫁的丫头一样，坐在自己充满青菜味道的闺房里等着向北京。

以前在家时，夏虹连认真洗脸认真看自己的机会都没有，像一个拧了发条的钟摆，匆匆忙忙地洗脸、吃饭、上下班。现在，夏虹有了足够的时间洗脸，刷牙以及睡不着时躺在床上发呆。有时间审视自己，让夏虹心中的那点骄傲和自信一去不复返。才十年的时间，把一个活力四射的女孩变成了一个庸俗的家庭妇女。

夏虹决定回家。为了说服自己回家，夏虹找了很多理由，有一条比较正当也难以抗拒的理由就是想念向洋。有天大的事情，谁能拒绝儿子想母亲、母亲想儿子呢。

九

黑暗正慢慢地笼罩这个城市。下班的人与车流在马路上流动，一辆挤得像沙丁鱼一样的公车内，向北京站在临近车门的地方。透过车门玻璃，向北京看着他熟悉已久的三环路、高架桥、红绿灯、斑马线。

向北京已经适应了没有车的日子，已经适应了挤各种拥挤的公车。他每天早上带着单位的资料来到客户的门口，然后再在下班的时间回到家里。向北京已经不再为了接李总而起早贪黑，为了讨好李总而在酒桌上频频买醉。向北京换了工作，这份工作只要有业绩就行了。像很庸俗的坐班打卡统统与他无关。向北京前两天还为这种自由而兴高采烈，后几天就成了一种无奈和负担。向北京再也没有机会坐在豪华的酒店里，向北京再也没有机会吃上螃蟹和对虾。

想想，以他的生活水平，可能一年会吃上两次螃蟹，对虾想都不敢想了。这样一比较，向北京从头到脚的全是后悔。可是他不得不学会自我安慰，假若他在销售部做得不错呢？那么房子车子螃蟹对虾不是招手即来的东西么？

向北京跑了一家大型的娱乐城，但却被人家没皮没脸地拒绝了。拒绝了没有关系，可是那人还说单位的坏话，向北京心情马上不好起来。他心情坏的时候就想搞点什么，于是就给几个朋友打了电话，人家还不知道向北京换了工作，所以一接电话就吵吵着"请客请客"。向北京跟着李总时，多少也能搞点免单的机会。向北京不好意思把自己的事情说出来，只说想"一起喝喝酒聊聊天"。可是怎么去？向北京掏钱吗？还是人家请向北京？朋友在城里四处分散，如果有车向北京还可以接一下远的，带一下近的。反正是公家的车，用起来顺手也不心疼。

向北京七算八算，还是取消了喝酒聊天的念头。穷人的日子经不起算计，还是买点虾回去享受一番吧。小区门口，有一个挑着虾叫卖的小贩。一公斤虾才二十五块钱，听着都便宜。不过虾不是活的了，死就死吧，不管是刚死的还是死了很久的，只要是虾就行了。

向北京看到了儿子向洋。

向洋正歪戴着帽子，和几个小朋友在划大西瓜。这种大西瓜就是所谓的太极拳，向洋看过小区里的老人打太极拳，就激发了他无限的想象力。向北京想笑，突然又沉下心来。按照这个时间向洋应该在家里做作业，怎么跑到这儿划大西瓜来了。

难道家里没有人了么？

果然，向洋看到爸爸，恶人先告状地说："爸，奶奶失踪了！"

向北京一下子生气了，向北京往儿子脑袋上敲了一下说："你知道失踪是什么意思吗？奶奶只是不在家，也许她串门去了，也许买菜去了，这和失踪有什么关系？你知道失踪多严重吗？这话怎么可以随随便便地说出来呢？"

向洋说："奶奶从来不会在这个时间串门，也不会在这个时间买菜！你一点儿也不关心奶奶，你没心没肺！"

向北京拉着向洋往家里跑。向洋跟不上向北京，有些跟跄。向北京跑进家里，看到锅冷灶冰，空无一人！

向洋气喘吁吁地站在门口："没有吧？我也不会骗你！"

母亲上哪去了？

依照向北京对母亲的了解，此时的她除了菜市场别无去处，因为日子的紧巴，母亲学会了傍晚时分到菜市场去，与那些累了一天的菜市贩子讨价还价。向北京跑到菜市场，挨个菜摊寻找母亲。他每经过一处菜摊，总是不由自主地想到夏虹，想到她以贩菜为生的父亲母亲。向北京拖着疲惫不堪的身子在菜市场转了又转，随着菜贩子收拾摊位，保安拿着门锁哗啦啦地落下大门，向北京的心里一时变得没了主意。

昏黄的路灯一盏盏地亮了起来，向北京有些茫然地站在马路中间。怎么办？母亲去哪儿了呢？母亲在这个城市没有什么朋友，平常能走动的就是楼上的宠阿姨家里。宠阿姨年轻的时候和母亲是同事，去年得了中风瘫痪在床，闷得慌就打个电话叫母亲看她。

向北京找不到母亲，只好回到了家里。他为了猜测母亲的去向，特地跑到父母的房间转了一圈。房间里还是像以前一样，干干净净，丝毫不乱。

此时，向夫人正在西山别墅里。

老向自从住进了西山别墅，就把自己当成了别墅主人。他根据自己的经验和审美观点到处指点工人，不是嫌工人抹的灰不平，就是挑材料不好。包工头是许显达请来的，根本不买老向的账。碰到老向不满时，他除了打哈哈外并不行动。老向见包工头不听，只好去吓唬工人，他像一个行家一样跟在工人后面指指划划，地砖该怎么铺，白灰该怎么抹，以至他不顾年老体弱，亲自爬上去演示。老向一手拿着泥板，一手拿着白灰，结果白灰没有抹上，人却摔了下来。

这一摔把许显达和向夫人都吓了过来。拉进医院拍了片子，除了小腿骨有些碎片之外，其他部位一切良好。许显达显得特别过意不去，非得让老向在医院里住几天不行。老向连忙表示，这小腿骨的碎片是十年前的车祸留下来的，一点事都没有。老向不仅不在医院住，还马上要回到西山别墅。西山别墅的装修已经到了收尾阶段，可别小看收尾，精明的工人最会在收尾上动脑筋了。为了说服向夫人和许显达，老向还往上跳了一下。

老向夫妇吃完了许佳送来的意大利菜，怀着感恩和兴奋在别墅里转了又转，量了又量，哪儿摆放电视，哪儿摆放书架，精细的程度不亚于装修自己的房子。老向夫妇在许显达的书房里竟然发现了笔记本电脑。这个黑色的笔记本电脑放在乳白色的书桌上，这在电视里看到的东西，却出现在许显达的书房里。许显达热情地打开电脑，给他们示范收发邮信，查找资料。向夫人的手指僵硬地按在黑色的键盘上，当她看到电脑屏幕上显示出她的名字时，坚守了很久的信心与清高立马土崩瓦解了。

向夫人得知这么偏远的别墅光装修就花了三百万时，一下子叫了出来。三百万是什么概念，能买多少米多少肉？老向拉着老伴的手说："我们俩一辈子加儿子儿媳一辈子，就算加孙子一辈也挣不了这么多钱。"

向夫人不服气地说："我们这两代人是定型了，向洋可说不准。"老向说，向洋现在是三年级，学习成绩中等偏上。如果能考上北大清华的，也不过是一个中产阶级，离许佳的奢华生活远之又远。向夫人嫌老向长别人志气，灭自己威风。她说向洋喜欢唱歌，也许能成为一个大歌星呢。

十

能找的地方全找遍了，就是没有母亲的影子。向北京倒是想到过西山别墅，因为手头没有许显达的电话，只好在屋子里一边转圈一边等待。

看着像困兽一样的父亲，向洋忍着饥饿趴在桌子上写作业。不过作业本上画的全是好吃的东西，肉松面包、沙拉、螃蟹。向洋虽然只吃过两次螃蟹，但他却记得特别清楚，他知道螃蟹有几条腿，他也知道什么是公螃蟹，什么是母螃蟹。向洋很想再吃一次螃蟹，可是他知道家里没钱。想到钱，向洋又在作业本上画了许多人民币。

在向洋沉浸在人民币的喜悦中时，向北京看到趴在桌子上的儿子，就想摸下头表示爱意，没想到一下子看到了作业本上的那些东西。向北京一下子拉过向洋，对着屁股打了起来。

向洋"哇"的一下子就哭了。

向北京一边打一边说："向洋，不是爸爸打你，是你自个儿太不争气！我和你妈累死累活地供你上学，不就是图你有个出息么？别像爸妈这样。啊，你就是不争气！"

打了几下，向北京竟然有力不从心的感觉。向洋趁他愣神的功夫提着裤子跑了。向北京几步跟上去，像揪小鸡一样把他揪回来："上哪去？犯了错就得跑么？向洋，你已经九岁了！你应该懂点事了！"最后一句话，向北京显得有些哽咽。

向洋哭着："爸，我饿！"

向北京心里一酸，已经是八点多了，光着急了，忘了给孩子吃饭了。向北京马上跑进厨房，给儿子做饭。他虽然讨好地问儿子想吃什么，但向洋还是懂事地要了方便面。因为他知道向北京不会做饭，他从来没见过向北京做饭。

向北京翻了翻冰箱，把肉啊菜呀拿出来又放了回去。他现在有事，根本没有心情给儿子做饭。对于厨房，向北京是比较陌生的。长这么大他已经习惯了衣来伸手、饭来张口的日子，平时都是父母给他们做饭。向北京打消了马上出去的念头，拿了一包方便面，又卧了两个鸡蛋，结果煮过头了。

在向北京做好饭的时候，向洋已经哭着睡着了。向洋睡意朦胧地被父亲揪起来，扒拉了一口面条，然后"哇"的一下吐了出来。

向北京说："怎么了向洋？"向洋说："不好吃！"向北京说："不好吃就吐出来啊？"向北京生气了。向洋也来劲了翻了一下眼睛说："就是不好吃！"

"怎么不好吃？"向北京往嘴里塞了几口面条，面条黏黏的，一点味道都没有，向北京记得放过调料了，怎么会没有味道呢？

"快吃！"向北京眼一瞪！

"我不吃，我不吃呀！"向洋好像受了多大的委屈，一边喊着一边往门外跑去。向北京一下子急了，他忍无可忍地抓起扫帚，可是桌子上的电话却响了起来。

向北京已经对许显达的声音有些陌生了，他根本没有心思想打电话的许叔叔是谁，只要父母平安就行了。许显达可不愿意放下电话，他从向北京敷衍的语气里已经断定，向北京根本没有想起许叔叔是谁。许显达只好做了自我介绍，这边的向北京声音马上软弱下去，最后他对许显达说"再见"的时候，竟然说成了"谢谢"！

谢什么？谢许显达的宽容大度？谢许显达报告了父母的行踪？向北京垂头丧气地坐在沙发上。

这时，夏虹拉着向洋狂风一样卷了进来："向北京，你他妈的还是男人吗？是男人能动手打孩子吗？你看看？看看！"说着，夏虹把向洋的屁股扒开，白嫩的屁股蛋上青一块紫一块的。夏虹一边扒着向洋的裤子一边哭诉："看看，向北京，我才离开家几天，你就疯成这样了。他是你的儿子，是你老婆十月怀胎生下来的孩子，你怎么下得了手啊，向北京？"

看来小孩子的屁股是不经打，才打了几下就成这个样子了。向北京看着儿子的屁股，不知如何解释。向洋就在母亲的诉说之下，越发地号啕起来，害得夏虹搂着儿子眼泪像断了线的珠子。以前向北京也不是没打过向洋，有时候比现在还重。在夏虹看来，以前向北京打儿子是出于责任，现在打儿子，就和责任无关了。好像向北京算计好了夏虹的到来，而揪住向洋杀鸡给猴看。

想到这儿，夏虹想和向北京和解的念头突地一下子缩了回去，她开始在屋子里收拾向洋的东西。向洋毕竟是小孩子，好像平静的生活过久了，巴不得发生什么事情一样。他一边帮母亲收拾自己的书包，一边把向北京的事说了出来。

夏虹一下子蒙住了："什么？"

向洋扭着脖子往窗外看："我爸没车开了。"

"向北京！"夏虹大叫着冲了出来，向北京正在厨房里抽烟。

夏虹说："谁让你辞职了？"向北京说："我辞职还要打报告吗？"夏虹说："你怎么着也得跟我商量一下吧？"向北京说："我自己还做不了主吗？"夏虹说："我是你老婆！"向北京说："老婆？老婆能嫌老公挣不了钱吗？老婆能逼着老公不买房子就离婚吗？老婆能一甩手走这么多天不问不管吗？"

夏虹一下子被向北京一连串的问号给击倒了，良久她才结结巴巴地吐出三个字："你自私！"

向北京说："谁自私？"夏虹说："你心里明白！"向北京说："我不明白！我明白的是，一个男人没有钱，不仅被社会上的人看不起，就连自己的老婆也看不起！"夏虹说："屁话，我看不起你？我看不起你我与你结婚吗？我看不起你，我能从一个黄花大姑娘变成一个半老徐娘吗？我不说你也知道，想当年，追我的人也不少，我费尽心思地跟了你，你摸着良心说，我什么时候嫌过你？"

向北京冷笑一声："别提当初了，别把自己搞得像万人迷一样！你是黄花大姑娘，难道我是糟老头吗？你自己也明白，当年要不是为了你，我也不会和父母的关系搞这么僵，我也不会窝囊到这种地步！"

夏虹说："是呀是呀，你当初怎么瞎了眼！人家许佳死活要跟着你，你怎么不要她？如果要了许佳，你向北京还用窝在这儿么？人家不是答应给你好工作给你一百多平方米的大房子么？"

向北京说："你提许佳干嘛？"

夏虹说："你不叫我提，我偏提！你也管不住我的嘴，我想说什么就说什么。这些天，我也想了很多。天要下雨，娘要嫁人！命中没有的抢也抢不来，你愿意怎么着就怎么着。反正也给你生了儿子，你可以趁着年轻找一个。听说许佳还是老处女呢，你可以趁热打铁。"

向北京再也忍无可忍，一巴掌把夏虹扇个踉跄！向北京这一巴掌扇得过重，夏虹白皙的脸上马上由青变红，五个清清楚楚的指印张牙舞爪地印在脸上。

向洋"哇哇"地哭着向母亲扑来！

向北京说："你以为我愿意和父母住在一起么？你以为我愿意辞职么？你以为我不愿意过衣食无忧的生活么？夏虹，我是什么样的人，你心里该清清楚楚明明白白，要是我是你想的那样，当初我为什么绝食我为什么不娶许佳！你和你父母逼着我买房子，你……"向北京说不下去了！

夏虹含着泪："那也不是我的真心话！"

向北京转过身来："但是我当真！这些年来，我不是没想过房子，可是你知道，像我们这样没有文凭没有一技之长的人，别说挣大钱了，找工作都很困难。我之所以去销售部推销饮料，不就是像你一样，希望有一天通过自己的努力，让你们过上幸福的生活么！"

夏虹的心思不得不从委屈中扭转过来，心里不由自主地疼痛起来。向北京能转换工作，说明向北京已经意识到钱的重要，说明那个得过且过自愿平庸的向北京已经一去而不复返了。

在儿子睡熟的时间里，向北京很详细地向夏虹描述了一幅未来的蓝图。夏虹感到欣喜的同时，也为向北京的前途忧郁起来。在向北京的手摸上来时，夏虹还是忧郁地说："你可想好了。你不开车，你不开车不仅意味着你没有固定收入了，万一搞不好，你一点儿退路也没有。李总肯定不会让你回去开车，不，就算人家让你回去你也不好意思嘛。"

向北京已经急不可耐，夫妇俩好久没在一起，现在又是风雨过后的初次亲密，向北京跃跃欲试，根本不管在黑暗中正支棱着耳朵听他们说话的向洋。

夏虹在关键时刻还在扫兴："你想想该怎么办？"

向北京想也没想地说："我开出租！我同学有辆车正好没有夜班司机。"

夏虹热起来的心马上又冷了下来："现在的出租车钱也不好赚，别到时候没挣到钱，被别人捅了刀子。上次我有个客户，就是开出租车的，上午交的房款，晚上就被人捅死了！"

向洋突然说："我同学的爸也是出租车司机，也被捅伤了！"

向北京夫妇吓了一跳，刚刚燃起来的激情一下子消失掉了。两个人缩在被子里，像冻僵了一样好久没有反应。隔了很久，夏虹恶狠狠地掐了一把向北京，转身睡去。

十一

许佳正带着几个朋友参观投资的影子大酒店。影子大酒店集吃住玩为一体，每一个客户到了这儿，可以足不出户地享受各种饮食与娱乐。

许佳自从当了商人，她的脑子总是呈现高速运转状态。在客人抱怨没有网球场时，许佳马上把生意冷清的咖啡厅去掉一半，另一半用来建造网球场。来影子大酒店住的客人大部分是朋友熟人介绍来的，因为设施齐全，不管什么季节都处于爆满的状态。许佳和许显达有共同之处，那就是善于打造自己的私人产业。

网球场已经按照许佳的意思装修完毕，旁边也放了水吧和休闲椅，服务员着装整齐地准备迎接客人。这些日子以来，为了网球场，许佳严重睡眠不足。她以前会因为工作的事情而频繁失眠，现在她却开着车都想睡觉。眼皮像抹了强力胶似的，一有机会闭眼就再也不想睁开。有一次，许佳拉着许显达出去采购，等红灯的时候，许佳竟然睡着了。

许显达吓坏了！他别的不怕，就害怕女儿过于劳累出车祸。车祸多可怕啊，一分钟之前还好好的一个活人，也许一分钟之后就没了。身为传媒的头儿，许显达每天都会接触不同的车祸。许显达坚决让许佳找一个司机，不，两个，开车是不能缺觉的，两个司机才有充足的睡眠以保证女儿的安全。

这是许显达的一厢情愿，许佳不愿意也不可能招两个司机来。不是心疼钱也不是不方便，而是许佳不敢把自己和自己的爱车交给陌生人。许佳就像所有的有钱人一样，对每一个接近她的人都抱有怀疑和猜测。男司机万万不能找的，她有个姐们，就是掉到男司机设计好的情爱陷阱，损失了金钱不说，还把自己折腾得千疮百孔。女司机也不行，女人嫉妒起来比男人厉害多了。许佳宁可一个人挺着，也不愿意惹火烧身。

有了钱的许佳，在做每一件事之前，都会把利害关系摆在前面。

许佳坐在办公室忙碌的时候，向北京正挎着资料在楼群与公司之间走动。向北京栖身的销售部，人员不多，经理不少。办公室里的销售员，也是在单位里摸爬滚打之后留下来的钉子户。他们足不出户打打电话，一个月就可以拿到几千元的工资。这些人对于向北京的加盟，反应极为不屑极为平淡。业务部每年招收那么多人，最终能待在这儿的还不是他们几个人么？

向北京来了销售部不到一个月，就已经完成了三个月之后的任务。那笔小小的，别人不屑一顾的合同订单，已经巩固了向北京在销售部的地位。市场能占的份额基本上已经被别人捷足先登，向北京只能盯着那些刚开业或者被他们不屑一顾的小客户。超市、酒楼、娱乐城，只要有需要饮料的地方，就有希望。

向北京为了能让自己的饮料稳坐江山而频频努力时，别人也没闲着啊，礼品促销，小姐促销，服务员推销一瓶饮料，还可以得开瓶费呢。向北京以前没做业务时，没发现这里面的弯弯道道还不少。要把饮料送到一家酒楼，光找经理不行，还得落实具体负责人，比如餐厅酒吧主管，比如服务员。对了，还有一个仓库保管员，可别小看了这个职位，要是他不高兴，以质量为由拒绝饮料进库，前面所做的努力就付之东流了。

向北京整理好了一份调查报告及市场行情给了销售部经理，他本以为会得到重视或者按自己提出的有所改进，谁知报告一递上去就泥牛入海了。销售部经理和业务员一样，这几年一直处于闭门造车的状态，一双双势利眼根本看不到潜在的市场。

这时，向北京看到了金碧辉煌的影子大酒店。

向北京进来的原因，不是推销他的饮料，而是因为吃得不好，迫切需要一个卫生间。他弯腰提气地走进影子大酒店时，却被门口的保安给拦住了。

保安说："对不起先生，能出示一下你的房间牌吗？"向北京说："凭什么？"保安说："因为，"保安狡猾地一笑："因为我看你不像我们酒店的客人！"向北京说："妈的，像不像我脸上写着吗？妈的，我找你们经理去，太不像话了！"向北京快忍不住了，一边虚张声势，一边企图躲开保安往酒店里面闯去。

卫生间，影子大酒店的卫生间，缩在大堂的左边，向北京已经看到卫生间的蓝白标志了。他想只要闯进卫生间，出来再和保安扯皮也不晚。

保安不是看不起推销员，而是他们的职责注定了不能和推销员并为一类。保安阻拦向北京的最初意图，无非想向和自己差不多的小人物示威。假若向北京实话实说，可能保安早就挥手通行了。不就是卫生间吗？可是向北京却不说实话，明明是冲着卫生间来的，非说自己是影子大酒店的客人，还态度恶劣地骂人！当下，瘦猴儿保安揪住向北京的两只胳膊，像拧麻花一样拧在了背后。向北京虽然个头威武，但身上没有力量。保安这么一拧，向北京疼得吱哇乱叫，呻吟不已。

十二

向北京没有想到会在这个时候碰到许佳！

在碰到许佳之前，向北京和保安刚刚经过一场恶战，他的身上、脸上、头发上，都有搏斗的痕迹。嘴角淌了血，衣服被撕破了，头发被揪得像个鸡窝。当然，保安也没占多少便宜，要不是其他保安来得及时，腿间的玩意早被向北京揪下来了。

战斗完毕，处理结果当然是保安理亏。影子酒店的大堂经理是一个比较正派的小姐。她认为向北京虽然不是酒店的客人，保安也不能这样动手。她为了安慰向北京，把保安当场炒掉，并代表酒店欢迎向北京的光临。在他们的厮打中，早就有店里的客人过来看热闹，大堂经理炒了一个保安，但为酒店及自己赢得了声誉。向北京在众目睽睽之下，理直气壮地走进了卫生间。

　　影子大酒店的卫生间真好啊。卫生间全部用乳白色的大理石铺起来，卫生间的隔段是通透的大镜子。向北京坐在马桶上，可以根据自己的意愿看电视、听音乐。向北京进的酒店不少，见的卫生间不少，但从来没见过如此别致另类的卫生间。像这乳白色的大理石，铺在卫生间里多不耐脏啊，像这通透的大镜子，怎么一点儿也不显脏呢？

　　通过隔段的大镜子，向北京一下子看到了自己狼狈无比的形象。他在心里怨恨地想，早知道要来如此高档的酒店上厕所，自己应该穿得高档一点。看看自己穿的，也不怪人家狗眼看人低。向北京这一次真的相信了那句老话，树靠皮人靠衣，奶奶的！

　　向北京上完了厕所，准备在乳白色的洗脸台收拾自己的时候，一个像大款一样的男人进来上厕所，他一边掏着自己的东西一边对向北京说："这事可不能完，你一没偷二没抢，凭什么挨打啊？"

　　向北京伸到水龙头下面的手像被烫着了一样缩了回来。对呀，他不能就这样白挨打了呀！

　　大款为向北京打抱不平，他坚持让向北京讨个说法。向北京也不收拾了，带着原始的狼狈来到了顶楼的办公室。没想到，楼层的保安和服务员不仅没有阻拦向北京，还面带微笑热情万分地给向北京指路。向北京的心里马上暖和和的，他竟然想到，假若楼下的保安也像这些人一样，什么事也不会发生了。

　　当向北京来到那块"办公禁地闲人免进"的牌子前时，终于有一个保安拦住了他。向北京早就从大款嘴里得知，影子大酒楼的执行经理是宋平，最大的经理姓许。向北京的指名点姓，让保安觉得来者不善，马上打电话通报上去，宋平经理却不在办公室。向北京当然不肯这样回去，就说："许经理呢？宋经理不在，就找小许！"

　　"你找许经理什么事情呢？"

这下向北京学精明了："私事！"

"你和许经理预约了吗？"

"我还用预约？真是好笑！"说完，向北京趁保安不注意，一下子闯进自动门。闯进自动门的向北京，不顾保安的喊叫与威胁，一边跑一边看门上的牌子。当他站到总经理办公室时，紧闭的房门像欢迎他一样突然弹开，一个衣着华丽、气质不凡的女人走了出来。

保安气喘吁吁，他为了逃脱责任，编造说："许经理，他说是你的亲戚，我拦不住！"

许佳一下子认出了向北京。

同时，向北京也认出了这个气质不凡的许经理就是当年被自己拒绝的许佳。

一时，向北京百感交集，假若能有一双翅膀，他恨不得自己马上飞走。许佳虽然被向北京的样子吓了一跳，但她很快镇定下来，冲保安挥了挥手，把向北京让进自己的办公室。

向北京不会告诉许佳来酒店的真实目的，也不会告诉许佳自己在推销饮料，虽然只要许佳动动嘴，向北京就可能与影子大酒店达成合作协议。向北京是一个爷们，他就是穷死都不会向许佳低头。

许佳呢，一眼就从向北京的外表看出了他生活的落魄。向北京不说，她也不想问，积聚在心中的怨恨与失落已经随着向北京的到来而消失了。她可以在心里咒骂他一万次，但看到他目前的样子，许佳的心里也难过得要命。

人与人之间的关系就是这样奇特又微妙，许佳一心一意想证明向北京的失误，一心一意想报复一拒之仇。当这个男人像她希望的，不，比她希望的还要倒霉的时候，许佳的心里又怀疑当初的审美标准及眼光。如果她的朋友们知道，她守了这么多年就是为了这样一个男人时，他们会怎样看她？

好在，向北京拒绝了她。向北京和她没有任何关系，他辉煌也好，落魄也罢，与她有什么关系呢？

向北京紧张的心情在舒缓的钢琴声中松弛下来，在得到许佳的允许后，他坐在沙发上点起了香烟。向北京自从跑业务之后，就在口袋里装两种牌子的香烟，一种是自己抽的，最贵也不过块儿八毛；一种是给客户抽的，价格都高于十元以上。向北京的手准确无误地摸到了玉溪，市面上卖到二十几元的香烟。

点了一支之后，还把烟盒向许佳甩了甩说："抽一支？"许佳摇摇头。向北京说："你不抽烟？"许佳说："抽，我抽这个。"说着许佳拿起桌子上一盒包装精良的香烟。香烟呈灰色，细长。不用问向北京也明白，许佳抽的是女士香烟。以前跟着经理跑的时候，经常有女强人在饭桌上抽这种细长的香烟。

向北京说："许佳你变漂亮了。"许佳说："谢谢。"向北京说："真的，我真没想到能碰到你。这酒店你开了多久了？"许佳说："也没多久，你还在那儿开车吗？"向北京说："早不开了，一个月拿那点死工资多累啊，还是自己干。"许佳说："自己干也累。"向北京说："那是，不过累得值啊。你结婚了没有许佳？"许佳说："没有。"向北京欠了欠身抱歉地说："对不起许佳。"许佳说："你什么事对不起我啊？我没结婚不代表没有男朋友！"向北京说："那是那是，现在流行单身贵族。等到你想结婚了一定得告诉我，不管怎么说我们也算一起长大的朋友嘛。"许佳弹了一下烟灰，笑了笑。

其实，对于各自的状况，不用说也了解得差不多了。只是向北京不愿意也不想认输。当他接过许佳那张淡蓝色名片时，他也想到了自己的名片。为了更好地开展工作，向北京的名片上特地印上了销售部经理的字样。这张名片向北京掏了一半还是放弃了，一个销售部的经理能和实业公司的董事长相提并论么？向北京模棱两可的态度，像一把扫帚把许佳心中的那点同情和不忍一下子扫光了。

穷不怕，要穷得有志气，许佳最烦又穷又不承认自己穷的人了。当下，在向北京走出办公室之前，许佳突然做了一个决定，请向北京吃饭，不，请向北京一家吃饭！

向北京不会拒绝，不过自己的老婆和儿子就没必要了。先不说向北京和许佳曾经有过故事，就算许佳是一个普通的朋友，向北京也不会把老婆和儿子带上来。不是自己混得不好，也不是老婆和儿子拿不出门来，是向北京不愿意！

在单位工作这么多年，夏虹和儿子出现在厂子的几率为零，而夏虹的单位，向北京也从来不去。有时候接送夏虹，向北京宁可在楼下顶风冒雪地站着，也不会像别的男人一样动不动就钻进妻子的单位。

说不清为什么，就是不愿意！

对于这次请客，许佳铁定了心要破费的，铁定了心要看向北京的笑话，要让向北京后悔的。所以酒菜以及服务都向非常奢侈的方向推进。只是让许佳没有想到，她精心准备的宴请只候来了向北京。向北京比那天精神多了，磨白的牛仔裤，红黑格子的衬衫，头发理过了，短短的，很清爽，皮鞋锃亮，一个鱼皮的黑色公文包悄悄地放在桌子的一角。向北京坐在桌子前的时候，许佳仿佛又回到了十年前的那个晚上。她为了看到向北京，而装出路过的样子守在寒冷的马路边。

许佳费尽心机的晚餐，伴着向北京费尽心机的应对。两个人坐在硕大的桌子前，像谈判一样说了很多废话和客套话。当许佳说出感谢向北京当年拒绝了她时，向北京竟然把讽刺当成了真诚。他想看来今天的宴请并不是鸿门宴！人家是女人都这样不计前嫌，作为男人也得表示表示么！

向北京喝了太多的酒，喝得他不知道自己怎么回到的家。许佳拖着向北京上楼的时候，夏虹正穿着肥大的睡衣在客厅里喝蜂蜜。单位的小丫头为了保养自己天天喝花粉和蜂王浆，夏虹不舍得，只好喝玫瑰花加蜂蜜。玫瑰花几十块钱可以用一年，槐花蜂蜜也不过十几块钱。

许佳看到了一个神情倦怠、皮肤微黄的中年妇女。夏虹看到了一个衣着光鲜、气质不凡的富家小姐。门拉开的那一瞬间，两个年龄相仿却有天壤之别的女人撞在了一起。向北京根本不知道自己已经回到了家里，他一只手拉着许佳一只手搭在夏虹的肩膀上喊着："我没醉，我还能喝，我没醉，你，你不信啊许佳！"

"许佳？"夏虹心里一惊，抓住向北京的手马上软了下来。许佳不知道夏虹的心思，手慌脚乱地把向北京放倒在床上。向洋却在小铁床上揉着眼睛坐了起来，一边叫着妈妈一边向许佳看去。许佳摸着向洋的脑袋，心里酸楚了一番。

夏虹也没有想留许佳的意思，哪怕是客套几句。从卫生间出来的夏虹，头脸上还有收拾过的痕迹，她站在门口，嘴里不说，其实已经是送客了。许佳理解地笑笑，礼貌周全地告别。看着那辆法拉利缓缓开出自己的视线，夏虹忍了许久的泪水终于"啪嗒啪嗒"地砸了下来。

十三

这些年来，许佳没有忘记向北京。

恨是有的，但更多的是一种因为得不到某种东西而产生的思念。在相当长的一段日子，许佳脑海里总是停留着向北京十年前的模样，他喜欢穿乳白色的休闲裤，喜欢穿蓝格子的衬衫。他站在那儿，眼睛似笑非笑地望着自己。

许佳为了忘记向北京，拼命地上学，拼命地出国。她从国外回来的时候，走在他们曾经走过的一条马路上，向北京像电影镜头那样"哗啦"一下涌到了她的眼前。当她和形形色色的男人交往的时候，她也会因为某个男人的言语和动作和向北京有所关联而产生遐想。当她看着自己的事业如旭日东升的时候，许佳想见向北京的想法越来越强烈。许佳曾经虚拟了许多和向北京见面的场景，但没有一种是和现实相符合的。

十年的时间，向北京已经从一个阳光的、朝气的、干净的大男孩变成了一个地地道道的中年男人。他的衣服，他的举止，他略略发福的肚腩，伴着他慢慢变松弛的皮肤，像一枚匕首无情地穿透了许佳。

许佳在回家的路上，突然感觉到心里空了。对，曾经被向北京填满的一块地方突然空了起来。许佳用车载电话，拨通了唐小杰的手机。唐小杰是她众多男朋友中的一个，做电梯生意，毕业于斯坦福大学。他追求许佳好久了，许佳因为不满意他的相貌和身高，所以迟迟拖着不见结果。

自从有了钱，许佳身边的男人像走马灯一样，做生意也好，打高尔夫也好，哪怕去泡泡温泉，都可以碰到讨好她的男人。许佳算不上漂亮，不过没关系啊，人家气质好。气质从某些方面比漂亮略胜一筹，漂亮好像穷人阳台上的大白菜，气质就是小资的哈根达斯。

一个男人有了钱，身边肯定有若干个势利的女人，而一个女人有了钱呢，她的身边也会有若干个精明的男人。没钱的想找有钱人，有钱人也想更有钱。许佳不会傻得把金钱和感情混在一起，她拖到现在还没有结婚的原因，就是不想找一个低于自己或者和自己差不多的。

唐小杰已经年过不惑，许佳也是三十好几，许佳从唐小杰怀里起来时，他们就商量好了结婚的日子。

结婚的时间离他们确定关系的日子仅有七天。唐小杰开的是宝马，房子是位于黄金位置的别墅。三年前这儿的房价是一万五均价，现在已经涨到了三万八。许佳站在装修豪华的别墅里，不由地想到了向北京家的两室一厅，拥挤的空间，狭窄的过道，卧室里双人床旁边的小铁床。想想，许佳不由地为向北京拒绝了自己而深感荣幸——如果没有当年的拒绝，那个站在客厅里穿着睡衣、神情倦怠、皮肤微黄的中年妇女就是自己。

唐家老爷子心疼宝贝儿子，发话要筹办最风光最体面的婚礼。许显达惊于女儿的转变，在女儿为婚礼忙碌的时候，许显达还像在做梦一样。不管怎么说，女儿能结婚，而且找了一个不错的女婿，许显达心中的石头终于落地了。

十四

向北京夫妇在为梦想奔波的时候，西山别墅也已经完工了。老向看着装修得像宫殿一样的别墅，表面上笑着，心里都快哭出来了。什么是差别？这就是差别！自己三世同堂挤在两室一厅里，许显达一个人就住这么大的房子。这房子上上下下十二个房间，电视全是液晶的，冰箱是海尔的，配套设施就像宾馆一样，吃的，用的，铺的，一应俱全。

许显达为了感谢老向，特地包了两千元的红包。当然，考虑到老向的面子，许显达的名义是送给向洋的。老向当然不要，两个人撕吧了一番，老向还是把钱塞到了许显达的笔记本底下。

既然穷，就要穷得一清二白，穷得有志有骨。

他们吃饭的时候，西山别墅的经理上来敬酒。因为许显达的面子，人家特地把老向夫妇恭维了一番。所谓恭维，也不过是走个过场，当不得真。可是在经理提到老向可以来他们这儿指点指点时，老向竟然像真的一样表态可以过来。退休了，也要发挥余热嘛。

经理后悔得恨不得打自己嘴巴，老向这个状态能做什么？看门吗？现在都是清一色的保安。修花吗？老向能拎动修剪工具吗？一时，经理嘴里的鸡块好像卡在哪儿了。

向夫人马上表态："他哪行啊，都是半身入土的人了。"

许显达却说："怎么不行？我看向哥的身体不错！我的这个别墅就是他一人操持的。"说着转向经理，"给安排一下呗，我来的时候也有个伴！"

既然推脱不掉，那只有装出全心欢喜的样子了。"好啊好啊，向老师不是还会摄影吗？我们这个别墅区，需要宣传图片。"

"向老师也懂装修印刷啊！"许显达又补充一句。

当下，老向的工作就在饭桌上敲定了，也没有什么职务，就是负责西山别墅的摄影宣传，包吃包住一个月八百。向夫人感觉少了，绷着脸以老向老了为由不肯妥协。而老向显得满心欢喜的样子。包吃包住一个月八百，一年就是八千，十年呢？这样一算，老向的眼前就涌现了大把子钞票，他用眼神暗示向夫人，有八百块总比没有强嘛。

因为许显达的面子，老向终于在退休之后有了一份收入。为了表示自己的诚心，吃完饭老向就要求去看看住处。他说"西山别墅环境好，适合老年人居住"。经理碍于面子，只好带他们去看了职工宿舍。在别墅的后面，有一排白色的小平房，面积也就是十几平方米的样子，公用的厨房和卫生间。

想到老向从此要和工人住在一起，向夫人的心里难免酸楚。不过她也没有更好的办法。说实话，假若不怕许显达笑话，她都不想回家住了。

第二天，老向就和向夫人把东西搬了过来。反正早晚都要过来，还不如早点呢。老向夫妇很精心地把房间布置了一番，那小小的空间里显得温馨极了。老向终于有了一份不回家住、不见儿媳的正当理由。向夫人也有了看望老向的机会和借口。

向北京对老向去西山别墅工作的事，从起初的反对到后来的认同。尤其老向不停地把单位发的东西往家里带时，向北京和夏虹的心情一样，充满了感激与喜悦。老头儿挣钱，为了什么？到后来还不是归了他们。有这样一个能挣钱的老头儿，总比拖一个生病在床需要人民币的老头儿好吧。

向北京推销饮料和夏虹推销房子一样，虽然等待把他折磨得疲惫不堪，但平时零零星星的收获也让他们有了足够的信心。向北京每天坐着公车跑客户的时候，学会了想象自己有钱的时候来鼓励自己。他一天跑十家，不可能十家都没有结果。就算这十家都没有结果，但他也跑出了经验，摸出了窍门。慢慢地，向北京的手机里有了一大串的联络名单；慢慢地，向北京开始像以前那样出入娱乐场所；慢慢地，向北京的肚子装满了各种啤酒。

有一天，向北京跑了很久的一个客户，终于被向北京的热情感动，大笔一挥签了供货合同。数目不多，但向北京也挺高兴的，积沙成塔么。

夏虹拿着计算机，一边听向北京描述一边"啪啪"地摁着。向北京的状态不错，她也没闲着。上半年大单没来，小单也来了不少。她又利用工作之便，增加了租房的业务。北京的外来人口过多，找房子和出租房子的人像走马灯一样。夏虹在跑业务的时候，有个老太太要出租自己的一室一厅，夏虹把信息贴进去，马上有人租了下来。一室一厅，什么也没有的空房子竟然租得了一千三的价格。按照规定，夏虹得到三百块钱的中介费。夏虹感激的心态还没有消失，就从内行中知道了，像这样的房子，要双方通吃，还有的要收一个月的租金。夏虹跑来跑去，发现这租房子的业务竟然比卖房子好做，虽然这钱不多，但属于细水长流。夏虹打算好了，假若租房的业务跑熟了，自己就踢开老板单干。

向洋看出父母比以前有钱了，所以也敢把自己的要求提出来了。向洋在晚饭后很明确地向父母宣布，他准备"学古筝"。向洋学古筝的想法由来已久，他之所以没说，是因为家里一连串的事情让他没有机会可说。向洋是一个特别会看眼色的孩子，他知道什么时候说什么事情。

向北京想也没想就答应了。

夏虹却不愿意，不仅仅为钱，而是她觉得古筝都是女孩子弹的玩意。向洋要学也应该学钢琴，学小提琴，哪怕学个二胡。夏虹寄予向洋的希望并不比老向夫妇少多少，她像一个无头苍蝇在报纸电视上寻找改变儿子命运的机会。比如她知道某个当红的演员，父母也是普通工人，她就萌生了把儿子培养成演员的念头。比如她知道某位钢琴王子，也是冬练三九夏练三伏，终于成名时，她又想着把儿子培养成钢琴王子。做不了肖邦，做个李云迪嘛。

向洋的相貌虽然继承了父亲的优势，但因为身材过胖的原因，根本找不到父亲年轻时的帅气和挺拔。向洋是一个爱好广泛的孩子，喜欢随波逐流，看人家孩子画出了苹果，他也拿起画笔。还没等苹果画出来，向洋早就兴趣不在了。

夏虹不允许向洋学古筝，老向夫妇却非常支持。不过这支持可不能嘴上说说，是需要金钱支持的。一架普通的古筝加上培训费已不是一两千就可以解决的。老向因为有了工作，这点钱就算不了什么了。更何况，可以利用给向洋买古筝的机会缓和一下关系。不管怎么说，血浓于水嘛。

十五

老向夫妇怀着喜悦的心情在没和向北京夫妇打招呼的情况下就回来了。要是夏虹知道他们回来，怎么也得把家里收拾一番。向夫人刚去西山别墅的时候，夏虹对于婆婆的归来把握不准，每次都要落得向夫人数落。后来，夏虹慢慢地掌握了向夫人的行动日期，在算准她不回来的日子就任意挥霍。

比如向夫人在家从来不用洗衣机，家里那台老得不行的洗衣机的作用就是甩干，以免往地板上滴水。比如向夫人在家总是把家里的各个水龙头都拧开一点点，以便在水表不转的情况下接水。比如向夫人在家时就算菜盘子里只有菜汤了，她仍然可以热了当盘菜。向夫人一生算计，日子过得精明，倒符合勤俭持家的传统美德。夏虹感觉不爽的是，自己一回到家里，老是感觉向夫人的眼睛就长在她的背后，她做什么事情向夫人都清清楚楚。

进门得脱鞋，脱了鞋要放到鞋架上。如果鞋臭的话放点茶叶，如果下雨鞋上有泥的话就提前裹个塑料袋。洗碗时要先用洗菜的水冲一遍，然后再把洗菜的水倒到桶里留着冲马桶，如果没有洗菜的水可以用清水，但洗一次后一定留在桶里，等着下次洗东西。洗衣服不要用洗衣机，不干净也绞得走型，也不要戴手套洗，就用手拿肥皂搓，搓一遍不行，得搓两遍，尤其领子。洗完后的衣服薄的在卫生间控水，厚的衣服用洗衣机甩干。对对，还有那台洗衣机，岁数大了，经不住折腾，不要把它当成自动，扭动的时候要轻，衣服要放平，不然转动坏了机子就完了。晾衣服也有讲究，晾的时候一定要用双手甩开衣服，不是敷衍地甩，要用力地甩，不然显得不平。由此种种，全是一些鸡毛蒜皮，绿豆芝麻大的小事，却把向夫人和夏虹之间的关系弄得无比僵硬。

现在好了，向夫人不在了。夏虹可以把许多衣服放在那架破洗衣机里拼命地摇晃；夏虹可以"哗拉拉"地任着性子用水；夏虹可以衣衫不整地跑进卫生间，如果高兴，她可以一边上马桶一边唱歌。反正家里除了老公就是儿子，没有人说她没有人嫌她也没有人打扰她。这个二室一厅她是一家之主，她说什么就是什么，做的饭再不好吃儿子老公也吃了，洗的衣服平不平整也没有人埋怨她。夏虹觉得结婚后就不应该和婆婆挤在一起，她们根本不是一条绳子上的蚂蚱，表面上再客套，表面上再和睦，心里也想的不是一回事儿。

这一天早上，因为睡过头了，一家三口急急忙忙地收拾自己。夏虹披头散发地煮了方便面，向北京手忙脚乱地整理合同，向洋可能是吃得不好，长久地坐在卫生间里稀里哗啦。

这时，夏虹发现停水了，她刚把三只油乎乎的碗放到洗水池里，扭下去的水龙头一点反应也没有。"停水了？向北京停水了。"夏虹一边说着一边又拧其他地方的水龙头。

向北京说："停就停呗，也不是第一次停水。"夏虹说："我还没洗脸啊，还有碗也没洗。"向北京说："去单位洗吧，谁让你不先洗脸了。我今天有个重要的客户我先走了。"夏虹说："你得想想办法啊，碗可以不洗，我的脸也可以不洗，厕所不能不冲吧？"向北京说："你没存水啊？我妈以前都存水的！"夏虹说："我要是存了水还用找你吗？"向北京说："你找我有什么用？我有水啊？"夏虹说："你怎么全是废话？"向北京说："你才是废话呢，你给我说这些耽搁我的时间不说，我也找不到水！我又不是神仙我可以变水，我也不是自来水局长，可以特权一下。行了行了，别瞪眼睛了，厕所一天不冲也没关系，我来不及了我得先走了。"

"啪"的一声，随着防盗门的碰撞向北京消失了。

如果在以前，向夫人会节约很多水出来的，随便在哪个地方，都可以找到不同的水。现在好了，夏虹光顾着自由了，根本没有节约，几只桶全是干干的。物业正在修自来水管道，不到晚上是来不了水的。人家早把停水通知贴到了楼道里，自己没注意只好自认倒霉。向洋拉完了肚子摁不出水来，在厕所里急得叫唤。这时，单位又打电话催她开会。夏虹把散发着臭味的马桶一下子盖上，脸也顾不得洗就上班了。

老向夫妇怀着惊喜推开房门的时候，向夫人的笑容像被电击般一下子凝固了。她并没有闻到卫生间的臭味，而是被家里的状态给吓住了。鞋架已经成了摆设，过道里堆着乱七八糟的鞋子。地板已经脏得反了光泽，随着阳光的反射明的暗的油污全部呈现在眼前。自己的房间被向洋睡过了，小子把衣服臭袜子散了一地，桌子上像摆摊一样摆着他的玩具和书本。洗衣机里塞着他们换下来没洗的衣服。向北京夫妇的屋子更是像遭劫一样，被子不叠，堆得张牙舞爪、乱七八糟。

厨房里，因为做饭灶具上粘了点点滴滴的油污，被谁三心二意地抹了一把，不仅没把油污抹干净，反而显得灶台更加脏乱了。洗碗池里堆着三只粘着方便面的碗，看来是他们一家三口匆忙战后的结果。衣服不洗，地板不擦，碗呢？碗怎么可以不刷？向夫人站在厨房里泪都要下来了。

老向来的时候看到楼口还没被撕掉的停水通知，马上替他们解脱。向夫人的手马上去拧水龙头，水像和夏虹过不去一样淌了出来。向夫人说："这不是水吗？"老向说："可能是刚来了，刚才真的停水了，你没看到停水通知吗？"向夫人说："这不是停不停水的问题，以前我们家也停过水，也没有搞得这样乱七八糟。"老向说："她就这样的人，能和你一样吗？"向夫人说："怎么不能和我一样？我是人，她也是人，我是女人她也是女人，我有手脚，她也没少一样，啥也别说了，一句话，就是懒，都懒到骨头里去了！"

埋怨归埋怨，房子还得收拾，要不一分钟也待不下去。

在收拾房间的时候，向夫人的委屈和愤怒像海浪一样一次又一次涨上来，她一边收拾一边想，要是儿子再年轻一点，再出息一点，真的让夏虹滚出家去，高攀不上许佳，也找一个教养好让人省心的人儿。

向夫人在厨房埋怨的时候，老向也没闲着。自从出了那件事情，家好像成了一个虚拟的东西，他好像不认识自己的家了一样。他站在这儿看看，那儿摸摸，后来不由自主地走进了卫生间。卫生间里挂着夏虹的内裤和乳罩，内裤是黑色，乳罩是大红，已经被风吹透了。看来，他们不在家的日子，的确放任了夏虹他们的自由。在以前，卫生间里从来没有出现这些东西，向夫人的内衣裤都是拧干放在房间里晾，他们的房子是背着太阳，内衣裤穿在身上总是有点儿潮气。而夏虹他们的屋子里，不仅有充足的阳光，还有自动晒衣架，从卫生间到他们房间能有多大的距离，夏虹能把内衣乳罩放在卫生间也不晒到阳台上，足以看出这个女人是多么的懒惰了。

老向夫妇像个清洁工，把家里里里外外地打扫了一番。当向夫人把他们收拾的脏衣服放进洗衣机时，才发现洗衣机坏掉了。这个洗衣机是向夫人的陪嫁，老是老了点，但向夫人用得仔细，根本没坏过。怎么几天不在家，洗衣机就坏了？

向夫人对夏虹的恨因为洗衣机一下子膨胀起来，肚子里像翻了船一样疼痛难忍，而这时，向夫人发现马桶里竟有没冲掉的大便。

老向的手刚伸过来，向夫人的身体便像没有了骨头一样，软在了老向的怀里。

十六

　　向夫人这一软，就软成了脑溢血。

　　向北京夫妇不知道向夫人晕倒的真相，老向也不愿意提。事情已经发生了，还能怎么样呢？

　　作为儿子，向北京从来没有关心过母亲的身体，每年的例行体检都是老爸陪她去的。不过向夫人身体一向不错，体检结果总要强于老爸。老向不仅有高血压，还有胃疼。向北京想不通母亲得了什么病，接到电话时客户正准备往合同上签字，电话一来，别说合不合同了，向北京一边拦的士一边给夏虹打电话。

　　夏虹接了电话，很不高兴地说："干嘛干嘛？像个催命鬼一样！"向北京说："我妈得了脑溢血，你快带上存折到人民医院来。"夏虹说："怎么可能？你妈身体一直很好啊。"向北京说："别他妈的废话了，医院让交押金。"夏虹说："多少啊？我们家里没有多少钱！"向北京说："一万。"夏虹说："怎么这么多？我们家没有这么多钱！穷人就是不能进医院！"向北京说："人命关天的时候，你一点儿也不急。你摸着良心说，要是你妈你急不？"夏虹说："你咒我妈是不是？"向北京说："谁咒你妈了？"夏虹说："你妈也不是因为我才脑溢血！"向北京说："你以为呢？我妈身体好好的，怎么就脑溢血了？"夏虹说："我怎么知道？是我让她脑溢血的吗？"向北京说："我不想和你吵架！"夏虹说："我想和你吵啊？"向北京说："我不和你废话。"夏虹说："我和你废话了？"

　　吵架归吵架，钱还得凑呀。朋友，同事，七大姑八大姨，能找的人全部找了，能想的办法也都想了，可是手中的钱还是不够。

　　向北京看着好不容易凑来的钱，觉得自己活得真窝囊。夏虹嘴上抱怨，还是去家里要了五千块钱。向北京接过钱，心中的窝囊感又增加了一层。要不是老婆，要不是有了贩菜为生的岳父岳母，谁给他五千块钱？没钱的就不说了，那些平时看起来很有钱的哥们，一听到借钱，个个都成了穷光蛋！

　　他妈的，我一定要有钱！他妈的，我什么时候才有钱呢？向北京把一万块钱摔到柜台上，收银小姐头也不抬地说："交过了。"向北京说："谁交的？"收银小姐说："一位小姐。"向北京说："哪个小姐？"收银小姐说："我怎么知道？"

向北京说:"她长的什么样子?"收银小姐用下巴往病房的方向抬了抬:"你自己看啊,在病房呢。"

远远地,向北京就听到了许佳的笑声。那笑声像一枚刀子,恶狠狠地捅进了向北京的心脏。向北京把钱揣到怀里,悄悄地溜出了医院。不知为什么,他现在不想或者说害怕见到许佳,是他后悔了吗?还是他害怕许佳看不起他?

回到家里,夏虹正在电话里和谁争得面红耳赤。见向北京回来,马上说:"我不想干了,他妈的,在这个破单位干不仅挣不了钱还净受窝囊气。我在外面租房子的事被人打了小报告,单位要处理我呢。其实这班上不上都无所谓,现在要是有钱,我他妈的自己当老板!"夏虹发泄似地说了一大串,见向北京像个木头人似的没有反应。夏虹说:"向北京?"向北京说:"干嘛?"夏虹说:"你刚才听到我的话了吗?"向北京烦恼地说:"我哪有心思听你的话!"夏虹说:"怎么了?钱不够?"向北京说:"许佳把钱交了。"夏虹说:"什么?你说许佳把你交了钱?"向北京说:"对呀!"夏虹高兴地说:"没想到啊!看不出来啊!这点小钱借了六七家,早知道应该先找她就是了!"

向夫人在医院里住了半个多月,能用的药全部用了,能打的针全部打了,但还是没有像夏虹希望的那样从病床上站起来。向夫人像所有的脑溢血患者一样,瘫了。身子一瘫,脑子也好像瘫掉了似的。吃喝拉撒像小孩不说,还一天到晚哭哭啼啼的。不管谁来,都像一个饱受委屈的孩子,嘴一咧,泪就下来了。

向夫人这一倒,医药费是小事,大事是向夫人以后的生活。身子瘫了,人不能动了,身边就离不开人了。虽然老向一直用沉默来抵触夏虹照顾向夫人,虽然向夫人见到夏虹总是又哭又抓,但作为儿媳,夏虹照顾婆婆已是天经地义的事情。夏虹辞去工作时,老向就返回了西山别墅,日子过成了这样,总得有人想法挣钱吧?向夫人花的这点钱已经触痛了他们,要是家里人再有个三长两短,活都不用活了。

向夫人起初的时候还像个小孩,除了吃喝拉撒就躺在床上。后来,她就不躺了,每天早上,向洋起床的时候,她就在屋子里喊着起床。夏虹像哄小孩一样帮向夫人穿衣洗脸,然后把她抱到阳台上晒太阳。向夫人好像故意折磨夏虹一样,每隔几分钟,她就会支使夏虹一下。比如喝水,比如上厕所,比如肚子疼，比如害怕。向夫人已经不是以前的那个向夫人了，因为得了脑溢血，她就完完全全变成了另外一个人。她不心疼夏虹不要紧，连儿子和孙子也不知道疼了。向北京好心好意地帮她按摩，她不是揪向北京的头发就是打向北京的耳光，向夫人虽然瘫了，但手上的力气丝毫不少，"啪"的一下，又"啪"的一下，打完了冲着向北京"咯咯"地笑。

作者简介：

童全，女，作家，编剧。二十世纪七十年代中生人，迄今已公开发表中短篇小说两百多万字，出版有长篇小说《相亲相爱》、《幸福在前方》、《危险关系》、《别动我的男人》、《裸婚以后》等五部，散文小说集《爱情有时徒有虚名》、《一个人的生活》、《也许爱》等三部；电视剧《抹布女也有春天》、《家遇房小》、《女人的颜色》等。

环肥燕瘦 / 王方晨

一

唐渡有一段没脸说的过去。故事俗套至极，做梦提起来都会感到羞耻。

这段初恋故事，发生在另一个城市。当年唐渡在那个城市上大学，初恋对象是他的同班同学，颇有家庭背景。临毕业女同学才把自己的恋情向家人公开，却立刻遭到家人围攻。唐渡出身农门，祖辈三代连个城里亲戚都没有，自己下面还有两弟一妹。跟女同学家相比，确实门不当户不对。恋情由于对方家庭阻挠，以分手告终。

这种事发生在现代社会，不光没一点新意，简直就是对双方的污辱。因此，他生活中一直躲避那座城市。毕业后他也一直没有跟任何同学联系过，觉得没有必要。

唐渡老老实实服从了分配，却没有老老实实工作。他脾气挺大，工作自然不顺，后索性停薪留职，只身去了海南。手里有了点积蓄，才又返回本省，在省城开办了公司。那年他都三十多岁了，还是单身。公司发展很快，不到两年就初具规模。三十多岁的男人了，神情体态难掩沧桑，想到婚姻问题，目光不是仰视，不是平视，却是往下看。

看中的姑娘也才大学毕业，二十出头，整整小他十一岁。

现在的唐渡，家有万贯家财，贤妻爱子，似乎什么都不缺了。结婚后，唐渡就没往上长年纪，面容又滋润起来，一直等到他将跨四十大关，朋友还在讲他像二十八九岁。他发现自己衰老是突然间的。

因要搬迁新居，整理旧物，就翻出了当年的毕业留言簿。想这留言簿也是长年纪的，红已暗淡，形状也像人一样皱缩了。揽镜自照，发现自己也是像这留言簿的，并不是自己想象的那样年轻。沧桑依旧写在脸上，眼神失去明澈，鬓角新添白丝。打拼十几年，能不老吗？心里倒也没多少遗憾，但举手投足立时多了份沉重，还引起了他老婆冯晓晴的疑问，"你好像不开心？"他答："乔迁之喜嘛，怎么会？"他开心起来。留言簿当然还是收着的。

新居二百八十平方米，坐落在南郊燕子山麓。夏天的省城是全国有名的火炉，唐渡从此却觉得是在火炉之外。省城也常被人诟病为脏乱差，但在唐渡的视野里，一切优雅整洁。北望黄河如带，南望青山连绵，整座城市都匍匐在自己脚下。

唐渡知道自己是个中年人了，所幸这个中年人的头顶上，还有个"事业有成"的标签。

鬼使神差，唐渡接到一个陌生电话。"唐渡吗？"唐渡一听就怔了。这些年来，在公司里被人直呼其名的时候不多，唐渡乍一听觉得像是在叫别人。但他随后就反应过来："徐拉！"

对方嘿嘿笑一声，不标准的普通话变成了土得掉渣的方言，说："多年不见了，老同学。"

唐渡暗想，时隔二十一年，徐拉说的还是半吊子普通话，自己竟能够听出是他的声音，这该是什么道理？这真没道理。

徐拉说："唐渡，你再忙，工作再重要，最近也要来曹州一次，咱哥俩好好叙叙。"

一周后，唐渡只身一人出差曹州方向。办完事情，想明白了，自己本可以不亲自来的。自己实际上是在往曹州进发。自己还可以马上转回。不过，唐渡选择了主动拨通徐拉的电话。

其实唐渡跟徐拉并不算很要好的同学，不但不怎么要好，还算是"情敌"，却也不是危险的情敌，虽然班上谁都看得出来徐拉对唐渡那位初恋情人有心，其却不知唐渡的初恋情人对其无意。徐拉显然是把唐渡当作了自己的竞争对手，敌意也难免流露，这让唐渡一直为他感到悲哀。

在曹州见了徐拉，唐渡真是一惊。目光仿佛利刃一样，稀里哗啦，一下子剥去了岁月裹在徐拉身上厚厚的外壳。唐渡看到的依然还是二十年前的徐拉。

两人哈哈一笑，相挽着走进房间。唐渡稍事洗漱后，跟徐拉一同出来，去楼下吃饭。这时候的唐渡神采奕奕，笑语朗朗。

进了徐拉预定下的餐室，唐渡步履矫健走至主客的位置，边向早到的人致歉，说路上遇到了堵车。才坐稳屁股，就觉得心里"咯噔"一声。

徐拉对面，副陪的位置上坐着个白面中年人，比在座的其他人岁数略大。唐渡没有朝他看第二眼，就断定这是谁了。徐拉介绍他的时候，只说是曹州某局的鲍局长。这鲍局长很有分寸地向唐渡欠起身子，伸出手来跟他轻轻握了一下。其他人，既有徐拉的同事，也有徐拉的朋友，唐渡也不能一一记得。

饭后，一行人往酒店外面走，唐渡送到门口，还要再送，徐拉就说"唐渡长途跋涉的累了，回房休息吧"。唐渡跟众人告别后，走回房间。

徐拉很晚才来见唐渡。原来那伙人中有个网通公司的经理，又拉他们去酒吧玩到尽兴。徐拉一脸的疲惫和兴奋，脱去鞋子，搬起两腿往椅子上一坐，问唐渡："唐渡你累不累？先说下，我不管你累不累，今天跟你聊一宿。"他根本没看出来，唐渡连衣服都没脱，鞋子还在脚上。

唐渡也还站着，徐拉就说："坐，坐。"

唐渡慢慢坐下来，徐拉又说："你是一点儿没变，还是不爱说话。我刚见你的那一刻，还以为你变了个人。平时你话少讲不了，可你还是没讲几句。"

徐拉的眉头一下一下地搐动着。吃饭的时候唐渡就注意到了，徐拉在大学的时候不是这样的。随着徐拉讲话的速度，那搐动也或急或缓。唐渡目光不由得紧盯在那里。

徐拉说："知道鲍局长是谁吗？他是汪笑梅的舅父。"

二

鲍局长那眉眼、脸型，几乎跟汪笑梅一模一样。唐渡当时差点就哑巴了，心里翻江倒海。也亏他在社会上修炼多年，才没让人看出心思，而他确确实实地拘谨了起来。

这个鲍局长，唐渡当年并没见过，汪笑梅却没少向他提及。当初反对他和汪笑梅恋情最起劲的，似乎就是他了。汪笑梅父母还没怎么她跟谈，他就先出面向她言明利弊。他其实比汪笑梅大不了几岁，也才刚步入社会，唐渡却感到他的世故像是上个时代的人。

唐渡永远地记住了这个未曾谋面的"小舅"。

徐拉到底没能熬到天亮，身子在椅子上越来越低，最后又咕哝一阵，睡去了。

唐渡忽然感到很厌烦。唐渡还生自己的气。自己怎么说来就来了？自己到曹州来是干什么的？徐拉对学生时代的回忆到底有多少是吸引自己的？

徐拉没有回避提到汪笑梅。徐拉每年能见到汪笑梅一次。鲍局长是汪笑梅的舅父还是汪笑梅告诉他的。

唐渡听到汪笑梅的名字也没感到激动，就像徐拉提到的是个陌生人。

唐渡没等到天亮就想离开。徐拉睡在椅子上，他没管没问，就和衣在床上躺下，岂知一躺下却沉沉睡着了。

这一觉竟睡得无挂无碍，睁眼已是早上八点钟了。徐拉没在房子里，唐渡简单收拾一下就准备离开，可是电话铃响了。

徐拉在等他去楼下餐厅吃早饭。

这回唐渡看到的不再是那个二十年前的青年了。他看到的是个中年人，鼓胀起来的面型没有掩住岁月的沧桑。徐拉是一家大型国企的分公司经理，他从一个普通的大学生混到这一步肯定不容易，就像自己创办企业一样不容易。看得出来徐拉对自己的现状非常满足，生活显然也十分优渥，可是，他那脸色不但没有一丝红润，脸上每个坑洼都像盛着艰难生活留下的尘灰，眼中的神情也时不时在告诉别人，自己是从一个苦孩子熬上来的。如果把他放在气质温润的鲍局长旁边，差别就会更明显。

唐渡差点就在徐拉面前掉泪了，但他努力忍了一下，脸上才换上淡淡的笑容。唐渡不用照镜子也知道，徐拉就是自己。徐拉的苦相，也就是自己的苦相。

唐渡说："徐拉，你起得早？"

唐渡记得当年徐拉有早起的习惯。大多数同学还在梦乡，他就早早起来了。唐渡第一次与汪笑梅在校外约会，天蒙蒙亮时从郊外归来，碰到的就是早起跑步的徐拉。

"妈的，我这受苦人习惯就改不了啦。"徐拉说："我这辈子亏就亏在没睡过一次懒觉。今天我要特地声明一下，你和汪笑梅谈恋爱的消息不是我传播出去的。"

"都过去多少年了，还提它干吗？"

"可这件事一直在我心里搁到现在，我想起来就不舒服。对汪笑梅我不解释，对你唐渡，我是一定要解释的。"

唐渡会心一笑，说："想不到你还这么多心。"

徐拉撇嘴说："别装大度了。我看得出来，你暗地里防着我。"

唐渡急了似的说："徐拉，我说不让你提你偏提，你该知道的，汪笑梅对你没意思。"

徐拉垂了头，停了会儿才说："我知道。在你们约会之前，我向她表白过。这也是你没想到的吧。"

唐渡确实没想到。唐渡的目光警惕起来。如果他不制止徐拉继续谈论汪笑梅，指不定徐拉还会说出什么。唐渡说："徐拉，我倒很愿意听你谈谈你的工作、你的家庭。昨晚你光讲过去了，对你的现在一个字没提。"

"那有什么好提的？老同学碰到一块了，乐趣就是叙旧。"

"是啊，徐拉。"唐渡说："谢谢你的招待，我公司……"

"慢慢慢，"徐拉忙打断他："我想再问你一句，如果现在把汪笑梅送给你，你会不会要她？"

唐渡差不多从座位上站起来了。刚才他还感到自己跟徐拉是同一类人，现在他不这么认为了。徐拉永远只是徐拉。他们过去不是非常要好的同学，将来也不会成为好朋友。

这太荒谬了，退一万步，徐拉也没资格说把汪笑梅送给他。但唐渡迟疑了一下，还是回答了他："不会的。"

徐拉一听，就笑了。徐拉说："就是啊，汪笑梅现在也不就是个普普通通的老娘们儿吗？谁会要她？你没见过的，那腰身，水桶似的，上下一般粗了。"

唐渡想起了自己年轻貌美的妻子。他从座位上站了起来。他说："我公司还有很多事，我今天还要回去。"

徐拉狡黠地闪了下眼睛，说："唐渡，你今天是回不去了。昨晚鲍局长就吩咐过了，要留你在曹州玩两天。来曹州，不能不看牡丹。鲍局长留你，不是因为别的，就因为你是我的同学，我是他的朋友。"

唐渡几乎发火了，说："徐拉，你……"

徐拉轻松地把胳膊搭在椅子上，慢悠悠地说："鲍局长不放行，想从曹州地面出去，可没那么容易。你可能不清楚鲍局长做事的风格。鲍局长吩咐做的，就一定要做到的。"

唐渡脑子乱了，但他的神色却平静下来。

"你吃好了，我送你上楼休息，"徐拉说："然后我去办公室处理一些事情，等鲍局长来叫我们。"

唐渡倒没觉得有种被劫持的感受，他知道自己其实一听鲍局长挽留，就会留下来的。在曹州，鲍局长不是他的舅父，但胜似他的舅父。

三

唐渡回到省城，没去公司，直接回了燕子山。

家里空无一人，小保姆也不晓得去了哪儿。但他心里愿不愿意此刻家里只有他自己呢？似乎愿意的，又似乎不愿意。他在沙发上坐了一会儿，就走到楼上。

房子是复式的，楼上有他夫妻俩和儿子的房间，还有一间宽敞的书房。在他离开省城的这几天，他的家肯定不会怎么变，看他的意思却是要力图寻出一些变化。他徒劳地将楼上所有的房间寻视一遍，又走下来。

客厅里的墙壁上挂着两三幅油画，最醒目的是一幅西洋裸女像。

冯晓晴喜爱油画，唐渡对油画无所谓，所以，他几乎从未过分留意过画布上的内容。他不由得在这幅油画前站住了。

裸女侧躺在林间草地上，身体丰腴，甚至可以说接近臃肿。这样的身材跟冯晓晴绝对不是一个类型。唐渡也就奇怪了，这画若是唐渡买来的倒还罢了，却是冯晓晴买的。实际上，这座房子，房子里的一切，都可以说是冯晓晴买来的。买房子的地点，是冯晓晴圈定的。房子是冯晓晴选的。房子的装修，是冯晓晴主持的，家具也是冯晓晴挑选的。唐渡工作忙，顾不了这些事。冯晓晴把这些事都做了，是对他工作的支持。

唐渡从裸女身上找不到冯晓晴的一点影子。冯晓晴生过孩子了，但依旧是苗条盈然的。冯晓晴生孩子后身材恢复很快，那时候她还没做全职太太，孩子放在家里，由从家政公司请来的专业保姆照管。母乳也是喂孩子吃的，只是因为工作，就喂得少。孩子长到入学年龄，冯晓晴工作热情反而减退，渐渐地就不去公司了，但这并不是说冯晓晴闲了下来。

冯晓晴每周都要去大风美体中心做两三次美体，楼下的一间客房也被她布置成了健身室。对饮食，她也非常讲究。请来的小保姆厨艺已经不错，她自己仍会亲自下厨，料理出既有营养又不担心吃了会发胖的菜肴。而且，她还参加了在燕子山一带十分活跃的太太会。

听说冯晓晴要参加太太会，唐渡很吃惊。他误解了太太会，以为都是些无所事事的老娘们儿，聚在一起靠搓麻将打发无聊的时光。也不知受谁的影响，他历来痛恨麻将，看见麻将桌都想着把它一脚踹翻。冯晓晴敢搓麻将，他说什么也会竭力阻止。他不能想象自己娶了个麻将桌上的庸俗太太。

冯晓晴参加太太会后，唐渡才知道冯晓晴也像自己一样，不齿于麻将的。冯晓晴也很少把人带到家里，当然，跟一些好友的聚会有时是要在家里举行的，不过确实不多。

冯晓晴社交圈广了，情绪显然也比过去更好，唐渡对太太会的印象随之改观，有时还会主动询问太太会的事情。

太太会有个副会长，冯晓晴提到她的时候最多。唐渡又是先入为主，把她想成了半老徐娘。

终于有一天，唐渡在家里碰到了这位副会长，又吃一惊。

这位副会长没他想象的那么老，他猜测不会比冯晓晴大许多，但她又是跟冯晓晴截然不同的。冯晓晴身材保持得仿佛少女，副会长腰粗得就像冯晓晴的老妈。他一见这副会长就乐了，也说不清为什么乐，应该是不由自主的乐吧。

他对副会长的态度这么好，冯晓晴也跟着高兴。他还提出要请她和冯晓晴一起去吃饭，冯晓晴却不同意。

冯晓晴说："我们太太会的事情，不许你们男人瞎掺和！"

那位副会长说："晓晴，你把太太会的规则给唐总讲讲。"

冯晓晴说："讲了，就是没讲这一条。"

唐渡说："为什么还有所保留？"

冯晓晴就说："不告诉你。"

唐渡"这这这"半天，也没"这"出下面的话，倒惹得那位副会长笑得直不起腰来。眼角里含着副会长的样子，心想，能在她身上找出腰来就好了。

后来冯晓晴告诉唐渡，柳会长对他印象十分不错。唐渡故意说："谁是柳会长？"冯晓晴听出他的意思了，就说："柳会长就是柳会长！"唐渡反而说："你们别搞得这么行政化嘛，要叫就叫名字。"冯晓晴说："我知道，你小看我们太太会。"唐渡忙说"不敢"。冯晓晴忍不住在他身上掐一把。

唐渡随后觉了出来，自己其实很兴奋。那天初见柳会长时兴奋，以后每提到柳会长时也兴奋。身上每个细胞，本来规规矩矩地趴着，组成他这么个老成持重的中年人，但一见柳会长或一听说柳会长，就不守规矩了，就都乱动起来，都像长了年轻的脚，要跳没规没矩的摇滚舞。幸而唐渡及早意识到了这个，不然或许会引起冯晓晴疑心呢。

唐渡确实没有小看太太会的意思，特别是在得知柳舒娅的身份背景之后，可是唐渡也不再像起初一样莫名其妙地兴奋了。缘故不用多讲。不管他承认不承认，这跟他的那个女同学有关。受过那次伤害后，唐渡对世上所有牵扯"背景"的事情都本能地充满敌意。

眼前油画上的裸女，竟跟柳舒娅非常相像。也可以说，看到那肥肥的裸女，唐渡眼里浮现的是柳舒娅的影子。裸女有腰，柳舒娅没腰，可他就觉得裸女像是柳舒娅。

唐渡还感到纳闷，冯晓晴把一个像是柳舒娅的裸女悬挂在客厅墙上，这什么意思嘛！当然，冯晓晴悬挂裸女像先于认识柳舒娅。冯晓晴看不出裸女像柳舒娅？柳舒娅自己看不出？或许冯晓晴已经看出来，却不好意思摘下来？唐渡浑然不觉地抬起胳膊，伸出一个手指头，被一种神秘的力量吸引着似的，朝着裸女圆润的乳头……

房门突然一响，冯晓晴走进来。唐渡的手顿时僵在了半空。他那么可疑地站在油画前面，冯晓晴就向他投来问询的目光。

"一只苍蝇。"唐渡说着，僵僵地把胳膊放下。"跑了。"顺势坐在沙发上，神态确实很像是一个远归的人。

这天晚上，是一个有月亮的夜晚。唐渡悄悄从熟睡的冯晓晴身边爬起来，蹑手蹑脚地走出卧室，经过儿子的房间，走下楼梯。客厅里静静的，皎洁的月光从远处黑黢黢的山峰顶上射过来，在窗下泄了一地银水。清风徐来，银水仿若起了涟漪。

唐渡毫不犹豫地把手放在那幅油画上，脸也轻轻偎在上面。画面凹凸不平。粗糙的颜料块，因为轻柔的接触，却带给他真实的肉体般的暖意。丝丝缕缕，那么清晰，几乎能够让他呼吸。但他没有想到接触得再紧密一些，他只是身子有些荡了，像被清风吹拂的银水。

小保姆房间里传出一声低笑，唐渡清醒多了。他倒不担心被小保姆撞见自己古怪的行为，因为他知道小保姆的低笑肯定是从梦中发出的。依旧蹑手蹑脚地回到卧室，在冯晓晴身边躺下，唐渡想到自己刚才就像一个幽灵，去与另一个幽灵约会。

那个幽灵隐藏很深，远隔石土和水火，远隔光影和心灵，远隔风雨和樱桃。此夜，唐渡却亲手摸到了它，一把摸到了它的双乳。他把自己的面颊放在双乳之间，像是在朝它们喁喁倾诉，也像是在倾听它们隐秘的细语。

而在此前，已说不清有多少年了，冯晓晴却是他唯一的女人。即使是在海南，他也从来没有跟任何女人有过如此温柔的接触。唐渡两眼直勾勾望着天花板，绝望似的在心里对自己说："我不相信。"连他自己都不相信，但事实不可更改。

从曹州回来的当夜，一个全新的事实摆在唐渡面前：他摸了肥美的柳舒娅。

四

唐渡的公司是做医药保健的。唐渡可以向上帝起誓，在整个公司的创业发展中，自己绝对没做过伤天害理的事情，这就像他在抚摸油画上的柳舒娅之前对冯晓晴的绝对忠诚。

他一个学习中文的，选择医药保健，也并不是无缘无故。当初他在海南做的就是国内一家有名的医药保健公司的营销，后来这家公司卷入一款口服液致死案，以致一蹶不振，但他通过这家公司几年来严格的营销训练，摸着了医药保健市场的路数。他吸取了这家公司的教训，主导思想就是切忌急进。一旦自己的公司走入正轨，就常让他有可以撒手不管的感觉。冯晓晴要做全职太太，也是觉得自己在公司的作用好像不大，才下了决心的。

冯晓晴做全职太太，对他也有触动。如果不是还算年轻，他也许已经把公司交给别人做了。他曾一再地想，自己究竟还需要什么呢？哦，他什么也不需要了。眼前面临的问题，不是别的，只是自己的年纪。

孰料一去曹州，就觉脚步被什么硬硬地挡了一下。

唐渡连去加回，一共用了三四天时间。

这三四天时间公司不可能没事。副总周瑞合给他打过几次电话，人事部、企划部也都给他打过电话请示。每一次通话所讲之事，也无一不重要，但无一不像耳旁风，挂上电话他都想不起来究竟讲了什么。

他回到省城，也没去公司。这在往常，是不可能的。

他回到家里，就要在家吃晚饭。吃完饭也没出去，倒是冯晓晴被太太会的那些女人叫出去了。

家里只剩他、孩子和小保姆。他在书房坐了半天，出来催促孩子上床睡觉。但冯晓晴还没回来。打电话问她，说就要回了。走进客厅，想看电视，小保姆正看着呢，见他来了就起身给他沏茶，他说不喝，但小保姆也不看了，自己跑回了房间，倒像怕他做坏事一样。

第二天早上，唐渡出了家门，到了公司，才坐下，周瑞合就来向他汇报这几天来公司的情况。两人商量了一会儿，就一起走到会议室开了个生产调度会。时间不长，他听见自己宣布调度会结束，然后他看见自己匆匆走进了办公室。他看见自己脸色通红，看见自己的心脏"突突"猛跳。他好像一个鲁莽的小伙子，抓起了办公桌上的电话，拨通。

这一刻，唐渡清楚地感到自己已经无可救药。

柳舒娅一时听不出唐渡的声音，唐渡从来就没跟柳舒娅打过电话。柳舒娅在那边发愣，唐渡就说："柳会长，我有事相求，能不能赏光？中午我去豪家香等你。"

柳舒娅是个爽性子人，马上笑说："唐总，我怎么听着别扭呢？要不，叫我舒娅吧。"

"不成不成。"唐渡忙说："我没别的意思。是真的有事求你。"

柳舒娅"嗯、嗯"的答应了。唐渡挂机，抬手擦擦额头上的汗。相信柳舒娅也一定明白，这绝不是一次一般性的通话。但唐渡不觉得后悔。唐渡只是纳闷，自己怎么得到的柳舒娅的电话。不是柳舒娅留给他的，也不是冯晓青告诉他的，他想打柳舒娅的电话，手机上竟然就有她的号码。他想不出来，也就丢开不想了。随后就开动脑筋，为午餐时的话题做准备，因为他自己确实不晓得到底有什么事有求于柳舒娅。

豪家香是一家牛排馆，在努克路上。唐渡早到，但十二点快过了，也没见柳舒娅的影子。这家牛排馆的老板唐渡认识，是个从头到脚都亮闪闪的男人。是钻石的光和一个男人成功的神采。老板知道唐渡来了，就过来看看，一看就只唐渡一人，免不了猜疑了一下。聊了两句，老板走开。唐渡克制着不给柳舒娅打电话。

过了十二点，柳舒娅到底还是来了。

柳舒娅来晚了，就直说"我来晚了"。

来晚的理由不用多说，却能让人感觉出来她来晚是有理由的，她的来晚不是故意的，而且还让人感到，如果不是因为唐渡有事，她就真的不能够来赴约了。所以，唐渡需要接着就谈事。

唐渡要请柳舒娅搞一次批文。他们公司最近研发了一款新产品，这款新产品比他们现在热销的产品更有优势，这款产品是浓缩型，每毫升内营养菌的数量是原产品的五十倍，成活率也比原产品高，经过耐氧处理，开盖半个月内保证成活。目前公司正抓紧制定广告宣传策略，可是最关键的生产批文还没下来。唐渡不过两分钟谈完事情，竟把嘴皮子累僵了。嘴皮子不是肉的了，是短短两根木柴棒，死僵。一闭嘴，嘴皮子就发出干柴敲击的声音，像是卖油的梆子声。

看得出来，他略一尴尬。柳舒娅却像没看见。

唐渡过去没求她办过事。她确实有这个能力的。唐渡把事情说得很急，求她是在情理之中。她答应了，说"试试"。

唐渡向她敬酒，表示感谢："我先谢谢你，柳会长。"

还是叫"柳会长"。心里想，不能叫她舒娅。怎么不能叫她舒娅呢？他不想搞明白。反正是不能叫的。起码现在不能叫。

柳舒娅说"不客气"，把酒喝了。柳舒娅没看唐渡的眼睛，没看红酒。柳舒娅在看牛排。她说"我饿了"，就又起一块牛肉送到娇艳的嘴里。

唐渡也吃起来，一边吃一边兴致勃勃地展望公司的前景。他又兴奋了。两人忽然发现，牛排吃光了，汤碗见底。唐渡吃得很饱，柳舒娅还在吃，吃了沙拉，又吃冰淇淋。

冰淇淋的颜色很接近柳舒娅的肤色，那种白，那种粉红，都像是柳舒娅身上的。柳舒娅笑着说："知道我为什么这么胖了吧。"

唐渡自然说："不胖。"唐渡也在吃冰淇淋，他觉得自己是在吃着柳舒娅。

柳舒娅在唐渡舌头底下融化着，他蓦地想到了那个古老的先有鸡还是先有蛋的问题，脑子里就像有个车轱辘在呼呼转。

把柳舒娅送到车上，唐渡的脑子里还在推着这个车轱辘疯跑。柳舒娅坐车走了，车轱辘才渐渐好不容易停下。而且他也忽然就想明白了，自己叫她"柳会长"，证明冯晓晴还实实地在。

五

也不晓得亿佳公司的郭老板从哪里得到的信息，唐渡这里才把自己的计划布置下去，他就登门拜访了。亿佳公司是搞营销的，业务依托省电视台，这郭老板也是电视台出来的。他们过去有过一次小小的合作，是在三年前。从那以后，郭老板一直想再给唐渡做个"更高级"的企划，三年来一再请唐渡出去玩，甚至还辗转请人代请，唐渡都推了。

今天也合该郭老板运气，唐渡就像是在等他前来。那郭老板喜不自胜，又要请他到龙门山庄，说龙门山庄又上了个新花样，叫冰火麻辣。唐渡听他讲解冰火麻辣的时候，冯晓晴不前不后打来电话，要他和自己一起去一家房地产公司的总部参加酒会。放下电话，唐渡就告诉郭老板另有安排。郭老板一听，反而笑了，说："这下好了，这就证明唐总也是可以去龙门山庄的。下次可要轮到我了。"唐渡也就只好说："下次再约吧。"

晚上唐渡第一次见到了柳舒娅的丈夫，一个异常标致的男人。跳舞的时候，这男人把柳舒娅紧紧搂在怀里，像搂着个珍宝，让在场的很多女人看了眼热。唐渡估计，他们两口子最少跳了八支舞。

柳舒娅身材那个样儿，跳舞却像跳不够似的。有一次，他们跳到他和冯晓晴跟前，柳舒娅回头朝他粲然一笑。那种沉醉的表情让他感到他们之间根本不可能发生任何纠葛，甚至他中午请求的事情也不曾存在。

唐渡似乎突然轻松下来，目光却还是盯在他们两口子身上。舞曲结束，那男人的收式几乎帅呆了。更让唐渡意想不到的是，那男人抬手抹了一把头发上的汗，轻轻甩一甩，这个动作竟像电击一样，唐渡一时眼都直了。

在回家的路上，唐渡问冯晓晴："那男的是做什么的？"

冯晓晴说："什么是'那男的'？那是柳会长的丈夫！"

唐渡忙笑道："好好。柳会长的丈夫是做什么的？"

冯晓晴说："听说是个军人。"

唐渡"哦"一声。过了一会儿又说："年龄相差不少吧。"话一出口，脸上"腾"地热了。说的时候没想到自己和冯晓晴。

冯晓晴善解人意，好像什么也没多想地说："柳会长当初也是抱定独身的，没有一个男人能看到她眼里，直到遇到了程昭。"

"也难怪呢。"

"柳会长遇到他的时候他还是普通一兵，现在他都已经升到上尉了。"

"那好啊，你以后也别叫她柳会长了，要叫就叫'中国上尉的女人'。"

冯晓晴"噗嗤"一笑，说："去你的！他穿军装的那样子，才极潇洒，能把人迷死。一般情况下跟柳会长出来，柳会长都会让他便装。谁让他太帅呢？你见了准会嫉妒。"

"我嫉妒他？"唐渡说："我嫉妒他，让我也娶个柳会长那样的老婆好不好？她那么胖，腰那么粗，搂都搂不过来。"

"不许你损柳会长！"冯晓晴说："柳会长心灵美，对朋友很热心，不然大家也不会选她当会长。你不知道她给太太会会员办过多少事。哪个男人要成心欺负会员，从柳会长这里就不答应。"

"谁敢啊？"唐渡说："她那纤纤素手攥起来有南瓜大，砸在谁头上，还不给砸出一头南瓜籽？南瓜籽再生根发芽，那可是一片南瓜地……"

冯晓晴几乎笑瘫在车座上。唐渡猝然就不说了。他知道，失去的兴奋刚才不期然就回到了他身上。他的脑子里恍惚了一下。

冯晓晴猛叫一声："看路！"

唐渡浑身一激灵。从山道上拐下来的一辆白色宝来与他的车擦身而过。冯晓晴吓出了一身冷汗，伸手揪住唐渡腰里的衣服，不吭声也不笑了。

到了他们家的楼下，冯晓晴从车上下来，又笑了。还不忘告诫唐渡："不准你损我们柳会长。"却听有人叫："唐渡！"

扭头一看，山子石后面走出一个人，她不认识。还能影绰看见山子石后面有个女孩子。

"你怎么来了？"唐渡诧异说："怎么不事先打个电话？"

"知道你住这儿，就直接找了来。"徐拉又转身对那山子石后面的女孩子说："过来吧，秀丽。这就是我说的唐总。"

那女人慢慢走了来，有点忸忸怩怩的。到了近前，怯生生地叫声"唐总"。

徐拉就问唐渡："这位是弟妹吧。"

唐渡说："是。晓晴，这是我大学同学徐拉。"

冯晓晴"嗯"一声，朝他点点头就兀自向楼里走。唐渡就说："咱们进去说吧。"

小保姆自己在看电视，没想到家里一下子来了三四个人，就一时没反应过来。冯晓晴没怎么在客厅里停，就上楼去了。唐渡热情地让徐拉和他带来的女孩子坐下。小保姆给沏上茶、端出果盘，就坐到一个角落，悄悄观察这两位陌生来客。

徐拉直着脖子，把客厅打量一圈。唐渡竟有些怕呢，怕他注意到客厅里的那幅裸女像。徐拉却没留意，只是赞道："你房子这么大，装修这么好。我住的不如你，还是九十几平方。"

唐渡认真说："徐拉，你有什么事，尽管直说吧。"

徐拉看一眼带来的女孩子，讪讪说："也没什么事。"眼睛又在察看房间，身子已经站起来。

唐渡知他要避开旁人。他朝冯晓晴的健身室走过去，唐渡不好叫住他，就只好跟上。

他们进了健身室，徐拉把门一关，神情迫切地说："唐渡，我的好老弟，我希望你能帮帮我。我眼看就要毁了，要被外面这个女人毁了。不，不，我是快让自己给生生毁了。我没你挣钱多，没你魄力大，没你成功，我能混到这一步，已经很不容易了。知道来之不易，我一直很珍惜。你若问我当今中国清廉的国企干部有没有，我可以回答你，有，就是你的大学同学徐拉。除了吃吃喝喝，我没贪过公家一分钱。我指天发誓，我徐拉句句实话。平时有关公司的事情，我是事事小心，可是这个女人闯到了我的生活里来。我很难过地告诉你，我没能抵抗住。你知道的，我上大学时没谈过恋爱。参加工作头一年，同事给我介绍你嫂子，说实话，她那么瘦小，长得又不好看，一头黄头发……毕竟过了这么多年，两人还是有些感情的。我现在就想着怎样摆脱开门外的这位，我不能一失足成千古恨。我的难处就是，她……她怀孕了。"

唐渡问他:"你有什么打算?"

"孩子当然不能要。"徐拉说:"我这是好不容易做工作才做通。我答应她来省城流产后,再给她找份工作。我没给你打电话,直奔你家来,就是以防你拒绝……"

唐渡深吁一口气,说:"要我怎么帮你?"

"刚才在你家门口我还这么想,我怎么着也得在你家住下。"徐拉的眉头又开始剧烈搐动起来:"等秀丽做完手术,在你家休养几天,身体好了再请你给她找个工作。她微机操作很熟练的,受过专门培训。可是,进了你家门,我就知道不合适了。这么着吧,就先住一晚,明早我再另想办法。我原先的计划,也是为了不留下蛛丝马迹。就连我到省城来,曹州也没任何一个人知道。唐渡,我想请你理解,你一定能够理解的,我们能混到现在真的不容易,真的。甚至说仅仅是侥幸。你受过苦,你知道,真的。"

"空房倒是有的……"唐渡说。

徐拉一把抓住他的手,说:"我真是谢谢你啦。"

唐渡说:"你别急,办法总会有的。"

两人出来后,唐渡就上楼了。他需要知会冯晓晴一声。

冯晓晴直挺挺躺在床上,看得出她躺下后就没动过地方。唐渡刚说要留宿徐拉,冯晓晴就"腾"地坐起来,柳眉倒竖,把门一指,气汹汹嚷道:"你让他滚!"

六

徐拉和他的小情人秀丽当晚住在了唐渡家里。冯晓晴不高兴归不高兴,临睡前还是跟他俩挂了一面。第二天醒得比往常早,却是考虑怎么给客人安排早饭。不料,下去的时候看见秀丽自己坐在客厅的沙发上,一问才知道徐拉天不亮就悄悄走了。从省城到曹州有高速公路,坐车不过三个小时就能到达。他要赶去参加上午九点钟总公司的例会,开完会安排安排再赶回来。

小保姆听见动静,也起来了,冯晓晴就吩咐她弄吃的。秀丽也要帮忙,冯晓晴拦了她,让她再去睡一会儿,还忍不住问她怀了几个月了。她说两个月了,又说自己也拿不准。看她含含糊糊的样子,冯晓晴不由动了恻隐之心。

当初冯晓晴认识唐渡,也是秀丽这个年纪。唐渡是公司的老总,公众场合总是不苟言笑。她做梦也没想到会嫁给他。唐渡来追她，她本能地竭尽全力地拒绝着，但她明白，自己越是拒绝也就越是危险。她似乎隐约看到了铺在自己前面的路，也就是所有像秀丽这样的女孩子的路。当她确实得知唐渡还是钻石王老五，她的整个人都决堤般溃散了。她偷偷跑到英雄山的树林里，号啕大哭了一场。然后，她让自己忘记。忘记自己曾有的游移和软弱，给自己制造一个坚贞的回忆。

吃饭的时候，冯晓晴又忽然问道："联系医院了没有？"

秀丽回答："还没有。"

冯晓晴就说："应该找家好的医院。"

唐渡对她的表现感到有些迷惑，也不好多问，就带孩子上学去了。把孩子送到学校门口，开车到了公司，刚在办公室坐下，冯晓晴就把电话打了来。

"那女孩子反悔了。"冯晓晴着急地说："她不想流产。她要把孩子生下来。你要相信我，我可没多说什么。"

唐渡也觉得麻烦了。他相信这跟冯晓晴无关。"还是等徐拉回来再说吧。"他说："徐拉会有办法的。"

冯晓晴说："你明白就好。我上午也有事。对你朋友有不周到的地方，你去解释吧。"

唐渡知她这是有意避嫌，觉得很对，又说："也好，晓晴。小苓那里，你也适当叮嘱一下。"

小苓是他们小保姆的名字。冯晓晴说："才不用呢，那丫头鬼精，不是因为我还在家里，早溜出去了。"

一上午唐渡都像是在等什么。往日一过十点半，总是会有人请他出去吃午饭，或是他请别人。可是，今天偏偏没人来请。他想想自己是不是需要请人，也想不出该请谁。快到下班时间了，心想去食堂吃算了。食堂专门设有公司上层使用的餐室。正要去呢，公司的副总周瑞合来了。

周瑞合跟了唐渡十几年，当初也是在海南认识的，但周瑞合在营销系统中的级别要比唐渡高。唐渡受到过他的照顾，自己成立公司后就四处打听他的下落。原来他在短时间内又做过两家公司的营销，都不成功，就回了安徽老家。唐渡一个电话就把他从安徽池州叫来了。现在公司也有他百分之二十的股份。两人风风雨雨多少年，合作非常默契。

他们去了公司附近的一家小酒店，点的都是些小菜，水煮花生米、拍黄瓜、小葱拌豆腐之类。他们过去曾是这家小酒店的常客，只是最近几年不大来了。周瑞合一有什么要跟唐渡谈的，就约他来这里，花费从没超过五十元。吃着花生米，看着周瑞合也已不再年轻的面容，唐渡暗想，自己和周瑞合真是一对淳朴的好人。两人不说志同道合，也得说是臭味相投。周瑞合是他的患难之交，比他的亲兄弟还亲。

想到这是两个好人在一起，唐渡心头不由泛起一股酸楚。

可是，酸楚未消，唐渡就想笑了。唐渡忙止住自己。不过是昨天夜里，徐拉不也自我标榜自己是个好人吗？哦，在这样的时代里，当一个所谓的好人，不是显得非常荒唐吗？被人说是好人，都是失败，更何况自己说自己是好人。

周瑞合对唐渡的新产品项目表示了怀疑。"如果我没猜错的话，前几天一定发生了什么事。"周瑞合说。

任何一个业界人士都明白，没有哪种新产品是不可能的，因为任何一种新产品都没有难度。中国人有能耐，中国人要什么就会有什么。显然，唐渡这回匆促指令研发的新产品，不过是像"汉芯"一样，换个标签而已。

唐渡竟没抵得住周瑞合的注视。

"能有什么事？"他目光躲闪了一下，这样回答。

"我希望你能告诉我，你在曹州发现了新的市场苗头。"周瑞合紧盯着他："如果是这样，你的设计方在情理之中。"

唐渡暗暗掩饰住自己内心的踌躇。

"是的。"他说："瑞合，你以为我在开玩笑吗？"

"我相信唐总。"周瑞合说，脸上勉强笑了笑："可是我也没忘记你当年对我说过的话。你说过，将来不管公司前景多么好，环境对我们多么有利，我们都不要冒进，坚持一步步稳扎稳打。这些年来我们一直是这样做的，对不对？如果一开始我们就有做黑心商人的念头，大约也走不到现在。我希望你能再斟酌斟酌。"

唐渡的脸色不由紫胀起来，目光也没在周瑞合身上。他沉吟了一下，说出的话却是坚决的。"你不用多说了，我这次是要做大的。"略一停顿："我有我的理由，也有我的目的。"

他没说谎。他确实有自己的理由和目的。因为没有说谎，他的神色也似乎跟着从容了一些。他面对着周瑞合，忽然觉得自己离得很远。他都有了想伸手抓住周瑞合的意思了，手机却响了。原来徐拉又匆忙从曹州赶到了省城，现在就在他家里。

徐拉告诉唐渡自己就要带秀丽去医院了。听得出来，冯晓晴、小苓都不在家。唐渡不免有些愧疚，说让他等等，替他打听打听哪家医院条件好，徐拉说在曹州就已经打听过了。

周瑞合见自己一时也说不动他，又听他在电话里讲这些杂七杂八的事，也就不再多言。两人吃了饭，回了公司。待到自己一个人，唐渡就觉得自己是有些过分了。对徐拉有些过分，对周瑞合也有些过分。自己不应该是这个样子的。接着，他就有了疑问，他要做的，仅仅是为了接近柳舒娅吗？过去与柳舒娅的距离不远不近，现在远一毫米，或近一毫米都是不对的。更重要的是，他不应该拿公司的前途开玩笑。不过，他确实佩服周瑞合的眼力。

是不是索性告诉周瑞合，自己在这个年纪上又生出了巨大的困惑。他把自己真实的想法说出来，周瑞合会有什么反应？经历了十几年的风雨磨炼，谁能想到自己还会如此幼稚脆弱？或许即使到了老年，曾经的少年、青年岁月也不会消失，它们会重叠在同一个人身上，时机一到就会闪现出来。

七

徐拉最终没能把秀丽给哄进医院。下了出租车，秀丽说什么也不往医院里走。徐拉好说歹说，秀丽紧闭着嘴一声不吭。医院门口熙来攘往，徐拉受不了行人的目光。他的年龄比秀丽大一倍，能当她的爹了，外人一眼就能看出他们的关系。要躲也没地方去，只好把她带回了燕子山。唐渡家里还是没人，他也不好意思再给唐渡打电话。幸好小保姆回来了，他俩才得以进来。

小保姆一来就向他俩道歉，说中午来了个老乡，非要请她出去不可。其实小保姆也像冯晓晴一样，是为了避嫌。在出去之前，她还专门给秀丽做了午饭的。在街上逛到放学时间，就接了唐渡的儿子，找了家饭馆。吃过饭后又磨蹭到下午上学。把唐渡的儿子送到学校，自己又去逛，就逛到现在。小保姆不多问，也能看出来徐拉和他的小情人没商量好，招待他们坐下后，就进了自己房间，偷偷给冯晓晴通风报信。

那徐拉几次暗示秀丽到客房里去，秀丽也都不理。徐拉快急死了，起初声音压着，怕小保姆听到，渐渐的就放大到正常。他一遍遍地哀求她就是说句话也好。秀丽继续保持沉默。徐拉无可奈何，只好说："既然这样，我们就回去吧。回去再商量。"秀丽岿然不动。

小保姆把客厅里的动静都听到了心里，看看又到下午放学时间了，咳嗽一声走出来。等把唐渡的儿子接回家，发现徐拉和他的小情人还是以原先的姿势在沙发上坐着。徐拉第一次见唐渡的儿子，也没什么反应。

唐渡和冯晓晴一同走进家门，秀丽向他们慢慢抬起头来，声音不高不低地说："要么娶我，要么给我买下这样一套房子。"

就见徐拉几乎瘫掉。唐渡和冯晓晴也都不相信自己的耳朵，但他们还都能保持着和蔼亲切的笑容，向他俩点点头。冯晓晴手里提着很多东西，小保姆上前接过一部分，两人就去了厨房。

唐渡说："对不起，白天也不能陪你们。"

秀丽就又说："要么娶我，要么给我买下这样一套房子。"

"你疯了！"徐拉黑着脸说。

"我没疯。"秀丽说："你不答应我的要求，我就把这个孩子生下来。我就生到你们公司，你们总公司。"

"秀丽，你……"徐拉说："你怎么会这么不明事理？"

秀丽嫣然一笑。"我有什么不明白的？"她乜斜着眼说："你不是想把我轻轻打发了吗？我来到这里才明白的，你就是为我找再好的工作，我也住不上这么好的房子。"

徐拉的眉头揪动成一个儿，憋了半天才说："你以为我是唐老板啊？我就是个穷人。你也不是没到我家去过，你看我家里都有啥？连那台电视机也都是二十年前买的。我再混两辈子也满足不了你一半的要求。"

"我不管！"秀丽任性地说："反正我不想被你这么轻轻打发了。你一辈子是一辈子，我一辈子就不是一辈子啦？"

徐拉站起来，扯起她的胳膊，生气地说："走走，跟我出去，别在这里丢人现眼了！"

秀丽比他想象的还要固执，坠着身子说："是你让我进来的，让我出去也没那么容易！你嫌我丢人现眼了，嫌丢人别把人肚子弄大啊！"

徐拉说："你真是不要脸，你以为这是我的家！"一使劲就把秀丽提溜起来。秀丽被抓疼了，尖叫了一声。

唐渡上前拦住徐拉，劝他再好生跟秀丽商量商量。冯晓晴见状也从厨房跑出来劝。徐拉就说："唐渡，弟妹，对不住你们了。怪我事前想得太不周到。这么着吧，唐渡，住在你家也确实不大方便，我想请你……请你随便给我在哪家宾馆订个房间好了。我没把自己当外人，才这么要求你。到这份儿上，我也顾不得礼数了。"

秀丽乘着他跟唐渡说话，又一屁股坐在沙发上。

唐渡暗暗咬牙说："你又见外了，住在家里跟住在外面一样的。先吃了饭再说，没什么大不了的事儿。"

冯晓晴也说："是啊，先吃饭，先吃饭。"

吃饭的时候，徐拉情绪低落，虽没长吁短叹，但显然没胃口。唐渡劝他喝酒，总是只在嘴唇上沾一下。他那小情人倒像没事人似的，该吃就吃，该喝就喝。冯晓晴还不断让她，她也不客气。唐渡跟徐拉说了阵无关要紧的话，不免觉得很累，直盼吃完了饭，大家散开。忽然见徐拉一笑，就惊了一下。原来不知他那小情人偷偷挠了他哪里，他脸色这才好看一些。

一时饭罢，徐拉和秀丽双双去了客房。唐渡和冯晓晴跟着松了口气，带孩子上了楼。孩子去写作业了，他两口子坐在卧室，面面相觑。突然，他也像徐拉一样，笑了一下。冯晓晴问他笑什么，他口上说没什么，心里却是觉得徐拉可笑。人都被逼到这份儿上了，徐拉还不忘让别人给订房间。这仅仅是可笑吗？不，还是可悲。也许只有唐渡才能体会出这种可悲。

"我都快没耐性了，也是他活该。"冯晓晴说。

"你别担心，"唐渡说："他们会好的。只要不翻脸，就好说。"

"他是谁？我为他担心？这种人，我打心眼里瞧不起他。自己有花花肠子，又不能担当。既有今日，何必当初？"

"他不是我同学，也到不了我家来。"唐渡说："你看情况吧，也帮着劝劝那女孩子。"

"我倒想积德呢。反正我不想劝。依着我，就死缠着他。"冯晓晴说："你瞧我干什么？"

"我想这女孩子要真任起性来，徐拉也真是有麻烦，对她又有什么好处？"唐渡说："想跟徐拉结婚，这是可能的事么？"

冯晓晴笑说："你拿这话劝那女孩子啊，给我说做什么？"

唐渡也笑了。"道理就是这样的，一说出来好像谁都能懂，不用说了似的。"又叹道："看徐拉的样子，女孩子逼他急了，说不定会做出什么事。上个月那起爆炸案，不也是这种情况么？女的若不是那么贪得无厌，怎会把自己命搭上？"

"好了，你同情你同学，可我总觉得那女孩子命苦。这才是生活的开始，就这么糟，以后还远着呢。想想这个，我就说不出口。但凡有点良心就不能帮你同学。他自在过了，却害女孩子一辈子。"冯晓晴说："不过你放心，人家既然到咱们家来，我就当他们是我们喜欢的客人来招待，但让我掺和他们的事，那是不可能的。你做事有自己的原则，我做事也有自己的底线。"

唐渡上前拥住她，说："好老婆，知道难为你了。我想，你既然不愿出面劝说，你那太太会的人若有好管闲事的，怎么不请个来？"

冯晓晴点头说："也是呢。但处理这个，也得要个有软有硬的，我看柳会长合适。"

唐渡沉默了片刻。

"你想什么？"

"我怕柳会长也不乐意管。她的事多。"唐渡说："明天你问问她。"

"要问你问。你又不是不认识她。"

"我怕不好吧。"

"有什么不好？"冯晓晴说："她那么胖。"说着，忍不住又笑了。"你记下来她的手机号码。137,……"

唐渡打开手机，把号码记在手机上："1，3，7，……"大拇指微微颤着。

见鬼了，唐渡想。

八

第二天早上，唐渡醒来，就听门外有窸窣的动静。又躺了一会儿，才起床。冯晓晴还在睡着。唐渡要去盥洗，一眼瞥见徐拉的小情人在擦拭楼梯扶手，马上出现的念头却是担心她不小心闪落下去，接着就无奈地摇头，想想冯晓晴的态度，也确实在情理之中。若是别人名正言顺的女人，不正是受呵护的时候吗？盥洗后下了楼，见她又拿了拖把要拖地。小保姆急忙从厨房跑出来拦住她，告诉她拖把太湿了，会把地板搞坏。她很不好意思地扭头朝唐渡笑了笑。

这时候徐拉从客房出来了，见了唐渡就难抑兴奋地说："真想不到，我平生第一次睡了懒觉！我睡到现在，刚刚起来！我眯眼一看，窗子里是那么蓝的天，蓝墨水染似的，浓浓的。我都不相信这是在省城。"

唐渡说："你也太小看省城了吧。"

徐拉说："等一下，你陪我外面走走。我去洗把脸。"又叮嘱他的小情人："秀丽，你帮小苓干活。"

"用你说！"秀丽白他一眼。

不知徐拉怎样，反正唐渡感到她那样子怪可爱的。

徐拉洗漱后两人一起出来，唐渡问他是不是谈妥了。他说："什么叫谈妥了？女人们，一会儿一变。昨晚上差点没把我嘴说破，反正啊，不把孩子给她打下来，我什么话都是白说。"

唐渡说："你也太不小心了。"

徐拉苦笑说："这样的事能怎么小心？你又不是没经历过。"

唐渡正色说："徐拉，你别乱说，我不像你，还有这份花花肠子。人家花骨朵一样的女孩子，你也下得去手。"

徐拉说："冤枉啊，唐渡老弟！我这算什么？在我们总公司，不说上层，就说跟我同级的，又有哪个不拈花惹草？三妻四妾也常见。我这就是很能自律的了。谁也别跟我说'道德'！道德能靠住，母猪能上树！从古至今，又有多少假仁假义？越说话冠冕堂皇，越他妈狠。道德楷模越多，灾难就会越重。谁要不同意我的观点，谁就来跟我争。不管对错，总不能让我不说。"

唐渡说："徐拉，你这番话，让我对你刮目相看。莫不是昨晚才悟到的？"

"你不明白吗？"徐拉说："我看人人都明白，人人都装不明白。知道中国为什么骗子多吗？"

"为什么？"

"我已经把原因说了出来。"

"也是。"唐渡点头："不是有言'圣人不死，大盗不止'吗？"

"所以你不能以道德标准要求我。"徐拉说："我昨天觉得丢人，可我今天又觉得不丢人；你以为我丢人，我却不见得就认为自己丢人。在你那里的无耻，到我这里就不见得不是光荣。你看，今天我起床，还能够坦然面对你。这就因为我觉得不丢人了，我反而觉得你丢人。"

"我怎么丢人？"

徐拉诡秘一笑，说："你呀，丢死人了，一是外面没情人，二是下班直接回家。"

唐渡一听，急了，说："你怎么知道我外面没情人？我下班直接回家是因为你在我家里。你大老远地来，我不能把你丢下吧。"

徐拉说："好，好，你有情人，那我问你，你情人芳龄几何？十几？二十几？三十左右？该不会是个老娘们儿吧？"

"狗嘴里吐不出象牙来！"唐渡说："你就多操心自己的事吧。那女孩子要真的非要把孩子生下来，我看你也没什么办法。"

"怎么可能呢？"徐拉瞪着眼说："我就是给她吃迷魂药，也要把她弄到医院里去。"

唐渡忙警告他："你可不要胡来啊！"

"真把我逼到那一步，也只有这么做了。"徐拉说："我混得不如你，可我自己是满足的。我怎么能栽在女人身上？"

唐渡说："可你现在就很不理智。"

徐拉说："你放心，我暂时还有能力对付她。我自信现在的我跟普通人相比，还基本上算是有些魅力的。"

早晨的阳光照进小树林，在他脸上花了一下。唐渡说："我对你只有一个要求，就是能把这事处理妥当。人家一个女孩子，都这样了，你也不能亏待了人家。好了，该吃早饭了，回去吧。"

两人一同走出小树林里的甬道，向唐渡家走去。

徐拉又叫唐渡："你还记得当年戴假领子的事吗？"

唐渡回想一下，说："记得。"

徐拉说："那些家在城市里的同学几乎人人都戴假领子，可是我没有，你也没有。我当时做梦都想买副假领子，想象自己脖子里白白的，一定很帅。想象自己戴了假领子，就会吸引所有女同学的目光，特别是吸引汪笑梅的目光。等我终于省下钱来，要买假领子的时候，突然就不时兴了，突然就从任何一家商店的货架上消失了。以后只要想起这件事，我就感到心酸。"

唐渡不动声色地说："是啊，那时候很多东西我们都没有。"

徐拉说："哦，你瞧，光我近年来参加活动收到的礼品衬衣就塞满了一橱子，不是名牌我穿都不穿，可我还是常常回想那种假领子。我常常幻想如果我当时也有一副假领子，我向汪笑梅求爱，她就会答应我了。现在我娶的就是汪笑梅。汪笑梅那么胖，两眼眯眯着，可是我对她很满意，我也不用去找情人了。或许我的命运也从根本上改变了呢。特别是我跟她舅父在一起的时候，常常想，如果我娶了她，她的家庭不可能对我没有一点帮助，这样，我也就不会再经受那么多的磨难，说不定我这张脸，也像她舅父那样润滑了。你瞧，像她舅父那样的人，养尊处优，几乎从一出生，将来的路就有人给铺好了。我们呢？全靠自己打拼。只要我跟他在一起坐，我总免不了想这些事。过去我没像这么敏感的，自从通过汪笑梅认识了他，我觉得自己非常容易受到伤害。唐渡，这不公平。你觉得公平吗？我们还是一颗精子的时候，就输在了起跑线上。唐渡，你在听吗？"

唐渡说："听着呢。"

说着，已经到了他家楼下。徐拉意犹未尽，唐渡也只得给他使个眼色。

饭桌上大家的情绪都很正常，徐拉的小情人也像是很高兴，看唐渡喝完了一碗汤就要起身给他盛。他摆手说不用，冯晓晴也让她坐着吃饭就是。她这么机灵，从徐拉眼里投来的目光就很有欣赏的意思。

冯晓晴告诉唐渡自己上午要去看一个家教。他们请的上一任家教因要考研辞职半个多月了。这一回冯晓晴不是要避嫌了，而是为了给徐拉提供方便。冯晓晴一条一缕地向小保姆交代怎样准备午饭，徐拉连连表示过意不去。冯晓晴就说，到这里就是到了家里了，不用多客气的。我也只怕招待不周。

徐拉说，真是的，没想到给弟妹添了这么多麻烦。

他那小情人在旁听了，眼珠子骨碌乱转。唐渡瞧见，暗暗捏把汗。不防她站起来，又跟小保姆争着去厨房刷锅洗碗了。

九

唐渡拨通柳舒娅的电话是在舜耕大酒店。市税务局在这里组织召开了一个会，来开会的都是市属各大企业的头头脑脑。他因记挂着徐拉的事情，到底没能熬到会议结束，就走出会议室，到了隔壁的小咖啡间。先拨徐拉的电话，告诉他自己中午不能回去了，其实是探听消息，别的一句没问。听徐拉口气就知道他和他的小情人还没出家门。电视剧的声音很清晰，竟然好像是凶杀片。唐渡没有丝毫犹豫就把电话给柳舒娅打了过去，才说起自己有个大学同学，柳舒娅就打断了他，说："你怎么不轰他走？这种人别让我碰到，让我碰到了上去俩大耳刮子！"唐渡笑道："晓晴告诉你了？"柳舒娅还在愤愤不平地说："你回去让你同学在家等着，看我不去收拾他！这种人没什么可怜的。"唐渡听了，暂时也不好多说。

挂了手机，唐渡长吁一口气。看来自己也太自以为是了，自己差点自找难堪。想想徐拉早上说"该不会是个老娘们儿吧"，他还挺不自在，像是被人戳穿了伪装似的。这样想着，就不禁自我解嘲地笑笑。柳舒娅并不是寻常的柳舒娅，柳舒娅跟他也不是一路的。往日他见了柳舒娅，还那么兴奋。难道他还不如徐拉敏感？跟柳舒娅在一起，他何曾想过自己在受伤害？

中午税务局安排的是自助餐，但恰逢舜耕大酒店举行全国鲍鱼大奖赛，就另加了现场品尝。

但见现场宾客云集，令人眼花缭乱。唐渡兴致上来，竟起了不想独享的念头。把可以叫来的人想一遍，从冯晓晴到小保姆，从自己社会上的几个朋友，到还在他家犯愁的徐拉，最后决定叫周瑞合。没说什么事，只对周瑞合说："你过来，到舜耕大酒店，哪里热闹你去哪里。"

周瑞合不知什么事，唐渡叫他来就赶忙开车来了。进大厅一望，二楼热闹，三步两步地上去了。唐渡有意在门口守着呢，一见他就迎过来，小声说："吃顿白食。"他问："我怎么进去？"唐渡说："混进去呗。"他不由赞道："有意思。"

跟唐渡后面，还真混进去了。吃着鲍鱼，周瑞合不停地说有意思。还问唐渡记不记得当年两人没饭吃了，还闯过人家的婚宴。唐渡当然记得。为混口饭吃，他俩不知冒充过多少次开业典礼的嘉宾呢。那些年的开业典礼也真多，不说天天有，最少每周也有那么两三次。

等吃完了饭，唐渡又对他说："你要感兴趣，还可以留下来，听世界御厨杨心一大师座谈。"他问："什么是世界御厨？"唐渡笑说："你认真了，说是世界御厨就是世界御厨呗。"他哼一声，说："世界通病！"唐渡看一看他，没说什么。

两人步出酒店，分别上了车。唐渡忽然发现了柳舒娅的丈夫正匆匆地往外走，随后又见柳舒娅怒气冲冲地追了出来。

柳舒娅撸撸衣袖，对她丈夫破口大骂："你个王八蛋！跑这里犯骚来了！你翅膀硬了不是？你翅膀硬，看老娘俩指头一伸捻死你！捻死你还不就是捻死只虫子？"

她丈夫一声不吭，低着头钻进车里。唐渡把她的詈骂一声声都听在耳朵里。看她也钻进车门，就把车开动了。

回到公司，他和周瑞合把车停在办公楼下，周瑞合过来说："看见那个女人了吧，这么厉害。"

他淡淡说："看见了。"

周瑞合又说："这样的老婆还能要？看那男的年纪轻轻，长得又标致，何至于受这女人的气？"

"有难言之隐吧。"

周瑞合还在大发感慨："这一辈子有什么活头？还不早早窝囊死？"

"这里缺了那里补，总能找到趣味的。"

"你上去休息吧。"周瑞合说："今天的鲍鱼吃得实在好。"

唐渡在办公楼里有一间休息室。唐渡往楼上走了两步，又回头对周瑞合说："瑞合，你是不是觉得太仓促了？"

这话没头没尾，周瑞合竟能理会。他点点头。

唐渡就说："只要速度确实是不妥当的。"

他的声音很低，目光也不在周瑞合身上，似乎听周瑞合说："我知道。"

唐渡上了楼，没去休息室。来办公室坐下，感到脸颊发热。摸一摸，烫手。耳边又响起周瑞合的话。周瑞合说"知道"，他知道什么？他怎么知道的？他既然知道，是由他停止研发，还是由自己来停止？但停止研发的理由是什么？是他所知道的吗？唐渡几乎把脑子想乱了。

他忽然听到了手机短信的声音，十分清脆。打开一看，是徐拉发来的。短信上写道："唐渡，我真的没脸张口。请尽快给我在宾馆安排一住处。狼狈不堪的徐拉。"

他没有耽搁。房间派人安排好，就在燕子山附近的一家宾馆，为的是到他家方便。打电话告诉了徐拉。

他好像看到徐拉带着小情人走在去往宾馆的路上。那个小情人，像有人说的，所有男人看上第一眼，还想看第二眼。小情人那么年轻，简直还是个孩子。跟她相比，柳舒娅是多么不同！他不过是刚动了向她走近的想头，就被她狠狠地推回了原地。

还真让徐拉说对了，他太丢人了。柳舒娅斥骂的哪是她的丈夫？骂的是他。他觉得自己胸口堵死了，一团一团的，不知到底是什么东西。浓雾？烟尘？他站起来。

有人敲门，他坐下。进来了亿佳公司的郭老板。

郭老板说："我这次来就是专门来看唐总高兴不高兴。"郭老板恭恭敬敬，但气度也很从容。

这样的开场白唐渡还是头次听说。唐渡条件反射似的说："我怎么不高兴？"

郭老板就说："我外面还有一个人，唐总要不高兴，我就让她在门外待着。唐总既然高兴，那我就问了，能不能让她进来？"

唐渡说："进来进来。"

郭老板拍了两下巴掌，一个袅袅婷婷的美女就进来了。美女手里拿着一个包包，走近办公桌，就把包包往桌上一放。

郭老板随着站起来，笑着对唐渡说："刚才开玩笑了，抱歉。"

室内香风涌动。

唐渡也笑说："没关系嘛。"

郭老板说："这是企划样品。不过，今天我的目的不是送企划样品，是我要请唐总走走。我记得打过招呼的。企划样品什么时候看都可以，但我想请唐总现在就答应下来，我也好早早离开，不再打扰您的工作。"

唐渡看了美女一眼，说："你不必这样的。你出的企划水平高，我公司自然会用。"

郭老板"吓"一声，说："唐总看我太无趣了。"转头对那美女说："小媛，你说我平时怎么样？是不是很有趣？"

那美女抿嘴不答。

郭老板佯怒道："看我不开了你！来到唐总面前也不帮我说话。你想要留在这里，我也不拦你。"

美女光笑。

"你哑巴？"郭老板说，又转向唐渡："个高，人傻。"

下班前，郭老板搞了一辆玛莎拉蒂来接。那个叫小媛的美女也来了，而且还多了一个比小媛更漂亮的，叫晶晶。郭老板亲自驾驶。唐渡在后座依红偎翠。两位美女艳光四射，起初倒也规矩。郭老板一边驾车，一边逗乐，两位美女也都渐渐显露媚态。过去唐渡遇到这种情况，虽不正襟危坐，但也自有一种端正，还不至于完全为美色擒获。今天从一大早起，就为徐拉所"教训"，心头端的不服，动作也不免有所放开，有了半迎半就的意思。可是，快到龙门山庄之前，唐渡接到了一个电话，在郭老板和那两位美女看来绝对是一个神秘的电话。

是柳舒娅打来的。柳舒娅沉默半天才问唐渡："你在哪儿？"

唐渡没能答出来，毫无目的地张望一阵，才说："在车上。"

柳舒娅轻轻"噢"一声，说："你忙吧。"说了也不挂机。

唐渡不言语，手机就那样贴在耳朵上，贴了好大一阵。

后来他倒是把手机拿了下来，而两位美女也悄悄地退缩到了角落，连郭老板也不逗乐了。

十

唐渡晚上快十点半了才回到家里，没想到开门就看见了徐拉的小情人秀丽。她和小保姆一人占据一个单人沙发，在看电视。小保姆赶忙站起来迎接唐渡，她也站起来说要回去了，还解释说自己一个人觉得害怕才又来的。唐渡问她"徐拉呢"，她就说"徐拉回去了"。她这样走，唐渡不能放心，把刚脱下的鞋子又穿上，准备送她。小保姆自告奋勇，唐渡说："你把她送到了，你自己怎么回来？"秀丽就说："那我再来送她。"两个女孩子捂着嘴笑成一团。

所幸秀丽的住处离燕子山不远，出了小区打车，还没开两分钟就到了。秀丽在宾馆门口下了车，唐渡正想要司机开回去，却又觉得对秀丽有话说，就放下车窗，叫了她一声。她停下来，回了头。

唐渡清清嗓子说："秀丽，我说几句话你别恼。你对徐拉也算是很了解了，他是个好人，这些年来也很不容易。来日方长，我想劝你，以后也别太为难了他，好吗？"

秀丽听了，很懂事似的点点头。

唐渡向她摆摆手："天这么晚了，快回去休息吧。"

出租车驶离宾馆，司机说："老板，这女孩子长得真漂亮。"

再次返回家里，客厅的电视也关了，只有两盏壁灯亮着，那么静，唐渡似乎都有些不习惯了。见了冯晓晴，说："徐拉有了这次经历，得记一辈子了。"

冯晓晴说："也不见得，好了伤疤忘了痛，人人都一样的。"

"晓晴……"唐渡的声音微微发颤起来。

"你怎么了？"

"我觉得很累。"

"累就别勉强。"

唐渡失眠了，虽然跟冯晓晴一样躺在床上，其实却像风一样，满世界乱窜。夜深人静，周围也像更黑了，可是眼睛里却是亮的，亮到让他觉得躺着很不合适了。他很需要马上从床上起来，需要走出卧室，需要走下楼梯……他知道，他需要站在客厅里的那幅油画前，把手轻轻放在裸女的身体上。他开始温柔地摩挲，然后慢慢用力，用力，直至油画在他掌心下变成一片轻薄的网布。然后他自己也像网布，轻飘飘挥落在地。

唐渡坚持不让自己睁眼。一睁开眼，天就是亮的了。冯晓晴还没醒。冯晓晴很像大学时期的他。那时候他睡不够。冯晓晴现在也睡不够。冯晓晴不担心这样贪睡增胖，可她起那么早干什么？唐渡可以名正言顺地起来了，到了书房里，看郭老板送来的企划样品。熬了这么一夜，他也不觉得困。

但到了公司，就有些困得受不了，总想打哈欠，甚至在有人汇报的时候。好不容易等到办公室只剩下自己一个人，心想抓紧时间眯上两分钟也好，却又有电话打来。他做梦也想不到，又会是柳舒娅。这回柳舒娅的声音自然多了。柳舒娅问他："你同学的事妥了没有？"

唐渡恨恨的。就是为了她，自己一夜没睡好。她也真是笨死了。她自以为聪明哩。她本可以询问冯晓晴，事情本来是冯晓晴首先告诉她的。但唐渡不能把自己的恨意表现出来。唐渡客客气气地说："人是离开我家了，但事情还没解决。"

柳舒娅说："我们谈谈吧。"

唐渡捺不住心口突然的跳动，说："好，我们谈谈。"

柳舒娅说了地方，中午去东方大厦的四季歌。

唐渡说："好。"

柳舒娅语气轻柔："我等你。"

唐渡想不出跟自己说话的会是昨天在舜耕大酒店门口看到的凶悍的泼妇。唐渡无边地兴奋起来了。根本不用多问，柳舒娅接纳了他。柳舒娅为他承受着无数煎熬，而且即将为他崩溃。唐渡脸上放光，好像在照耀全世界。唯独不照耀徐拉。是的，唐渡暗暗决定，不让柳舒娅插手徐拉和他小情人的事。柳舒娅再提起来，他就推辞说自己也不晓得，显示自己淡漠，也让她不再当回事。

东方大厦的四季歌在十七楼。唐渡乘电梯上升的时候想到的是一个憔悴的怨女形象，可见到的柳舒娅却健康、快乐，似乎还有些大大咧咧。

柳舒娅开口头一句话就让唐渡蒙了一头雾水。"我看你也就一普通人嘛！"柳舒娅笑着说。

唐渡确实愣了。

柳舒娅指指点点起来："你手上没有金镏子，嘴里也没金牙。身上穿的是什么名牌？我看不出来。是不是冯晓晴给你买的？你开什么车？除了总经理，你还有没有别的头衔？"

唐渡说："我戴金镏子干吗？现在谁还镶金牙？你以为我是黑社会？这还真是冯晓晴给我买的，名牌不名牌我不知道。我开的是奥迪 A6，比不过你的，可我告诉你，我是市里的政协委员呢。"

柳舒娅差点笑岔了气，连说："笨死了你！"

唐渡也觉出自己迂腐了，忍不住也笑了。在座位上坐下来，才发现柳舒娅虽笑着，眼睫毛却是垂着的。柳舒娅的睫毛老长，黑亮，也很整齐，像两副小帘子似的遮着一对明眸。这样的睫毛是修过的吗？唐渡可不晓得。但若是天生的，仅这两副睫毛，也可使她算得上中上之姿。

柳舒娅说："你以为黑社会都是戴金镏子、镶金牙的？真没见识。"

唐渡揉揉眼皮，说："那我就该戴金镏子、镶金牙了不是？"

柳舒娅把两只浑圆雪白的胳膊往桌子上一放，扑闪着眼帘说："是啊，我看你啊，就该手上戴金镏子、嘴里镶金牙，脖子上再挂条金链子，腰里束上一根金腰带。你那光辉形象还应该三天两头在报纸电视上出现，又是企业明星，又是社会活动家，又是这家那家。可你一样都没做。你没做，一样都没做，你平平常常，是不是？"

唐渡嘿嘿一笑："不要强人所难嘛。"

柳舒娅突然问："你眼睛怎么了？是操劳过度吧。"

唐渡说："没什么啊。"

"眼睛是红的，都是血丝。"

"是吗？"

"好吧，我们谈正事。"

"那个……"

"你同学叫什么名字？"

"徐拉。"

"徐拉？"

"他娘要生了还在生产队地里干活。他爹把他娘扶上地排车，拉起来就往公社卫生院跑。地排车你知道吧。生产队，公社，那时候还有公社。还在半路上他娘就生了，他爹就给他起名徐拉，意思是要爷俩一块拉车，快往公社跑。哦，你怎么了？柳……"

"我们一块替你同学想办法。他的小情人叫什么名字？"

"叫秀丽。"

"秀丽有什么条件？"

"说起来可笑死了。她要徐拉要么跟她结婚，要么给她在省城买套大房子。徐拉哪来那么多钱？徐拉从来就不……你，你哪里不好了？"

"我心酸死了。"柳舒娅说着，哽咽起来。她摇着头。"不知怎么，我就是觉得很心酸。"

"舒娅。"他把她的手抓在自己手里。她的手竟像冰一样凉。他又马上放开了。

柳舒娅收回自己的手，止了哽咽。"唐总陪我喝杯酒我就好些。"她说，脸上浮起羞涩的微笑："我很不好意思。一会儿我让人过来给我们唱《四季歌》，你爱不爱听？"

"我爱听，柳会长。"

十一

徐拉一次次往返于省城和曹州之间，他那小情人依旧无动于衷，虽不再说要他给自己买套唐渡家那样的房子，但一处小些的房产是不能少的。"买一处小房产，八九十平方米你徐拉总可以做到的。"徐拉当然可以做到，但得把整个家底都搬出来。这很不实际，徐拉还是不能答应。为此两人扯起锯来，在她小情人那里就是："你不答应，我就不去医院。我把孩子生下来，你还得养着。"徐拉逼急了就说："你是不是要毁我？你毁了我有什么好处？你要毁我，我先毁了你！"他小情人就说："你已经把我毁了。"徐拉知道不能再急，不能再掉狠话，闹翻脸麻烦更大。他强迫自己笑了。对小情人，暂时还得哄着。都四十多岁的人了，肉麻的话也不知说了多少。没办法啊，自己不争气，把柄捏在别人手里。还得哄，还得哄。说："秀丽啊，你打掉孩子咱俩还得好。我离不开你。我一见你什么愁云都散了。你看我，跟你在一起我年轻十岁，我还是小伙子。"说着，脑袋就往小情人怀里拱，把小情人拱得咯咯笑。

因为怕打搅唐渡，自己也觉得没什么脸面，一连三天没主动给唐渡打电话。唐渡打来电话问询，他还报喜不报忧，轻描淡写说自己就陪秀丽在省城玩两天，逐步涣散她的斗志。目前努力见效，可谓一步一个台阶。

他能"一步一台阶"，唐渡也没什么不高兴的。挂了电话，却又觉得不怎么高兴。救援是唐渡请的，已兵临城下。柳舒娅只在等他招呼了。柳舒娅在四季歌表态："这算什么？"连冯晓晴也问："你同学那里怎么没消息了？"

这天晚上，冯晓晴又问唐渡："你同学该不会走了吧？"

唐渡说："不会吧，他要走怎么也得告别一声。"

偏偏那么巧，柳舒娅也打来电话问了。是问冯晓晴。

"徐拉？"冯晓晴像是想不起柳舒娅说的是谁，但她随后就恍然大悟："我也纳闷呢，该不是又商量好了。你问老唐吧。"

冯晓晴把手机转给唐渡。唐渡说："谢谢柳会长。"

柳舒娅说："不客气。"

唐渡说："现在情况不明。"

柳舒娅说"再见"，他也说"再见"。

冯晓晴把眉头皱了皱，愧疚似的说："但愿没事了。你说，咱们请柳会长帮助说合，缺德不缺德？"

"怪我怪我，是我提出来的，缺德是我一个人的。"唐渡说，又莫名其妙补充一句："柳会长越来越胖了。"

冯晓晴白他一眼："柳会长胖不胖跟你有什么关系？"

唐渡笑说："我是觉得她胖得有意思。"

"你果真觉得她越来越胖了吗？"冯晓晴追问："你几次三番损我们柳会长，意图何在？"

唐渡两手一摊，笑说："没意图。"

冯晓晴说："告诉柳会长，不会饶你！"

这里念叨徐拉的时候，徐拉的忍耐已经到了极限。好话都说尽了，反正想象得到的男人讨取女人欢心的那些举动也都做了，当然也免不了黑面威胁，但都没用。小情人那年轻的心，铁铸似的纹丝不动。徐拉急得转圈子，她则一副胜券在握的表情，吃零食，看电视，脚丫子翘老高。徐拉狠话说过，真要做是没胆量的，她也看出了这一点。又是一番的诱哄无效，徐拉借故走出房间。走廊里没人，他"啪"一声就扇了自己一巴掌。

唐渡才说要睡，没关上的手机就又响了。是徐拉打来的。

徐拉张口就感慨："唐渡啊，我非常羡慕你。如果我能是你，该多好，找一千个情人也找了，谁敢放个屁！"

唐渡忙正色说："你别胡说啊，你弟妹在旁边呢。秀丽休息了吧。"

徐拉说："玩累了，睡了。"

唐渡想了想要不要问他事情进展得如何，到底还是没问，只说："你也够辛苦的，放宽心，一切从长计议。"

徐拉说："你信不信，我有绝招。"

唐渡不明白："什么绝招？"

徐拉说："等我处理妥当了，我告诉你，将来可能对你有用。"

唐渡笑说："不必了，你还是留着自己使吧。"

楼下不远处的角落里，就站着徐拉。望着唐渡家窗户里射出的灯光，他一摇头，再摇头。

回到宾馆，他的小情人已经睡了。对这个女孩子，他是很体贴的。她睡了，他就尽量不弄出动静来，去卫生间也蹑手蹑脚的。刷牙慢慢刷，面对镜子。本来心不在焉，也没想注意镜子里的情况，但刷牙的时候一长，就注意到了。镜子上有水渍。用手抹一抹，就清晰地显出自己的面容。

真是没想到，两只鬓角全白了。好像就是在这几天白的。这心里，一下子就被冷水泼了，又湿又凉。

第二天发生的事，比一颗心变湿变凉更可怕。徐拉睡得晚，却还是早起的。溜达回来，带他小情人去餐厅吃饭。吃完饭回房间，忽然发现自己懒得劝了。不光懒得劝，还觉得累乏到了骨头里。哪里也不想去了，就想上床睡一会儿。也就好像迷糊了一下，睁开眼就不见了那女孩子。他立时起了不祥的预感。"秀丽，秀丽。"他叫了两声，没人应。他跑出去。

到大厅的总服务台问："见没见一个女孩子，跟我一块儿的？"

他只是着急，就没有遮掩和躲闪。人家告诉他："没见。"

"她是不是走了？"这不是问别人，是自言自语。

重返房间查看，发现她旧的东西都在，这几天给她新买的东西一样也没留下。这更加重了他危险的猜测。忙忙地打她手机，却是占线。等着，一分钟比一小时都长。再打，通了，却没人接。再打，就被挂断了。连续被挂断。

徐拉就这么断定他的小情人回曹州了。既然小情人回曹州了，你去追啊。可他不。他还在四处找，好像小情人会把自己丢下一部分，他找到这一部分就可以把小情人唤回来。四处找不到，他还想到小情人有可能跳大明湖淹死、跳千佛山摔死。又一想，两个人是非账还没完呢，小情人会跳湖跳崖吗？小情人能放过他，也不会让他受这几天煎熬了，他鬓角那几根毛也不会全白了。

他胡乱地找了半个上午，像是找了半个月，最后就来到唐渡的公司。坐出租车到的，但往办公室楼里走的时候两腿却像灌铅，简直是一步一挪，碰上的人都止不住看他，他还要装着若无其事。唐渡得到了消息，说楼下有个人，脸色不是脸色，会不会是……唐渡推开窗子往下一看，就下来了。他见了唐渡，两腿一软。唐渡忙问他怎么回事？他却还有心避开旁人，不说。唐渡身边的人搀着他，他想挣脱却没力气。

到了唐渡办公室，一俟他人离开，他就"扑通"跌在沙发上，绝望地说："唐渡，我完了。秀丽跑回曹州了。我睡了一小觉，她就不见了。"

唐渡也吃惊，却安慰他："别灰心，再做工作嘛。"

徐拉摇着头慢慢说："她跑回去，再哄她来就难了。唐渡，你想不到后果，你绝对想不到后果。我的前程得毁，我的家庭得毁，一切都得打回原形。我也不是没有竞争对手的，我也并不比别人优秀多少，我只是侥幸才混到这个位置，得来不易，我，我……"

唐渡拍拍他的肩膀说："不要想得这么严重嘛。喝杯水。再说了，如今你就是在这方面不谨慎，也不算是多大的事。你们总公司那么多人不也不清不白嘛。"

徐拉竟高声叫起来："唐渡，你别害我！我是要做个好人的，我只求老天再给我次机会。"

唐渡停了停又问他："你怎么确定秀丽回曹州了呢？说不定她现在就在你房间呢。"

他说："我打她手机了，打不通。"

唐渡笑了："你也太疑神疑鬼了。徐拉，我问你，你说实话，你和秀丽到底有没有感情？"

徐拉认真说："我喜欢这个秀丽，这没说的，我常恨自己比她早生一二十年。我相信秀丽也喜欢我，老婆没做到的，秀丽都能做到……"说着，脸一红，神色也缓和不少。

唐渡送徐拉回宾馆。在路上，徐拉又试着打他小情人的电话，他小情人依旧不接。回到房间，也依旧不见他小情人的影子。

十二

徐拉自己不说回曹州，唐渡也不好催他，看他的那个样子，又不能把他一个人丢在宾馆，就陪他在宾馆干坐着。待到十一点左右，冯晓晴打电话来说家教的事，唐渡就让她自己看着办。冯晓晴告诉他，自己找柳舒娅参考过了，柳舒娅也认为这个家教合适。如果唐渡同意，她想尽快让他来家里。唐渡木木地说："好吧。"忽然又想起什么来，问她在哪里，她说已回了家。唐渡又问家里有没有别人，她说："唐渡你什么意思？哦，是啊，你同学的小情人在这里，跟小苓看了一上午电视。"

唐渡讲手机，徐拉两只耳朵听不见，两只眼也看不见。他就像来到世界的边缘，摇摇欲坠。唐渡从床上拉他起来，说："回家！小情人跑回去就跑回去了，你反正不能不活了。"徐拉唉声叹气说："我怎么会不活了？我只是发愁。她回曹州变本加厉，真要闹起来，我不可想象。"

来到家门口，唐渡让徐拉先进门。徐拉一进门两眼就直了。没亲眼目睹的人是不相信的，他只是重逢自己的小情人，却像一个在外受尽憋屈的孩子，终于回家见到了自己的亲娘。他的上身紧绷着，一条腿瘸了一样，磕磕绊绊地朝他小情人走去。到了跟前，抖抖叫声"秀丽"，不光像是要哭出来，膝盖也跟着往地上弯。唐渡见状，只管急急地往楼梯上走。冯晓晴也刚要从楼上下来，见了客厅里的情景马上就收了脚步。他们的小保姆比他们躲得更快，早跑自己房间里了。

唐渡和冯晓晴在卧室坐了好大一会儿，也没下楼，好像一下楼就会把徐拉给羞死。

徐拉和他的小情人没向唐渡和冯晓晴告别就走了。唐渡再接到徐拉的电话是他从曹州打来的。他对自己在省城打扰了唐渡一家的生活表示歉意，唐渡就说他太客气了。问他跟小情人怎么商量的，他说缓一缓等小情人松懈下来再说。不管怎样，这个孩子是不能生的。他这辈子出轨也就这一次。总之，他有信心最后说服小情人同意。只要她肚子空了，就都好办。

唐渡听得很没兴致，以为他说完了，就想马上挂断电话，可他又说："唐渡，我有绝招还没告诉你。我爽性说出来吧。我在你和弟妹眼里很可笑是吧，可你错了。我不觉得可笑，因为那时候我又让自己回到了年轻时代。我让自己变小，变小，说什么做什么就不觉得可笑了。你试一试，想象自己又回到了年轻时代……"

唐渡打断他："我不想回到你所谓的年轻时代。"

徐拉说："唐渡，你言不由衷。"

唐渡说："徐拉，不要想象人人都跟你一样。"

徐拉说："既然你不想回到过去，你为什么还要在家里挂一幅类似于汪笑梅的画像？"

唐渡心头一抽："什么？你胡说什么？"

徐拉说："我一进你家门就看到了，你还没忘汪笑梅。扒掉汪笑梅的衣服，那幅画活脱脱就是汪笑梅的真实肖像。我可以断言，汪笑梅二十年来一直在伴随你的成长。你长到四十多岁，汪笑梅也一岁没少。喏，就那个样子，一堆五花肉。"

唐渡低声说："徐拉，你自作聪明。"

徐拉说："听我的，让自己回到少年，把那胖老娘们儿忘掉！我去你公司看到了，美女如云哪。如此浪费资源，于心何忍？"

徐拉这一去有一周，唐渡没在家里提过他的名字，但这并不是说徐拉真的在他家消失了。

家教已经上任，是个二十出头的小伙子。这天晚上，家教在儿子的房间辅导儿子学习，冯晓晴到门口看一眼，发现桌子上连个水杯都没有，不由得有些迁怒小保姆。下楼去取水杯，看见客厅里的电视倒是没开，路过小保姆房间时，却听她在煲电话粥。她不用客厅里的电话，却用自己的手机，冯晓晴就更留心一些，只听她边讲边"咭咭呱呱"地笑。从她的片言只语中，冯晓晴听得出来竟是在跟徐拉的小情人通话。将水杯送到儿子房间，回到唐渡身边，坐着想了想，一笑，说："你那同学，还真有那脸皮。头发都半白了，在小情人跟前还是那个调调。"

唐渡随口说："他年轻时没谈过恋爱，这是要补过来。"

冯晓晴瞧他一眼。

不过是被瞧一眼，唐渡却有招架不住的感觉。

冯晓晴感叹："真是想不到呢，他那小情人倒跟小苓投缘。"就把在小保姆房外听到的给唐渡说了。

第二天，唐渡知道了，记挂着徐拉的还有一人，就是柳舒娅。

同是在东方大厦的四季歌，同一个房间里，肤如凝脂的柳舒娅笑着说："我对徐拉感兴趣。他的事处理得怎么样了？"

唐渡心里涌起一阵自责，却不动声色地说："回曹州了。"

柳舒娅像是松了一口气，说："我说你怎么没再叫我。这样就省了我说话了。"

唐渡告诉她女孩子根本没让步，可能还在曹州僵持着呢。

柳舒娅说："我想问你，这事对徐拉的影响一定会很大么？"

唐渡说："我认为未必，只是徐拉谨慎吧。"

柳舒娅点头说："我能理解。"低头半晌，也没说话。唐渡也忽然没了话，不但没话，还小心着，像是害怕破坏了围绕他们的寂静。这时候他们是什么也听不到的。这不是闹市中心，这是在另一个世界。后来是柳舒娅静静站起来了。她慢慢从包里拿出一个档案袋，递给唐渡。唐渡接过来，竟没问她这是什么，她也什么不说，离开桌子，向门口走去，身子不像有重量。才走两步，就回了头，小声对唐渡说："我很下贱。"唐渡还没反应过来，她就又说："我很下贱。真的，我很下贱。"

唐渡浑然不知地叫她一声："舒娅。"

她没听到似的，又返回坐下，拿出手机，开了说："我怕别人找我，把手机关了。我现在就打电话叫晓晴过来，算我请你两口子。然后再叫小牛来，我们两口子陪你们，怎么样？"

唐渡猛地探起身，一把抓住柳舒娅的手，紧紧地，而且他感觉到了，自己手心里都是肉。

"对不起，舒娅。"他说："很对不起。"

"你怎么会对不起我？"柳舒娅说，她并不挣脱："你以为能够影响我的生活么？你不能。你对我根本构不成丝毫影响。你才得到多少？徐拉才得到多少？冯晓晴才得到多少？而我得到的太多了，即使损失一些，也根本不算什么。可是我，我恨自己……我跟你们，不一样。"

她缓缓摇着头，目光似乎要落在什么物体上，却一次次落空。随着一声叹息似的轻唤响过，她就全然被那一层云一团雾罩住了。"舒娅……"她听到了，两个字而已，却让她的身体也登时化为了一团更轻更柔的云雾。她不可遏制地努力着，努力与自己身体之外的云雾融为一体，因此她已经感觉不到自己的嘴唇、自己的手足、自己的腰肢，它们都消失了，整个人也消失了……小心试探了那么久，竟不知跟谁在一起，不知自己是谁，不知自己在做什么。她升得高高的，只觉得是在云雾之中。好像还听见了手机铃声，可是她的手够不到呢。那手机是在云雾之下，在世界最底层。

等他们重又分坐在桌子两侧时，柳舒娅的泪水夺眶而出，泪滴顺着她长长的眼睫毛一个劲儿地往下滚。"是冯晓晴打来的电话。我必须给她打过去。"她泪光闪闪地告诉唐渡。

十三

徐拉和他的小情人第二次一起来省城是在两周后。不过两周没见，这女孩子的腰就粗了不少。他们头一天来，第二天去医院，流产后又在宾馆住了将近一周。在这期间唐渡帮忙在省城给她找了工作，只等她身体完全康复就可上班。说来出人意料，成功说服这女孩子的不是柳舒娅，也不是唐渡夫妇，而是他家的小保姆。徐拉走投无路又来电话跟唐渡诉苦，小保姆听到了，自告奋勇说："让我来试试。"不过，她随后提出了一个条件，就是要求得到跟那女孩子一样的待遇：在省城找一份满意的工作。徐拉带那女孩子回去前，又来唐渡家致谢。因那女孩子在场，并不特别表示谢谢小保姆。那天徐拉走后，连唐渡也止不住说，早请小保姆出面，也就没这些波折了。不料小保姆冷笑一声，说："我这时说了管用，那时说了不一定管用。其实是我害了秀丽。徐经理跟她有什么恩情？甩掉她不过是要自己过正经日子罢了。"唐渡听着，骨头里都有寒意，恨不得将来再不提到徐拉的名字。

批文到手后不久，唐渡就肯定了亿佳公司的企划方案，周瑞合看了也再无异议。一日，见四下无人，周瑞合就开玩笑说："我猜对了，那回曹州是不是邂逅了自己的初恋情人？"

唐渡马上说："瞎扯！"

周瑞合盯着他说："那段时间你变化很大呢。"

唐渡说："我没觉出来。可能是让我那个大学同学给搞的。给你讲过，我像看过一场猴戏。"

"那之前呢？"

"之前有什么事？"唐渡坚决否认："之前没什么事。"

"我相信唐总。"周瑞合说。

可是，一俟周瑞合离开，唐渡已经平静的心，就又微微起了波澜。大学女同学的舅父，那个白面鲍局长，确实让他感到了心理的极大不平衡。这种反应他在徐拉身上也看到了。徐拉说得对，鲍局长在是一颗大头精子的时候，就注定得到了将来的这一切。跟鲍局长同座，他像个哑巴，就是因为他觉得自己没什么好提，自己的那点成功没什么好炫耀的，同时也担心多说了会被人认为在有意炫耀。炫耀倒不怕，关键的是向女同学的舅父炫耀。结果他真的什么也不说，后来，他又不免为此生出说不尽的悔恨。他合格地出演了一回新上门的女婿？他又是谁的女婿？有没有这必要？……"舅父！舅父！"被他当年听在耳朵里多少次的舅父，而且钉在了自己的脑子里。他是不是忘了，这样的钢钉，一颗又一颗，曾在他脑中森然林立？

就是这个舅父，让他有了很失败的感觉。商场上，感情上，他历来都是规矩人，这却开始让他感到耻辱，比重提那段遥远的恋情还要感到耻辱。不过，经历着的波澜才是大波澜，经历过了就只是涟漪，甚至连涟漪都不是。

现在，唐渡的心里就只是涟漪。他打电话给冯晓晴，声音温柔地问她在做什么，不料冯晓晴却说自己跟柳会长在一起。唐渡心里只是略微悠了一下。那天从东方大厦分手后，他和柳舒娅一直没再相互联系。回想一下，却像什么也没发生过。他不觉遗憾。如果真的什么也没发生，他才会觉得遗憾呢。如果他没有果决地吻住她的嘴，把她抱在怀里，用力压在桌上，掀起她的衣裙，他会遗憾至死。可是，他确实觉得自己仅仅收获了一个涟漪……正在轻轻荡开去，越来越淡，最后，什么也没有了。

晚上唐渡回家的时候过了十一点，冯晓晴还没睡，在用洗衣机洗衣服。原先的小保姆离开后，新的小保姆还没接任。原先的小保姆本来可以再干几天，但冯晓晴看她喜欢自己的新工作，就放她走了。冯晓晴是个通情达理的女人。冯晓晴做起家务来也不比任何一个女人逊色。唐渡听见洗衣机声，在门口叫声"晓晴"，冯晓晴没出来。

唐渡是喝了酒的，脚步沉沉，眼神迷离。他坐在沙发上，眼里只是一些缭乱的影子。但他能感到冯晓晴从洗衣房走出来了。冯晓晴没停下，直接走到那幅油画前，顺手将油画取下，靠墙放在地上。

洗衣机工作的声音阵阵传来。唐渡定定神，看到冯晓晴上了楼。他清醒了，马上追上去。

冯晓晴别着脑袋坐在床沿上。

唐渡预知了不妙，动作就迟疑了，脚没挪得动。

冯晓晴静静地说："是柳会长告诉我的。"

唐渡身子一软。

"其实我早就发觉了。"冯晓晴说："我早就发觉不对头，但我不想阻止你。"

唐渡呻吟似的说："为什么？"冯晓晴的脖子光滑美丽，在她乌黑的浓发下面高傲地闪着玉石般的光泽，唐渡有些目眩。

"我就想放你一马。"冯晓晴轻声说："我把那幅画摘了下来，你去挂上吧。"她依旧朝窗外别着头。她的头发上扎着一块蓝花白地的头巾。

唐渡慢慢转身去楼下挂画，脑子里乱哄哄的，好像有好几张徐拉那样的大嘴在吵。一脚踏空，他跌下去，耳边又似乎听到无数钉子在响："舅父！舅父……"他已经全然忘记了将跌进钉子堆里的危险，那幅肥美的裸女画像陡然就被他高举在头顶，以一种四十岁以上中年人都可能非常熟悉的革命群众的姿势。在钉子的声音里，他一脸的忠诚和肃穆，无半缕笑容。

　　此时，洗衣机正发出工作完毕的信号。

　　作者简介：

　　王方晨，男，山东金乡人。中国作协会员。著有长篇小说《榆树灵》、中短篇小说集《王树的大叫》、《背着爱情走天涯》、《祭奠清水》及童话作品《树的哲学》、《我是小孩儿》等，共计三百五十余万字。作品入选多种文学选本。曾获首届齐鲁文学奖、《中国作家》1991-1993年度优秀短篇小说奖等。

我不是你婚姻的暗箭 /萧 笛

一

斌子死的那天，邱英正在车间里和李霞闲聊。

邱英说："三车间又放假了，全厂就剩下咱车间还有点活干。"

李霞叹口气："听大林说，咱们车间的活也干不了几天了。"

"大林是班长，多少比普通工人消息灵通点儿。"

邱英追问："你家大林说没说，咱们车间会不会哪天也像别的车间那样彻底放假？"她下意识地回避"下岗"那两个字。对于他们这些把一辈子交给工厂的人来说，下岗就等于没了饭碗，没了饭碗就等于没了活路。

李霞没有正面回答邱英，却反问邱英："你说，要是咱车间也没活儿了，咱可咋办呢？"

邱英笑着说："咋办？让大林跟斌子上工地干去呗。那活儿还行，挣得不少，上个月斌子拿回来八百多块呢。"

斌子在厂里的另一个车间，那个车间已经半年没活儿了。斌子在家里待了三个月，待出一嘴大泡。后来，别人介绍了一个建筑工地当小工的活儿，他就去了。每天把和好的水泥灰用小车推到高高的脚手架上，供瓦匠砌墙用。活儿倒不是很累，就是有点危险。可斌子不怕，斌子从小就胆大。

李霞听邱英说斌子一个月挣了八百多，觉得挺不错，就问："斌子能把大林介绍去吗？"

邱英说能："那咋不能，不过，就是有点累，不知道大林能不能干得了。"

李霞说："推灰能累到哪去，再说，累点也好，省得他一天闲得老想那点事。"

"咋的，侍候不了？"

邱英坏笑着，拿眼睛瞄了李霞一下。

李霞的脸"腾"地红了，索性闹了起来："侍候不了了，你帮忙侍候侍候吧。"

"缺德鬼，我撕了你。"邱英叫着扑上去，李霞急忙招架。正在这时，车间主任沉着一张脸过来，对邱英说："你赶紧去建设医院，斌子从架子上掉下来了！"

邱英像被雷击了一样，站在那儿半天没反应。

在远处和几个人玩扑克的大林跑过来，看到两个傻愣的女人，大吼了一声："走啊，上医院！"

邱英才一边抹着眼泪，一边跟着大林、李霞往医院跑去。

斌子是大头冲下掉下来的，没送到医院就咽气了。

工头说："斌子是违章作业。运灰的电梯有拉门，工地上规定，有人在上面的时候，一定要把拉门拉上。"

斌子一天无数次地在电梯里上来下去，开开关关的烦了，就不按要求拉门了。斌子还跟人比胆子，看谁还敢不拉电梯门。见没人和自己比，斌子挺得意。谁知那次上去，电梯停的时候，不知怎么斌子晃了一下，结果一脚踩空，掉下来了。

工头说："违章作业出现事故，工地是没有责任的。"

工头说："不过，工地也不会不管。"

工头说："我们经理说了，工地负责斌子丧葬的费用。"

工头还没说完，邱英就昏过去了。

斌子刚走的那些天，李霞一直陪在邱英的身边，大林则里里外外地忙活，处理斌子的后事。

斌子和大林在一个厂里，还在对门住着。邱英和李霞处得像姐妹，大林和斌子像哥们儿。邱英的儿子毛毛和李霞的儿子瓜瓜是同班同学。李霞和邱英相处十八九年了，刚入厂时，俩人就在一起，结婚后又成了住在一个单元里的邻居。在李霞的眼里，邱英是个缺心少肺的人，不管日子过得咋样，就没见她愁过。有时候和斌子打仗了，没吃亏，她转过脸就能忘了。偶尔让斌子打了，她哭一阵儿骂一会儿就完了，顶多一天不吃饭（那当然也就不做饭）。最不济，到李霞家来住一宿，把大林撵到自己家。于是，两个女人说一宿女人的话，两个男人唠一阵男人的嗑，第二天，大林会炒两个菜，把斌子叫来一起吃顿饭。吃了人家的，喝了人家的，面子就得给人家。饭后，斌子在大林的劝说下，垂了眼说："咱回家吧。"邱英就在李霞递过来的眼色中乖乖地跟着斌子回家，留下大林李霞两口子捂着嘴一阵好笑。第二天再见面，邱英又是哈哈地，该说就说、该笑就笑了。

李霞就笑她："怪不得你这么肥实，真是心宽体胖。"

邱英拍拍自己比李霞粗好多的肚腹，说："大肚能容，咱不跟他一般见识。"

李霞就感叹自己要能像邱英那样活着就太好了，在她眼里不知愁的邱英是个有福的人。

李霞没有想到，有福的邱英却在 36 岁的时候死了男人，成了寡妇。

斌子刚走那几天，邱英家里一直都没开火。大林做好了饭，李霞就把毛毛叫过去，再给邱英端一点过来。邱英怎么也坐不到那桌前。以往两家坐到一起时，两个男人喝酒，两个女人聊天，两个孩子不停地打闹。如今，男人剩了一个，毛毛像一下子长大了，不再和瓜瓜说笑，低了头，吃上一点就放下了筷子，李霞在一旁看得落泪，大林也没了食欲。

慢慢地邱英好一些了，就不让毛毛到李霞家吃了，也不让李霞送饭过来了。她不能老是让李霞照顾自己和毛毛，李霞的哮喘病越来越厉害，稍微累点就咳个不停，听说都累及心脏了，要是转成肺心病就麻烦了。但李霞还是经常过来，陪着邱英唠嗑。有时候就住在邱英家。邱英总是梦见斌子，醒了就搂着李霞哭上一场。李霞陪着她落泪。邱英常常想，如果没有李霞，不知道自己如何挨过那一段日子。

二

斌子走了，没有男人的日子让邱英处处感到为难，但是，每当她为难的时候，大林都会出现在她面前。煤气烧没了，她刚把空罐折腾到门口，恰好大林推门出来了。大林一只手抓小鸡一样拎着煤气罐下楼了。下午，他会骑车去液化气站把灌好的气罐取回来，连邱英给他的钱也不要。

该储秋菜了，邱英想买点土豆、白菜。头一天晚上和李霞闲聊的时候提起了，第二天早上，大林从早市回来，就用自行车驮回了两袋子土豆，一袋是他家的，一袋送到了邱英家。

院里来了个卖大白菜的，邱英在阳台上看见了，急忙下楼。到了楼下，看见大林正在往回抱白菜，单元门口已经堆了好大一堆白菜。

邱英诧异："你家咋买这么多白菜。"

大林说："带你家的，往楼上搬吧。"

邱英扎撒着两只手站在那儿，不知怎么办好。

大林又抱过来一抱白菜，见邱英戳在那儿发愣，就说："你腌的酸菜好吃，李霞说今年我家不腌了，让你多腌点，把我家的带出来。"

大林的话音透出一种不容商量，但却让邱英乐意接受，邱英快活地答应一声，弯腰抱起几颗白菜，往楼上搬。

李霞也要下来帮忙，让邱英劝住了："算了，你别动了，累着了再犯病就不值了。"李霞也就罢了，待在楼上为他们打下手，竟也累得呼呼直喘。

大白菜把大林家和邱英家的阳台都堆满了。邱英每天都要把白菜翻动一下，让阳光把白菜的水分晒掉一些，为腌酸菜做着准备。白菜晒得差不多了，邱英想，得把楼下小棚子里的大缸搬上来。

她端着水盆下楼，那缸在小棚子扔了很多年，脏得要命。可是，她刚到小棚子里，堆在大缸上的东西还没挪完，大林就来了。大林三下两下就搬开了那些破破烂烂，又一使劲，大缸就挪到门口了。邱英赶紧用抹布去擦缸上厚厚的灰尘，才几下，一盆水就黑了。

大林说："行了，搬上楼再好好擦吧。"说着，两手抓着缸沿一抖，缸就在他肩上了。

邱英泼了脏水跟在他后面往楼上走去。

大林把缸放到了邱英家的厨房里，要过邱英手中的抹布和水盆，"哗啦哗啦"地，一会儿就把缸刷洗干净了。邱英也不闲着，烧了一锅开水，准备烫白菜。白菜用开水烫一下，腌出来的酸菜味道好，还不烂。

邱英在一边忙活着，一回头，看见大林的脸上蹭了一道道的黑灰，禁不住好笑，顺手就拿了手巾给大林擦。大林也不客气，伸了脸来让她擦，嘴上还和她商量："明儿再买点雪里蕻腌了，冬天好炖豆腐。"

平平常常的一句话却让邱英的手停顿了一下，邱英觉得胸口有一股热热的东西往上涌。男人和女人一起忙活日子，这情形是她心中一直盼着的，可是，她和斌子却从没有这样的时候，因为斌子对柴米油盐的事是从不过问的。

邱英的眼圈有些红了。大林看见了，就不再言语，一只大手在邱英的肩膀上拍了拍。不想，这一拍竟把邱英的眼泪拍了下来，邱英捂住嘴巴转过身。大林有些慌神，他靠过去，两手扶住了邱英不断抽动的肩膀。可是，他的手刚触到邱英圆圆的肩头便缩回来了，那肩头的柔软和温热让他有一种冲动。

大林有些不知所措地走出了厨房，走到阳台上，他看见了堆在阳台上的白菜，他给自己找到了新的事情——把阳台上的白菜往厨房里抱。他抱第二抱白菜进厨房的时候，邱英已经在给白菜扒烂叶了，好像刚才什么都没发生一样。

他们就这样，一个往厨房里抱白菜，一个蹲在厨房扒白菜，然后，又一个洗白菜、烫白菜，一个往缸里码白菜。两个人都不说话，但配合得却那么默契。偶尔一抬头，看见另一双也在看自己的眼睛，彼此就会心地笑一下，邱英的笑是甜甜的，有一些羞怯。大林的笑是憨憨的，眼睛亮亮的。

大林从邱英的手上接过一颗颗烫过的白菜码到缸里，那圆圆的白菜有些温热，让他想起邱英圆圆的肩头。

炉子上的开水咕嘟嘟地冒着热气，热气挟带着烫过的白菜的味道在屋子里弥漫。这种气味让邱英感到温暖，感到快乐。这种温暖和快乐在她的心里像泡在热水里的木耳，迅速胀发，让邱英觉得憋得慌。邱英想给心里不断胀发的东西找个出口，她想唱歌。她有些纳闷，怎么没有唱腌酸菜的歌呢？人家朝鲜族喜欢吃桔梗，就有个歌是唱桔梗的，好像就叫桔梗谣。东北人家家腌酸菜，年年腌酸菜，咋没人写支歌唱唱呢。对了，邱英忽然想起来了，有首歌和酸菜有关系，但好像不是唱酸菜的，只是最后一句是："翠花，上酸菜。"邱英在心里想着，身边的大林却哼起来歌来了。邱英一听，正是她心里想的那首翠花上酸菜："俺们那旮都是东北人……"

邱英"扑哧"一声就笑了。

三

日子一天天过去，渐渐地，邱英不那么想斌子了，也不总梦见他了。

周末，毛毛放学后直接去了奶奶家。奶奶打了几次电话，说想孙子了。邱英就让毛毛过去看看奶奶。孩子不在家，邱英吃了点剩饭，就开始洗衣服、擦地，忙活得出了一身汗。邱英烧了盆热水，端到卫生间里，脱去衣服，擦洗起来。热气使卫生间的镜子蒙上了一层薄雾，邱英的身子映在薄雾中，朦朦胧胧的很好看。邱英看着镜子里的自己。也许是因为出了汗，她的脸红扑扑的，水雾中的眉眼看起来和平时不大一样。挂着一层水珠的身子，在灯光下闪着晶莹的光泽。邱英发现自己瘦了许多，原来粗粗的身材竟显出腰身来了，该鼓的鼓，该凹的凹。邱英端详着自己，心里忽然变得酸楚起来。她忍住眼泪，简单地擦了擦，逃离了卫生间，钻进了被窝。

梦里，邱英又见着斌子了。

斌子一身鲜血地站在她面前。邱英想给他擦血，他却把邱英推到一边，手在自己身上一按，血就像毛毛玩的水枪一样喷出来，喷到邱英的脸上、身上。

邱英大叫一声，吓醒了。她抓起电话，拨了李霞家的电话号码。

电话一通，她就对着话筒哭喊："李霞，李霞，你快过来，吓死我了。呜……"

邱英握着电话哭起来。

很快就响起了敲门声。邱英从被窝里窜出来就跑过去开门。

进来的是大林。

大林急切地冲进来："邱英，怎么了？"话还没说完，他就呆了：眼前的邱英竟是赤裸着的。

邱英见是大林也愣了一下，大林突然的窘态让她猛然意识到自己是一丝不挂，恐惧、羞臊让她不知所措。刹那间，一股巨大的悲伤袭上心头，邱英几乎是放声地哭了起来。

"邱英，邱英，别哭，别哭，你怎么了？李霞回娘家了，我听你的声音不对，就……你这是怎么了？这大半夜的……"大林有些慌乱，他不知道怎样来处理眼前的事情。他想把邱英扶进屋里，他碰到了哭得身子发抖的邱英的肌肤，他想抚慰这个可怜的女人，可是，当他的手触摸到邱英圆圆的肩头时，他的手抖起来，他的气粗起来。

邱英不知什么时候绕到他身上的手臂像藤一样勒得他喘不过气来。

邱英不记得他们是怎么回到她的卧室的，也不记得他们怎么就分不开了。她只记得大林的胸膛是那么宽，大林的手臂是那么有力，她紧紧地靠着，紧紧地搂着，像溺水者抓着了一棵稻草。

大林身上的男人气味驱走了她的恐惧，大林的勇猛把她从生命的深渊里一点一点地推上来。

当他们平静下来的时候，邱英的眼角还挂着泪痕。大林想给她擦擦，他伸出不仅粗大而且粗糙的手，笨拙地抹了两下，手就被邱英按住了。邱英把他的手掌紧紧地按在自己的脸上，大林感到自己手掌下邱英的眼泪有些烫，烫得他心里疼了一下。

第二天吃晚饭的时候，李霞跟大林商量："吃完饭你刷碗吧，我去邱英家坐会儿，今天在班上，我看她情绪不高。"

大林有些紧张地看着李霞的脸："咋的了？"

"不知道。我寻思，是不是毛毛又气她了，要不就是想斌子了。我过去看看。"李霞嘴里嚼着最后一口饭出门了。

大林捧着碗出了半天神，把剩下的半碗饭扣回锅里，转身催促瓜瓜："快吃快吃，吃完写作业去。"

给李霞开门的是毛毛。

李霞问："妈妈呢？"毛毛用手指了指里屋，脸上已经有了和他年龄不相称的忧郁。

李霞摸摸毛毛的脸，问他："你没气妈妈吧？"见毛毛摇摇头，李霞又问："吃饭了吗？"

毛毛说："我吃了，妈妈还没吃呢。"

李霞看见桌子上还有一碗面条，就问毛毛："谁煮的面条？是你吗？毛毛点点头。"

李霞低下头看着毛毛的眼睛："告诉李姨，吃饱了吗？"

毛毛点点头又摇摇头。李霞叹了口气："李姨做了鱼，你再去吃点，吃完了就在我家写作业。"毛毛不动，李霞就推了他一把："快去，瓜瓜还没吃完呢。"

看到毛毛拿着作业本走了，李霞才往邱英的卧室走去。

邱英躺在床上。看见李霞进来，想起来却又没动，把身子往床里挪了挪，给李霞腾出了坐的地方。

李霞摸摸邱英的头，没感觉到热，边坐边说："没病啊，那你咋的了，我白天就看你不对劲。"

"没咋的。"邱英小声回答着，却垂着眼不看李霞。

李霞把面条端过来："没咋的就起来吃饭吧。"

"不想吃。"邱英翻过身，把脸转向了床里。

"没咋的咋不吃饭。"李霞端着碗，搬着邱英的肩膀："起来，起来，吃点东西。你看面条都坨了，快起来吧。"

邱英"忽"地一下坐了起来，脸涨得通红："不想吃就是不想吃，你没事回家去吧，俺家的事你少管。"

李霞被邱英没来由的一阵吼弄懵了，她愣愣地瞅着邱英。邱英的目光从那碗面条上移到李霞的脸上，但却没在李霞的脸上停留，只是一滑就溜到了别处。她的嘴角痛苦地抽搐着，突然扑到床上"呜呜"地哭起来。

李霞放下面条，坐到邱英身边。房间里光线很暗，灯泡的度数太小了。昏黄的灯光下，邱英的身子随着抽泣而颤动着。李霞发现邱英瘦了。邱英原来挺胖的，脸是圆的，臂膀是圆的，腰是圆的，整天嚷嚷着要减肥。如今，不用减肥就已经显出腰身了。李霞知道失去男人的邱英内心一定是十分的孤苦，自从斌子死后，她几乎就没见邱英笑过。李霞想，邱英这么开朗的人都这样了，要是自己失去大林，说不上会怎么样呢。随便的一想，却把自己真的想难受了，眼泪就在眼里转。她不由地把手放到邱英的肩膀上，也不说什么，就那么默默地坐着。

邱英哭了一会儿，似乎心里好受了一些。她止住了哭泣，抬起头，推开李霞的手："你别总管我了。你干吗要对我好呀？"

"这是说的什么话，咱俩这么多年了，我能不管你吗？"

李霞抓过一条毛巾递给邱英。邱英接过毛巾，不去擦脸，却在手中绞着。

李霞见邱英不哭了，就想找点话题，转移一下邱英的情绪。

"哎，邱英，你还记得咱俩年轻时的事吗？那会儿，你和斌子刚处对象，斌子请你看电影，你不好意思去，就拽着我，让咱厂里的人看见了，还以为斌子是我的对象呢。对了，俺家大林还是你相中了，找车间的老主任给我介绍的，我嫌他眼睛小，你还说，'他身体棒'，说什么'身大力不亏'。是啊，力气倒是不小，可是，有什么用啊，工厂不行了，空有一身力气也白搭。看这架势，还真说不上哪天就下岗了，到时候可咋办哪？现在出去找活，动不动就要证书，要文凭。"

李霞说着说着，把自己给说愁了。她叹口气，站起来："得了，我回家去看看两个孩子，要是他们作业写得太晚了，就让毛毛住我家吧。你也别难受了，待会儿把饭吃了，啊？"

邱英低着脑袋，点点头。听着李霞关门走了，扭身歪到床上，想着李霞对自己种种的好，心里不是个滋味，眼里的泪就又往外涌。抬手去擦眼泪，恍惚地，又想起大林的大手，想起那粗粗的摩挲，又由那粗粗的摩挲，想起那宽宽的胸膛和那有力的拥抱。

邱英抓过一只枕头，紧紧地抱在怀里。

李霞回到家，大林正坐在电视机前，手握遥控器在不停地调台。看她进门，探寻地望着她的脸："咋的了？"

"没事，想斌子了。"李霞惦记着两个孩子，不想跟大林说得太多。她到厨房拿出两袋牛奶向瓜瓜的屋里走去。瓜瓜和毛毛正在屋里玩游戏机，看见李霞进来，急忙把游戏机往身后藏。问他们"作业写完了吗"，两个孩子支支吾吾。李霞就有些生气，叹息这孩子实在不懂事。她把游戏机夺过来，把牛奶分给他们："赶快写作业，几点了，还睡不睡觉了"。

李霞回到自己的屋里时，大林已关了电视，睡了。

四

车间又放假了，说是先放半年，每月给开100块钱生活费。大家就嚷着："还不如干脆下岗算了，下岗拿低保也比这多。"

有人问车间主任："听说，厂子要改制，要卖给个人。"

车间主任摇摇头说："不知道，我咋没听说哪。再说，真要改制，没个一年两年的，也改不了。那事儿，麻烦着哪。"

有人生气地骂娘："妈的，不知道又便宜谁了。不会还是咱厂厂长来买吧？"

大林说："只要能让厂子活起来，咱们有活儿干，管他谁买干啥。"

那人又说："听说有的厂子改制，值好几千万的厂子零价卖给原来的厂长了，结果不出俩月，原来亏损的厂子就不亏了，人那个厂长一下子就发透了。你想啊，好几千万哪，子孙八代都花不完啊。"

旁边一人乐了："还他妈的八代，都说富不过三代，没准他们家到第二代第三代就败了哪。"

"你说富不过三代，穷过不过三代呀？俺们家从我爷爷那辈就穷，从山东要饭来到东北，到了东北也没脱了穷命。你说，会不会到我这辈有点变化，说不准，哪天我也会发了吧？"

"你呀，你回家发面去吧。"

邱英默默地把工具箱里的东西收拾了一下，看看也没什么值得往家拿的了，就锁上工具箱，拎着饭盒回家了。

毛毛中午不回来了，早上走的时候说，中午要和同学踢球，跟她要了三块钱，说中午买盒饭吃。孩子不回来，自己一个人就好对付了。邱英摸摸饭盒，还有点热乎气，就倒了一杯开水，就着把饭吃了。刷完饭盒，邱英不知道自己应该干点什么，心里空落落的。屋子里很冷，摸摸暖气，也就算温乎吧。厂里工人都放假了，大家都没钱交供热费，所以，供热站也不好好供热，每天早晚供点气，保证不冻管道就行了。

邱英在屋里转了转，想起了什么，到里屋床头柜的抽屉里翻出一张存折，端详着那上面的数字：6854.32。原来，这张折上存着一万块钱，斌子走后，她每个月都得在这张折上取钱。没办法，她开的三百多块钱工资无论怎么算计也不够花。别的钱能省，可是毛毛的学费、书费、本子费是怎么也得交的。孩子正长个，每天一袋牛奶也是必需的。刚入冬的时候，毛毛病了。邱英以为就是感冒，吃点药就好了。可是，孩子的咳嗽却越来越厉害。到医院一看，大夫说是支原体感染，必须点滴。大夫给开了半个月的药。还说支原体感染必须点够疗程，不然就好不了。那半个月的药费是六百八十三块钱，比邱英两个月工资还多。大夫说，这还是开的便宜药，贵的要一两千块钱。邱英心疼钱，更心疼儿子，她从折上取了钱，买了药。儿子打点滴的时候，她一眼不眨地盯着点滴瓶，直到滴管里的药水也点干净了才让护士拔针。

现在自己每月只开一百块钱，这六千多块钱，不知道够自己撑多久的。邱英捧着存折看了一会儿，下了决心似地穿上衣服去了银行。她把存折上的钱取出来五千元，存了一年的死期，原来的存折上的钱数就只剩下 1854.32

元了。邱英想，不到万不得已，这五千块钱是不能动了。住家过日子，总要留点过河钱哪。

邱英回家时，正好看见李霞和大林出门。

李霞裹着大衣走在前面，大林拎着大包小包地走在后面。邱英问他们上哪儿去。李霞说屋里太冷，她的哮喘病最怕冷，这几天犯得厉害。她妈家的暖气供得好，正好也放假了，她就回去住些日子。李霞一口接一口地喘咳着，憋得脸有些发青。

邱英扶着她下楼，大林提着包跟在后面。

"瓜瓜也去你妈家呀，那么远让孩子怎么跑？"邱英知道李霞的娘家在城南，得坐一个多小时的公共汽车，而瓜瓜的学校在这附近。李霞喘着摇摇头。

"瓜瓜不去，我也不去。"大林在身后说。

送走李霞，邱英看看表，该做晚饭了。她到厨房里转转，找出了一个大萝卜。做萝卜馅烫面蒸饺吧。邱英开始和面、剁馅。拌馅的时候，她放了好多葱，又放了点粉条和虾皮。她忙活得有些热了，就把套在毛衣外面的棉坎肩脱了。饺子快包好的时候，毛毛回来了。邱英问毛毛："瓜瓜没和你一块回来？"毛毛说："一块回来的，他回家了。"邱英就让毛毛去叫瓜瓜过来吃饭。

瓜瓜来了，叫了声姨，就和毛毛钻进了小屋。

饺子蒸好了，邱英捣了些蒜泥，倒上点醋。萝卜馅蒸饺蘸醋蒜特别好吃。邱英忙活完了，就喊两个孩子出来吃饭。这时，有人敲门。邱英开门时，不知怎么有些心跳。

门外真的是大林。

大林把李霞送到娘家，李霞就让他快点回来给瓜瓜做饭。他回到家里，看见瓜瓜的屋里亮着灯，人却不在，知道一定在邱英家。他想打电话把瓜瓜叫回来，拿起电话又放下了。

门开的时候，大林看见邱英的眼里有什么东西一闪，他的心就开始发慌。他想说，他来找瓜瓜，却问了一句"吃饭哪"。

"刚要吃，快来，一起吃吧，瓜瓜正等着你呢。"邱英说话的声音很大。大林有些犹豫。瓜瓜听见声音，跑过来："爸爸，快来，姨包了蒸饺，你不最爱吃萝卜馅蒸饺吗？"大林看着邱英，见邱英的眼里满是期待，就进了门。

饭桌上，两个孩子边吃边说笑，大林低着头，吃得很香。邱英不怎么吃，她拿筷子往孩子们的盘子里拨着饺子，不时也送到大林的盘子里一个。大林想谦让，又忍下了。邱英问瓜瓜："姨包的饺子好吃不？"瓜瓜嘴里嚼着饺子说好吃。邱英就说："那就天天上姨家来吃饭吧。"瓜瓜连连点头："行，行。"大林瞪了一眼儿子："那怎么行？"

邱英正挟了一个饺子要往大林的盘子里放，就停下来问："怎么不行？"

"太麻烦。"大林低了头瓮声说。

"那，俺家麻烦你家的还少吗？"邱英的音调有些变了。

大林就不再争，只是大口地吃饺子。

孩子们先吃完，一边玩去了。大林把自己盘里的饺子夹了几个送到邱英的盘子里，说："光忙活别人了，你也吃呀。"

邱英有些感动，以前斌子从来没有给她夹过菜，也极少关心她吃没吃饱，更说不出她爱吃什么。女人总是愿意有人疼的，邱英很听话的样子，大口大口地吃起来。今天的饺子馅确实和得好吃，她很满意自己的手艺，却要在大林那儿得到一个印证，就抬了眼问他："我和的馅还行吧？"

大林使劲地点头："好吃，好吃，我都吃撑着了。"

邱英乜斜着他："没出息。"

大林就憨憨地笑，那笑让邱英心里"噗噗"直跳。

大林要帮邱英收拾桌子，邱英不让，推挡中，两只手就抓到了一起。两个人都不动了，都看着那抓在一起的手，都想再抓紧一些，但又都没有动。

片刻，邱英先把手拿开了，大林就转了身招呼瓜瓜回家。

邱英的神情有些寡淡，送他们出门的时候，邱英对瓜瓜说："明天还到姨家吃饭啊。瓜瓜爽快地答应着。"

大林出了门，又回头对邱英说："明天，我得去给他妈买药。"

邱英点点头，没说什么。

那一晚，邱英在床上翻来覆去地折腾，好久也睡不着。

隔着一堵墙，还有一个人也没睡着。

五

邱英润滑暄软的身子在大林的眼前晃，大林好想伸手搂过来，可是，他只能是想想，他想的那个人跟他隔着一道墙。

听着儿子那屋静静的，知道儿子睡熟了。大林有一种冲动，想起来到邱英家去。他猜想，邱英此刻一定也没睡着的，一定也像他这样受着煎熬。他甚至希望邱英快点睡，最好再做个梦，梦见斌子，然后，从梦里惊醒，打电话给他。让他有一个理由，偎在她身边，搂着她，抱着她。

大林记不起从什么时候开始对邱英有了好感。也许好感是早就堆积在心里的，只是没有理由发芽、生长。大林还记得自己和李霞相对象那天，李霞的身边就陪着个邱英。没心没肺、嘻嘻哈哈的邱英给大林留下了不错的印象，大林甚至想，跟自己相亲的要是这个姑娘就好了。后来才知道，邱英已经有对象了，是跟自己一个车间的斌子。于是，两对年轻人自然地凑到一起。看电影，逛公园，四个人总是搭着伴。

那几年，兴跳交际舞，厂子里，街道上，到处都搞舞会。大林和斌子都不愿意别的男人碰自己的女朋友。就跟那姐俩挑明："除了我们哥俩，你们不许跟别的男人跳舞。"到舞场上，邱英和李霞只好你跟大林跳，我跟斌子跳，然后是我跟大林跳，你跟斌子跳。一些不知情的人，都搞不懂他们到底谁跟谁是对象。

李霞瘦弱，跳起舞来，身子轻得跟一片树叶似的。跟李霞跳舞倒是不累，可是，也缺少一种相互呼应的激情。相比之下，大林更愿意跟邱英跳舞。比李霞稍显丰满的邱英，浑身上下透着活力。特别是跟她跳三步舞时，他搂着她的腰，她勾着他的肩，俩人的身子同时用力向后仰着，形成一个以脚跟为轴的陀螺，转起来特别带劲。感觉好的时候，大林能带着邱英一口气在舞场里转个三圈四圈的。

那年秋天，厂子盖了几栋职工宿舍，按条件，大林和斌子都能分到一间一室半的房子。邱英和李霞就商量，让这哥俩选房子尽量选一栋楼的，将来好做邻居。结果，这哥俩更干脆，选了同一单元、同一楼层。看房子的时候，四个人一商量，索性一起结婚吧。

日子就定到了一九九〇年的元旦。

大林和斌子开始收拾房子，打家具，邱英和李霞天天逛街，置办嫁妆。

入冬不久下了一场大雪。雪从傍晚时下起，夜里越下越大，早晨起来推开门，满世界只剩下一个颜色。雪霁初晴的太阳光照在雪上，又折回来，晃得人睁不开眼睛。

斌子上班来的时候显得特别开心。瞅着没人注意的时候，凑到大林身旁，拍拍他的肩膀："哥们儿，进了。"

大林看了一宿的足球，中国队一分没得，正郁闷着。听斌子此言，猛地抬头："啥时候进的？"

斌子一愣，卡巴着眼睛说："昨晚啊？咋的了，看你大惊小怪的。"

大林一脸疑惑："不能啊，两场我都看了呀，没进，一个球也没进啊。"

斌子哈哈大笑，把大林笑得莫明其妙。半天，斌子才忍住笑，凑到大林跟前，冲大林挤挤眼儿："昨晚，我跟邱英住在新房了。我，进了。"

大林的脸"腾"地红了。他下意识地环顾四周，看见大家都在忙着自己手头上的活，才敢搭斌子的茬儿："行啊，你。她咋同意的？"

斌子一脸的得意："昨晚她上我家吃饭，然后，我俩一起去新房看家具的样子。待得晚了点，再说，下那么大的雪，咋送她呀？我连哄带求，她就住下了。嘿嘿。"

"人家都雪中送炭，你倒好，趁雪打劫。"大林不屑地撇撇嘴，心里却有些酸不拉叽的。大林有些搞不懂自己。明明是斌子做下的事情，自己却没来由地脸红，而且，他感觉到心里竟是有些醋意。自己这是怎么了？大林心里暗忖着，脸上的神色就深深浅浅的把握不住。

斌子没留意大林的表情，独自沉浸在自己的情绪中："妈的，女人真好。要知道这样，早点搞对象，早点结婚，多好。哎，大林，你跟李霞有没有啊？"

大林摇摇头。他抬了眼看着窗外厚厚的积雪，心里想，下次下雪的时候也把李霞整新房去。

可是，老天爷不成全大林，打那以后，竟是一个多月没下雪。大林的耳边就总是回响着斌子的那句话："女人真好。"大林想象着这句话的涵义，不自觉地更换了句子的主语："邱英真好。"于是，四个人再凑到一起玩时，大林看着邱英，心里就多了些东西。

再下雪的时候，四个人结婚证已经领完了。有了那个小红本，就是合法的夫妻了，再做什么，似乎都是合情合理的了。

大林终于体会到了什么是"女人真好"的感觉。可是，大林莫名地觉得有几分遗憾。

结婚后，邱英先怀了孕。大林还有些着急，他偷偷地问斌子："是不是提前种上的。"

斌子乐了："我倒是想。我妈说，提前怀上的一般都是小子。我妈就盼我能给她生个孙子。我跟邱英也说，你要是真给我们家生个小子，你可就立大功了。当初，我要不是这么说，邱英还不一定能同意没结婚就让我进球呢。可惜，结婚前，我俩白忙活了。"

大林瞄着邱英的肚子，眼睛有些发直："我俩也没闲着啊，李霞咋不见动静呢？"

斌子就问大林："你俩几天进一次球啊？"

从斌子说进了，让大林误会为进球以后，两个人再说起那件事时，干脆就用进球代替了。

大林老老实实地回答："这阵子，天天进。"

斌子看大林的样子好笑，就逗他："看李霞那么瘦，能扛住你折腾吗？"

大林擂了斌子一拳："你什么意思？"

斌子哈哈地笑。

回到家，大林就跟李霞说："咱俩得加把劲，别让斌子两口子把咱落下了。"

李霞乐得上不来气："你跑赛呢？"

大林吭哧吭哧地正忙着："这可比跑赛累多了。"

半年后，李霞也开始"哇哇"地吐起来。大林拍背端水地侍候着，一脸的滋润。

邱英先有先生，落地一看，白白胖胖的大小子，把斌子乐得恨不得抱着邱英叫祖宗。见了大林就打趣："最好你家李霞生个丫头，咱俩做亲家。父一辈子一辈，多好。"

大林说："凭啥你生儿子，我就得生姑娘啊？"

斌子说："我不是那个意思，我是想咱两家做成了亲家，将来有了孙子，叫我一声爷爷，叫你一声姥爷，多好玩啊。哈哈。"

大林给了斌子一拳："美的你，就你想抱孙子啊？我还想当爷爷呢。"

大林回家就对李霞说了斌子的话。李霞捧了大林的脸端详着："大林，你其实也希望我生个小子，是不是？"

大林摸摸李霞的肚子："说心里话，我真不那么在意姑娘小子，我倒希望这个孩子聪明健康，将来能比我有出息。"

李霞甜甜地笑了。她知道大林也是要强的，可是，大林却从来不难为她。

李霞分娩时，大夫从产房里出来，把怀里的孩子递给大林："你儿子好大，七斤八两。"

大林乐得嘴都合不拢了。

大林发喜烟的时候，对斌子说："看来咱俩的亲家做不成了。"

斌子接过一支烟别到耳朵上，又到大林手里抓过一支，点燃，吐着烟雾说："真没想到，小秧子却结了个大瓜。你儿子比我儿子足足多了八两。还是李霞厉害。"

大林满脸的得意和骄傲："我儿子就叫瓜瓜了。"

孩子一天天长大，日子的滋味也一天比一天丰富。斌子和邱英性子都烈，时常会闹闹别扭。相比之下，大林觉得自己和李霞倒和睦得多。李霞性格柔弱，凡事不争，家里外面都由大林说了算。偶尔有了小摩擦，大不了撅一会儿嘴，大林两句好话就哄过来了。有时，看到斌子和邱英急赤白脸的争犟，大林就会对自己娶了李霞这样的女人暗暗庆幸。

可是，谁也没想到，让大林骄傲得意的李霞会得缠人的哮喘病。一晃十多年了，李霞的病越治越厉害，天一冷就犯，严重的时候，一个冬天有一半时间要在医院度过。而且，自从李霞有病以后，夫妻间的事越来越淡。开始那段时间，大林时常觉得憋得难受，天长日久，竟也习惯了。有时候，李霞觉得过意不去，甚至含着眼泪劝大林，实在忍不住就找个人，只是希望他别太招摇，做得隐秘一点，别让她知道了。

大林有些动容。他把李霞搂在怀里，说："我怎么能那么做呢？就为了那点事，值吗？你当我是什么呀？"

李霞也抱紧了大林："我这么拖累你，心里真是难受。我想，也许你做下点什么事，能让我心理平衡一点。再说，你身体这么好，总不能……"

大林不让李霞说完，就把自己的嘴堵了上去。

大林是真心的不想背叛李霞，不想破坏自己的婚姻。男人有三怕：破锅，漏房，病老婆，他已经摊上了两样，再把家整得风雨飘摇，这日子就没法过了。

可是，自己怎么就和邱英搅到一块了呢？大林反省自己，从斌子死后，他真的只是想帮斌子照顾邱英。况且，十几年了，两家一直相处得这么好，他早已把邱英当成了自家姐妹。斌子死了，李霞病着，这段时间俩人一起忙活两家的日子，虽然忙些，累些，却因为有了另一双手的相帮相扶，让他感到一种别样的温馨。他发现自己和邱英之间很默契，有些话不必说出来，就各自都明白了对方的想法。有时候，他觉得和邱英一起干活是一种享受。只是他从来没有细细地去体会这些，是刻意的克制，还是因为这一切根本就很朦胧？大林说不清楚。

如果没有那个电话，如果没有那个夜晚，两家的日子也许会就这样过下去了，有些艰难，有些温暖。

可是，那个夜晚却改写了这一切。

这种改变，仅仅是大林和邱英的关系吗？或者说，是两个家庭的关系吗？在大林看来，最大的改变似乎在他心里。他发现自己从那个夜晚以后，心里重新升腾起一种渴望。他说不清自己在渴望什么，但这种渴望却让他血流加快，思维活络，浑身上下充满了力量。他感觉自己似乎变得年轻了，甚至每天早晨推开门，呼吸到的空气都比以前新鲜。他想起了当年斌子说过的那句话："女人真好。"

"邱英真好。"

大林在心里念叨着。

可是，李霞有什么不好吗？大林反问自己。

六

第二天的日子在邱英看来过得太慢。她百无聊赖地守在家里，什么也不做，什么也做不了。走廊里传来的每一次脚步声、开门声、关门声都会牵动她的神经，她仔细地分辨着那细小的差别。

终于，她等到了她期待的声音。

下午四点多的时候，大林回来了。

邱英听到大林上楼，开门，进屋，关门，大林开门的时候还咳了一声。

那一声咳让邱英的心"忽"地一下就跳到了嗓子眼。

邱英先奔了厨房，抓起一个盆子，却不知道要洗什么。她又去阳台上翻弄半天，然后空着手回来。在厨房里转了一圈，又去了阳台。这次，她从酸菜缸里捞出一棵酸菜。她把酸菜放到盆里洗。她洗得很慢，她把酸菜帮一片一片地扒下来，在水里抖着。屋子里弥漫着浓浓的酸菜味。邱英的眼前浮现出她和大林腌酸菜时的情景，想起大林仰着脸让擦灰，想起大林抚在自己肩头的手掌，想起大林哼唱的歌。

丝丝缕缕的甜蜜在邱英的心头积聚。

"叮铃铃"……骤然响起的电话声把邱英吓了一跳，她甩掉手上的洗菜水，拿起电话。

"晚上我们不、不过去了。"是大林吞吞吐吐的声音。

"你看，我都准备了，不是说好了过来吃嘛。"邱英有点着急。

"你都准备了？那……"大林在电话里犹豫。

"咱们包酸菜馅饺子，你不是最爱吃馅吗？"邱英想起厨房里的酸菜，灵机一动。

"昨天不是吃饺子了吗，今天又吃，你也不嫌麻烦。"大林的语调愉快起来。

"你不是爱吃嘛。再说，昨天是蒸饺，今天咱包水饺。"邱英的感觉好起来，她甚至有些耍娇地对着电话命令："你过来吧，过来帮我包。"说完，她不等那边的回答就放下了电话。

邱英相信大林一定会过来，她有些得意，她笑了，拢了拢头发，抻了抻衣襟，人一刹那就精神了许多。

回到厨房，邱英傻了。

酸菜馅是必须有肉的，可是，家里一点肉都没有。每个月的生活费被邱英分成了三十份，每天都要算计着花，她已经有些日子没买肉了。

邱英着急了，忙去翻衣兜找钱。她得赶紧出去买肉，不然这饺子可咋包？邱英慌慌地翻出来十块钱，这是她和毛毛一个礼拜的菜钱。现在，她顾不得了，她得让大林吃上酸菜馅的饺子。

她刚到门口，却听到了敲门声。门开了，大林站在门口，手里拎着一个塑料袋。大林把塑料袋递给邱英，是一块猪肉。邱英的心忽地一热，不仅仅是为这块猪肉，更是为大林如此地明白她，懂得她。她拿着肉回到厨房，眼里已满是泪光。

跟过来的大林站在了邱英的身后。

从进门他们还没有说一句话，此刻，他们离得那么近，大林闻到了邱英头发上淡淡的气味，他觉得自己的喉咙有些发干，身上有些燥热。

邱英听得见大林的呼吸，很粗的呼吸，让她有些心慌。

大林的手伸向邱英的头发，邱英哆嗦了一下，身子一软，倒进了大林的怀抱。

天渐渐黑了，屋里的光线暗下来。

邱英起床拧了一块热毛巾，给大林擦身子。大林不好意思，急忙说："我自己来，我自己来。"

邱英没出声地笑笑，仔细地把大林擦干净了。温热的感觉一下子传遍大林的全身，大林的眼里也有一股热热的东西。做为男人，大林还从没有享受过这样的关爱，他感动地凝视着眼前这个可爱又可怜的女人。窗外透进来的光影勾勒着邱英突挺的胸，丰腴的臀，大林看得直了眼，他一把拉过邱英，再一次将她压到身下。

邱英心疼男人，挣扎了一下，责备着："你疯了呀？"

"疯了。"大林嘴里应着，动作已如狂风暴雨般不可阻挡。

邱英闭了眼睛，承受着男人的爱恋，如风雨中的一朵云，随风飘着，一会儿俯冲着坠落下来，一会儿又忽地荡到九霄外。此刻，邱英忘记了自己所有的烦恼，丧夫的痛苦，生活的窘迫，无法直面李霞的尴尬，这一切的一切，全都不见了。她沉醉在大林的疯狂中，继而，像是被大林的激情点燃了，也随着大林的节奏疯狂起来。

恍惚地，大林仿佛回到了年轻的时候，回到了舞场上，他和邱英正忘情地旋转着，踏着同一个节拍，那么和谐，那么默契。这样的感觉让大林热血澎湃，激情迸发。更让他惬意的是，邱英接受着他，呼应着他。大林觉得自己成了一叶舢板，飘荡在波涛汹涌的大海上。波浪奔涌，他感受着波裹浪击的爽快，波浪旋流，他恨不能追逐着波浪潜进海底。大林想起了旋涡。身下的邱英就如同一个巨大的漩涡，有一股不可抗拒的力量吸着大林，让他沉下去。而大林竟是那么渴望着这样的吸引，迷恋着这样的吸引，心甘情愿地随着那吸引下沉，下沉，沉到海底的瞬间，又猛地升腾起来。

大林禁不住痛快地叫出了声。

能让女人疯狂的男人是有成就感的。而感受到男人的癫狂，未必不是女人的一种满足。

想不到自己和大林会是这样一种状态，邱英的心里感动着。

后来有一次，邱英忍不住问大林，和李霞的感觉好还是和她的感觉好。

大林答非所问："她对这事有点烦。"

大林揉搓着邱英丰满的胸脯，又说："她平得像块操场。"

"那俺呢？"邱英有些娇羞地追问。

大林就一翻身跃上来："你？你是一堆棉花团。"

"那，你会离开她吗？"邱英搂着大林魁壮的腰背，脱口而出。

大林的脸色一下子凝重起来。他坐起身，认真地问邱英："你真的这么想？"

邱英不知道应该怎么回答，她有些后悔，自己怎么会提出这样的问题。可是此刻，她的心里又真的有了一丝期盼。她不安地看着大林，把身子更紧地偎向他。

大林用自己粗壮的胳膊揽着邱英，半天，叹了口气说："她有病。"

过了一会儿，大林像是在自言自语："李霞其实是个好女人。"

她是好女人，那自己是不是个坏女人？邱英思忖着，眼泪一滴一滴地落在大林的胳膊上。

大林更紧地搂着邱英，却不说话。

邱英湿漉漉的脸贴着大林的胸膛，一颗心翻来覆去地折腾着。

李霞的好，邱英是知道的。不要说，斌子死后这些日子里，李霞为她做了那么多，单是她们相处的十几年里，李霞就始终如一，像自家姐妹一样关照她。表面上看，李霞不爱吱声，为人也不温不火的，可是，邱英知道，李霞很会为别人着急，常常默默地在你最需要人的时候伸过一双手来。平日里的相处已经让邱英有一种亏欠着李霞的感觉，她万万没想到的是，自己还会做下这样对不起李霞的事。

说实话，斌子死后，大林真的给邱英带来了许多支撑。一开始，这种支撑还只是体现在生活上的照料，慢慢地，这种支撑就到了邱英的心里，她感觉自己越来越依赖大林。而自从有了那个夜晚，邱英发现，自己竟对大林变得贪恋起来。而且，她明显地体会到，她的这种感情在大林那得到了回应。

大林也是贪恋她的。他们在一起时的默契和快乐，从厨房延伸到了卧室。

让邱英惊喜和忧虑的是，她和大林之间的好，竟是和斌子时没有的。

邱英隐隐地有一种感觉，她和大林的关系不会是一时冲动。虽然，两人谁都不去谈这个话题，可是，心里都对未来有了一份奢望。

一个死了丈夫的中年女人，生活的天空本来已是一片灰暗，突然地，却有一道彩虹出现在她面前，照亮了她空寂暗淡的日子。她惊喜，她快乐，但这种喜悦是不完整的，因为，在喜悦的下面埋藏着担忧。邱英时常担心，彩虹会突然消失，因为，她眼前的彩虹是别人天空里的太阳折射出来的光环。

而那个别人又恰恰是她最不愿意伤害的李霞。

邱英从来不敢去细想自己和大林的将来，她更没有让大林和李霞离婚的念头。刚才的话不过是顺嘴说出来的，却不经意地撞着了两个人心底最敏感的那根弦。

看邱英半天不说话，大林就扳过邱英的脸，盯着她的眼睛问："想啥呢？"

邱英把目光移到别处："没想啥。"

大林叹口气："你不说我也知道你在想啥。唉，别瞎想了，你是个好女人，我知道。你不想伤害李霞，我也不想。可是，事情已经到了这个地步，你说能咋办？日子总得过下去吧，不为了别的，为了两个孩子，咱也得往前走啊。"

邱英想了想，说："那你答应我一件事吧。"

"什么事？"大林问。

"你以后要对李霞好。"邱英抚弄着大林的胡子茬儿说。

大林笑了："我一直对她挺好啊。"

"我要你对她更好，比以前还好，不然我就离开你。行不？"邱英眼巴巴地看着大林。大林"嗯"了一声，把邱英更紧地搂在胸前。

七

孩子们考完试就放假了。大林要带着瓜瓜去李霞的娘家。临走前，大林给邱英留下两百块钱，告诉邱英，买点鱼肉，别耽误了毛毛长身体。邱英不想要，这么多年的邻居，邱英也知道大林家的底，哪有那么多富裕的钱再供着她们娘俩。可大林的神情与口气让她不能拒绝。

揣着大林给的钱，邱英心里直翻腾。她决定出去找事做，不能让大林一个人的肩膀扛着两个家。

物业又来催要供热费，邱英强词："没达到供热标准，凭什么交供热费。"

物业也有理："厂里把物业剥离了，物业现在等于是个人的，你们都不交供热费，让我们拿什么买煤？没有煤拿什么供热？难道让我们烧大腿不成。"

邱英瞄了一眼那人的腿，细瘦得像两根麻秆，就笑："你那腿烧了也白烧。"

那人恼羞成怒："再不交供热费就封你家门。"

邱英收起笑："封我家门，让我们娘们上你家住去呀？"

那人上下打量着邱英，浮起一脸坏笑："好哇，你上我家住几天，我少收你点供热费。"

邱英的脸"腾"地涨红了："不要脸的，你占寡妇便宜，你不得好死你。"

那人丢下一句，管你是寡妇光棍，谁都得交供热费，就赶忙跑了。

邱英就在后面骂他："慢点，别把你的麻秆腿崴折了。"

骂完了就笑，笑着笑着，眼泪就出来了。

大林在一家商店找了份打更的活。他晚间上班，白天除了补觉，还能照顾一下生病的李霞。

隔几天，大林就要回家来看看，他担心物业哪天突然停止供热，把暖气管道冻了，他更惦记着邱英娘俩。

每次回来他都要来看邱英，只是有些匆忙。邱英知道大林心里想什么，也不强留他。温存的时候，她便更加投入，有时甚至有些疯狂。

而大林也在她的投入中得到了自己作为一个男人的满足，他很陶醉，他发现自己越来越离不开邱英，他甚至觉得邱英才是真正属于他的女人。

而李霞对他来讲，则更多的是责任，像亲人一般的责任。

邱英跟大林说："我想出去找点活干。"

大林叹气："我一个大老爷们都找不到正经活，你能找到吗？"

邱英说："我总这样在家待着也不是个事啊。干点什么，多少挣点，也能给你减轻些负担。"

大林感动地抚弄着邱英的头发说："你先别着急，我看看还能再做点买卖不。"

"你做买卖？"邱英呵呵地乐起来。

"快过年了，市场上东西好卖，我想和同学合伙批点什么，到市场卖卖看看，没准能趟出条路来。"大林望着天花板，沉思着。

邱英说："卖东西看着简单，也不是谁都能干的。你从学校门出来就囚在厂子里，哪是做买卖的人啊。"

大林笑了："你别担心，谁也不是天生的买卖人。我先试着卖卖看，如果能赚钱，你也来，咱俩一起出摊。"

"去你的，咱俩一起出摊，不够让人家嚼舌根的。夫妻不夫妻，搭档不搭档的。我不跟你一起干，要干我自己找点事做。"

邱英忽然想起什么，拍了一下大林的肚子："哎，过年前，家家都要打扫房间卫生，家政市场一定挺火的。我去找点家政的活干，你说行不？"

大林看着邱英，心里想，不知道斌子如果活着，会不会让自己的老婆去干家政。

邱英看大林不吱声，猜到他可能是觉得做家政是件没面子的事。

邱英心里感到温暖，声音也柔和了许多："大林，我知道你不愿意让我去做家政，其实，那有什么呀。现在，做家政的人越来越多了，光咱们厂就有不少。你说我，文化水平也不高，还没什么专业技术，上饭店端盘子人家还嫌年龄大。我想，先做一段时间家政，等攒下点钱，我去学学烤蛋糕，将来，咱开个蛋糕房，至少能供得起孩子上学啊。"

大林觉得邱英说得在理，就点了头："那你去吧，不过，别把自己累着。还有，擦玻璃的时候，千万注意点安全，咱宁肯不挣那个钱，也别冒风险。"

邱英答应着，心里热乎乎的，就抱紧了大林。大林也默默地拥抱着邱英。过了一会儿，看天不早了，大林赶紧起身，说："我得回去了，给李霞做好饭，还得去上班。"

邱英看着大林的背影，又是心疼，又是酸楚，还有一种温暖。

其实，最难的并不是日子，而是一个人孤独地去面对生活。有了两颗心的互相支撑，再苦再难的日子也不可怕了。

第二天，邱英就到一家家政公司报名当了钟点工，专门帮人打扫卫生。还真不错，当天就接到了活。半个多月就挣了四百六十块钱。

邱英很高兴，给毛毛买了一身新衣服，给自己买了一件毛衫。

本来相中了一件红色的，想到斌子刚死，就选了一件浅蓝色的。不过，她还是把那件红色的买了，让大林捎给李霞。

大林说，他喜欢浅蓝的，还把两件毛衫的钱都给了邱英，说是算他买的。

大林告诉邱英，这几天，他和同学一起批了些冻梨、冻柿子，上市场上卖，挣了点钱。

邱英说："那能挣多点啊。"

大林说："这不是要过年了吗？大家都往家里倒腾东西，啥玩意都好卖。"

邱英就关照他："多穿点，别冻着自己。"

大林说："放心吧，我穿少了李霞不让我出门。"

邱英撇撇嘴："你多好啊，有两个女人疼你。"

大林红了脸。

邱英不想让大林难堪，就把话头转了："本来想给你买点什么，可是，我不敢，怕李霞起疑心，还是给她买吧。再说，我也觉得亏欠她。"

大林说："你别乱花钱了，孩子开学还是一笔费用呢。"

那口气完全是自家男人的，邱英听了心里感动，眼圈禁不住湿了。

大林把那件红毛衫捎给李霞时，却不说已给了邱英钱。

李霞又上街给邱英和毛毛各选了一套线衣线裤，让大林给捎回来了。

邱英看到线衣线裤心里一酸："李霞要是不买，我还真就不想换新的。唉，李霞也是的，拖着个病身子，还惦记着我。"

大林在心里感叹："两个好女人啊。"

八

过了年，学校要开学了。大林一家搬了回来。听到隔壁有了动静，邱英就想过去看看李霞。往日里曾经踩破了的门槛，突然一下子如高山一样横在自己面前。邱英觉得自己没脸见李霞，可是，又不能不见。她几次走到门口，又退了回去，一个人在空空的屋子里瞎转着，心里头上上下下地折腾，脸上也红一阵白一阵的。终于，咬了牙，鼓起了勇气，跨出家门过来看李霞。

开门的是大林。两个人互相看了一眼，不便多说话，但眼神却在瞬间把所有的思虑都交流了。大林笑笑，鼓励着邱英。邱英就故意大声地招呼着往屋里进。那声音与其是想让屋里的人听见，还不如说是给自己壮胆。

李霞在娘家养得胖了一些，脸色也好看了不少。见邱英进门，高兴地把邱英拉到身边，又吩咐大林多炒两个菜，让邱英娘俩在这儿吃晚饭。邱英想推辞，怕让她觉出不对劲，不推辞又实在如坐针毡。抬眼看到屋里到处都是灰，就拿了一块抹布擦起来。李霞不让她干，见说了不听，就过来和邱英抢抹布。刚撕扯了几下，就喘了起来。邱英死死地攥紧了抹布，眼里已是红红的："你总是帮我，我就不能帮你干点啥。"

李霞罢了手，干脆坐到床上："好吧好吧，你干吧，最好你把俺家的活儿全包了。"

"行，就算给你家当钟点工了。"邱英搬开沙发，清理沙发后面的灰尘。

李霞还在喘，她抓过一个枕头靠着："你给俺家当钟点工，得给你多少工钱哪？"

邱英手上有了忙活的事，心情也轻松起来："你看着给吧，一块钱不嫌少，一千块不嫌多。"

李霞"扑哧"笑了："美的你，给你一千块，你当我是富婆呀。"

两个女人像姐妹一样说笑着，邱英的心里酸酸的，脸上却挂着笑。李霞因为喘而不敢大声笑，她的笑含在脸上，浅浅的。

大林在厨房里招呼吃饭了。俩人就扯了孩子们去吃饭。盛饭的时候，李霞看见邱英的手上有好几块结了痂的伤疤，就问是怎么弄的，邱英大大咧咧地说："年前活儿多，想多接几个，干起活来就像打仗，蹭掉块皮儿，划个口子，都是常事了。"

大林偷偷地瞥着邱英的手，脸色沉沉的。邱英看见了，心里有些暖意。

李霞埋怨邱英干活太毛躁。

大林问："过了年活儿还多吗？"

"哪还有活儿呀，半个多月了，一个还没接上了呢。"邱英说着，不由自主地叹了口气。

饭菜都摆到桌上了。炖排骨，炖酸菜，炒土豆片，炒白菜木耳。毛毛的筷子先伸向了排骨，邱英瞪了儿子一眼，李霞见了，用胳膊肘撞了邱英一下，又往毛毛的碗里夹了几块排骨，柔声说："毛毛多吃点。"

十几岁的半大小子，正是能吃的时候，一盘排骨让两个孩子一会儿工夫打扫了个干干净净。三个大人谁也没动一筷子。大林"呼噜呼噜"地吃得挺香，两个女人都吃得挺慢，一个因为身体有病，一个因为心里有病。

大林吃完一碗饭，把脑袋从碗里抬起来，说："我想去绥芬河打工。"

大林的一个同学下岗后，在绥芬河炸山，炸出的石头往俄罗斯倒腾，买卖做得挺好。过年同学聚会时，听说大林下岗了，就拉拢大林跟他干。大林一直拿不定主意，是去还是不去。

　　两个女人都停止了嘴里的咀嚼，抬了眼看他。大林却谁也不看，端了空碗去盛饭。坐回桌上时，脸上已写着坚定："我要文凭没文凭，要技术没技术，也就干点这样的活儿。再说，跟着同学干也放心，至少不能欠咱工钱。我同学说了，让我帮他操点心，每个月给我两千块，还管吃管住。我在家，一份打更的活四百块，卖点水果，还不够孝敬城管工商那帮王八犊子的。我出去一个月顶在家好几个月，就是离家远了点。"

　　见两个女人还是不言语，大林又说："其实，现在路都修高速了，到绥芬河坐车也就两个多小时。"

　　李霞放下了筷子："那你还犹豫个啥呀？"

　　大林隔着饭桌望着李霞："你病成这样，家里咋办？"

　　李霞微微地笑了笑："我这不是已经好多了吗？往后，天儿越来越暖和了，我这病天一热就没事了。再说，跟前还有邱英呢。"

　　邱英马上就接过了话茬儿："就是就是，还有我呢，我来照顾她们娘俩。"

　　两个女人的意见都明确了，大林心里有了底，就不再说什么，低了头往嘴里扒饭。李霞和邱英也都低了头，碗里的饭是一样的，吃到嘴里却各是各的滋味。

　　大林的半碗饭片刻就扒拉干净了。他才抬起头："那，我后天就走。"

九

　　大林走了。邱英的心又一次像被掏空了一样。她有空就到李霞家里去，帮李霞干活，听李霞念叨大林。她从不主动提起大林，李霞提起了，她也只是应着，心里酸酸苦苦地，却又忍不住想听。一天，她正和李霞聊天，电话响了。

　　邱英正好坐在电话机旁，就顺手拿起了电话。电话是大林打来的。邱英听出是大林，犹豫了一下，还是把电话交给了李霞，嘴里说："你们两口子说说体己话吧，我回家了。"心里头却不是个滋味。回到自己家，无名地就有些委屈，坐在那儿"吧嗒吧嗒"地掉眼泪。

　　电话响起来了，邱英下意识地猜到是大林。

　　果然让她猜中了。大林的声音在电话那头一传过来，邱英就恼了："你心里还有我呀？"电话那头好一阵的沉默。邱英捧着电话抽泣起来。半晌，再听电话，已挂了。邱英扔了电话，把电视的声音调大，索性大哭起来。

晚上，邱英在床上翻来覆去地睡不着，心里充溢着对大林的思念与怨恨。床头柜上的电话突然响了。邱英惊惊地抓起电话。

"睡不着了吧。"大林的声音在电话里很清晰。

邱英看看表，已经十点半了。

"这么晚了，你怎么还不睡？"她鼻音很重地问大林。

大林轻轻地笑了一下："明天早上往俄罗斯发货，都在那儿忙活呢。我惦记你，就说回办公室拿东西，好顺便给你打电话。"

邱英就觉得心里的泪水往上堆，可说出口的话却还带着气："惦记我干什么？我是你啥人哪？"

"你是我啥人，你心里知道，还用我说吗？"

"那你还不是更惦记她。"

大林很重地叹气："她是瓜瓜的妈，再说，十几年了，她对我一直都挺好。你让我咋办？"

"我能让你咋办？连个电话都接不着，我还能让你咋办。"邱英的话有些软。

大林哄孩子一样地说："我大老远地跑到绥芬河，不就是想多挣点嘛？那不也是为了你吗？你该知道我的心思的。"

"那你说，我俩你最惦记谁？"邱英有些耍蛮，她心里的气已消了大半。

"你让我说真话？"

"说真话！"

"真话就是，你们两个我都惦记！"

邱英的心里又起了恨。男人的心真是那么大吗？有多少女人都装得下，永远都不嫌多。作为女人，邱英多希望大林告诉她，他最牵挂的人是她，尽管她知道，他说的可能是虚伪的假话。女人有时候是需要男人骗的，只要骗得高明，骗得她高兴。可是，如果，大林真的说"我就想你一个人"，邱英真的会高兴吗？相比之下，邱英还是觉得真实的大林让他感到踏实。邱英在自己的心里矛盾着，无奈的眼泪不自觉地流下来。

"英子，你信命吗？"电话里的大林突然问邱英。

"信咋的，不信咋的？"邱英不知道他要说什么。

"前几天，遇到一个算命的，说我有两个儿子。我说我就一个儿子。他说，你命里是两个孩子的爹，而且是两个男孩儿。我寻思，他是不是指毛毛，就问他，不是我生的也算吗？他说，对爹来说，孩子就是一份责任，你负责任就是你的，你不负责就不是你的。这两天我就想，也许真就是命里注定我要帮你把毛毛拉扯大吧？"

"把他拉扯大了，他也不能叫你一声爹。"

"叫不叫爹有啥意思。能把毛毛养大，你也就对得起斌子了。除了孩子，咱们还图希个啥？"大林在电话里叹了口气。

"我也不知道除了孩子还应该图希点啥，可心里总觉得，人活着还是得图希点什么。"邱英费劲地想了想，也没把这个问题想清楚。

"那你就图希我吧。"大林的声音低了下来："想我吗？"

"想。"邱英把电话更紧地贴在脸上。

"我过几天回去，先去看你。"大林近似耳语一般的声音，像温热的熨斗，烫平了邱英心里的褶褶皱皱。

五天后，大林从绥芬河回来了。大林没有回家，而是按着事先的约定去了邱英的姐姐家。

邱英的姐姐听邱英说要领个男人到家里来，那个男人还是有家的，立马就火了人。她非但不同意邱英把人往她家领，还骂了邱英，骂到恨处，一个巴掌打到了邱英脸上。

起初，邱英听姐姐骂着，脸上还是挂不住的羞臊，姐姐的一巴掌却把那羞臊打没了，打出了她的委屈。她"哇"地一声哭起来："你凭什么打我？你现在知道管我了，你现在是我姐了，我吃不上、喝不上的时候，你干啥去了，你咋不管我？呜……你寻思我愿意这样啊？没了工作，没了男人，再没了做人的德性，我算什么啊？但凡有一点办法，我也不愿意这样啊？我得活人哪。呜……呜……我这算是咋回事呀？我和自己好朋友的老公好，我缺不缺德呀？呜……我这是什么命啊？"

邱英的哭变成了嚎。

姐姐抱着她跟她一起嚎。

其实，邱英并不是真的怪姐姐，她知道姐姐的日子并不比她好过。姐姐早就下岗了，家里的开销全靠姐夫一个人的工资，还要供在哈尔滨上大学的外甥女。

邱英哭过了，喊过了，竟感觉心里轻松了许多。

姐姐给她抹了脸上的泪，叹了口气说："去洗洗脸吧，别一会儿人家来了让人看出来。"说完就进厨房炒菜，烫酒。

等大林进了屋，姐姐把酒菜端到桌上，锁上门，逛街去了。

听到门锁的"咔嗒"声，大林一把抱住了邱英。邱英在大林有些粗莽的急促中，真真切切地体会着一个男人对一个女人的情意。

亲热完了，两人一起吃饭。一边吃，一边说着话。大林说他在绥芬河的工作和见闻，邱英说她在家都做了什么。本来是一肚子的相思，此刻，却一个字也说不出来了。

吃完饭，邱英在厨房刷碗，大林从后面抱住了邱英。

邱英回过头来，看着大林，眼里的柔情让大林一下子陷了进去。

"还想？"邱英问。

"嗯。"大林把脸贴到邱英的脖子上蹭着。

邱英仰了下颌，迎接着大林。大林的吻便密密地印上来。

大林一直折腾得筋疲力尽才罢手，邱英也觉得自己连翻身的劲都没有了。她抓过大林的一只胳膊搂在怀里，沉沉地睡着了。

邱英醒来的时候，屋子里只有她一个人，枕边放着一叠钱。邱英数了数，是五百元。邱英看着自己赤裸的身体，回味着刚刚过去的每一分每一秒，酸楚的眼泪一滴一滴地落到枕头上。

十

大林第二天早上就回绥芬河了。表面上邱英不知道大林回来，因为，那几天她一直都有活儿，白天几乎都不在家。

几天后的一个早晨，李霞来找邱英上早市。路上，李霞告诉邱英，大林曾经回来过。李霞说："大林在那边干得挺好，他那同学挺信任他，就是有点累。回到家，连饭都懒得吃，倒头就睡。"李霞说不上是抱怨还是心疼。邱英当然知道大林为什么累的，心里说，要得那么狠，回去不睡才怪呢。私下这么想着，脸上禁不住露出笑意。李霞抓住了那一丝笑，追问邱英笑什么。邱英见泄了心迹，脸一下子红了，为了掩饰自己就说："笑有人因为男人贪睡着急了呗。"

李霞抬手就给了邱英一巴掌："没正经。"

邱英往一边躲着，嘴里却不让人："两口子嘛，没正经才是正经。"

不经意的一句话却把自己伤着了，心说自己和人家男人那才是真的不正经呢。如此说来，自己就是个不正经的女人了。这么想着，就有些恨自己，表情也寡淡下来。

李霞却没有觉察她的情绪的变化，还沉浸在自己的心事中："也是，他以前可贪了。倒是我病了以后，收敛了些。看他这次回来，也不像是好多天没捞着的样子，也许真是累的。唉，要是光累点也没什么，可我总觉得炸山的活太危险，问他，他又说没事。"

李霞叹了口气，不说话了。

邱英也不好再说什么。两个女人各自想着各自的心事走进了市场。

市场上有当地的豆角了，毛毛最爱吃排骨炖豆角。邱英看好一份豆角，一问价，两块五一斤。她心里说，这么贵，再等几天吧，大批的下来了，便宜了再吃。邱英这么想着，就不再看豆角，而是买了一颗大头菜，那是论个卖的，一个五毛钱。

李霞倒是买了豆角、西红柿、莴笋，还买了一块排骨。邱英看见了，心里有些不是滋味。想必，大林交给李霞的钱肯定比给她的多，到底还是真正的夫妻，比不得自己这"不正经"的。邱英有些醋意，有些不平衡，可是，这种酸溜溜的念头刚一冒出来，她马上又觉得自己不该有这种心理。本来和人家的男人好，就够欺负人的了，还和人家攀比，自己是不是有些太不要脸，太无理了。邱英暗自遣责自己。心里这么反反复复地折腾着，早就没了逛市场的兴致，直到走出市场，邱英手上还是只拎着那颗大头菜。

回家的路上邱英几乎没说一句话。快到家的时候，李霞问邱英："今天你有活儿吗？"邱英说："没有。"李霞说："那你过来帮我擦擦玻璃吧。"

邱英说："行，上午擦还是下午擦？"

李霞想了一下说："下午吧，上午我得歇一会儿，在市场上走了一圈，有点累。"

邱英细看过去，果然，李霞的脸上全是细密的汗珠，呼吸也变得粗起来。看来，李霞的病并不是像她自己说的那样，天气暖和了就会见轻。邱英就伸手去要李霞手上的菜："来，我拿着吧。"

李霞也不谦让，递给了她。自己空着手，却也走得直喘。

吃过中午饭，邱英到李霞家擦玻璃，顺手把她家阳台也彻底地收拾了一下。看着天快黑了，邱英就要回家，说："孩子快放学了，得做饭了。"

李霞就说："晚饭就在这做吧，你炖的排骨好吃，我家瓜瓜就愿意吃你炖的排骨豆角。"

李霞没有说晚饭在这儿吃，而是说晚饭在这做，明明知道毛毛是最爱吃排骨炖豆角的，却偏偏说自己的儿子瓜瓜爱吃。邱英体会出了李霞的良苦用心，细思量，这豆角排骨也是在她打听完价没买后才买的，还有，让她下午来擦玻璃，必是李霞有意的，好留她晚上吃饭。邱英在厨房里剁着排骨，琢磨着李霞所做的这一切，心里充满了感动，想起自己心里还曾和人家计较谁得的钱多，越发地觉得李霞的好和自己的不好。她禁不住在心里责问自己，怎么就会跟大林那样了，不然，自己也不会如此犯难。

思绪到了大林这儿，自然而然地就想起了和大林在一起时的甜蜜情景。邱英纳闷，自己和斌子十几年了，竟没有和大林在一起时的花样多，是大林让邱英知道了女人还有那么多的快乐。她扭头看看李霞，心想，大林的这些本事都是跟李霞练出来的。李霞要是知道了，大林在她身上练出的功夫，现在都用在了自己好朋友的身上，会不会疯掉？会不会病情加重？这样想着，邱英的心里又沉重起来。

一边是离不了的男人，一边是不忍心伤害的好友，邱英不明白自己的路怎么就走到这个地步。邱英的思绪苦苦甜甜，酸来辣去地折腾着，心里走了神，手下就没了准，一刀下去竟把手指切了。

在一旁择豆角的李霞听到叫声看过来时，邱英的右手紧紧地握着左手，指缝里渗出的血一滴一滴地落到菜板上、地上。李霞急忙找东西给邱英包手。邱英盯着血糊糊的手指，眼泪竟流成了串。李霞以为邱英是疼的，刚要开口劝慰，邱英却一声"我咋这么命苦啊！"扑到她的肩头号啕大哭起来。

"你瞅你，多大的人了，切了手咋就这样，切了手咋就是命不好了？"李霞劝着，并不见效果，就知道，邱英根本就不是因为切了手。所以，吃过晚饭，李霞没让邱英娘俩回家，她怕邱英回家一个人再伤感。

邱英明白李霞的好意，她其实很想躲避李霞，可是，她又真的害怕一个人独处，思思量量了半天，还是留下了。

睡觉的时候，李霞突然问邱英："哎，你说，我家大林会不会在外面有人呀？"

邱英猛地一怔，眼睛瞪得大大地瞅着李霞。

李霞拥了她一下："我只是瞎猜，瞅把你吓的。"

邱英意识到自己的失态，她低下了头，心里慌慌地，嘴上却说："瞎猜什么不好，猜这个。"

李霞拿出一条干净的枕巾铺到邱英的枕头上："铺"那天看了个电视节目，说现在的婚姻都面临着明枪暗箭的威胁。"

"什么明枪暗箭？"邱英不解地问。

"我也没太记清楚，大概意思就是外面的诱惑太多，婚姻关系越来越难维持。"李霞一边说着，一边坐到邱英的身边，拿起邱英受伤的手指头看着："还疼不？"

邱英摇摇头。

李霞接着自己的话头往下说："以前，他几天不那个，都憋得跟个饿狼似的。我总觉得自己有病以后，亏欠了他。现在，他一个人在外面，能守得住吗？听说，绥芬河那地方挺开放，你说大林能不能……不过，他对我还是挺好，比以前还好。唉，可能真是我瞎猜，你说是不是我想多了？"

李霞抬起眼看着邱英，好像邱英的脸上写着答案。

"对你挺好就行呗，想那么多干啥？再说，我觉得大林不是那样的人。"邱英淡淡地，似乎对这个话题不感兴趣，心里却反复琢磨李霞说的那个明枪暗箭，掂量着自己究竟是明枪还是暗箭。掂量来掂量去，自己哪个都像，又哪个都不是。说到底，自己是不想伤害李霞的。

李霞听邱英说得也在理，就不再说别的，两个人开始脱衣服。邱英看见李霞瘦瘦的身子，平平的胸脯，想起了大林说过她是操场，禁不住为李霞感到不公，这么好的一个人，咋就让她得上那么缠人的病。

看见邱英瞅自己，李霞扯了扯身上晃晃荡荡的衣服说："我太瘦了，都没个女人样了，你看你多好。"灯光下，邱英的丰满和李霞的干瘪形成了鲜明的对照。邱英有些不好意思地抓过被子，把自己盖起来。李霞在邱英的身边躺下："自从有了病，我对那事一点也不感兴趣。我有时候都想，我这个样子是不是太对不起大林了。"

邱英说："你不是有病吗？你没得病的时候不也挺漂亮的吗？哎，你还记得不，我家毛毛还吃过你的奶呢？"

那是李霞刚生完瓜瓜不久，邱英得了急性乳腺炎。又是打针，又是敷药的，奶也不敢让孩子吃了。李霞就天天过来给毛毛喂奶。邱英两口子过意不去，毛毛比瓜瓜大半年，能吃，怕李霞饿着自己的孩子。

李霞笑笑说："瓜瓜刚出满月，饭量没那么大。我的奶好，别看小，奶水更足。你的奶大，其实不一定有我的奶水多。"

就这样，毛毛吃了李霞十来天的奶。这事，邱英要是不说，李霞也忘了。现在让她提起来，忽然就想起了自己青春年少时的好光景。再看看自己现在病病殃殃的，李霞就叹气："唉，也不知道这病啥时候熬到头，这么干耗着，我自己遭罪，也拖累人家，真不如快点死了算了。我死了大林好再找个好点的。"

邱英打断李霞的话："你说的什么呀？这么个小病还至于说什么死呀活呀的？"

李霞说："你不知道，哮喘病虽说不是绝症，可也没听说谁治好了，都是越来越厉害，越到后来越遭罪，到了肺心病这份上，就只有等死了。"

李霞说着，眼泪已不知不觉地流了下来。

李霞第一次在邱英面前表现出她的悲观，邱英有些意外。本来她是嫉妒李霞的，却不知李霞也有一肚子的苦水。唉，做女人咋都这么难哪。邱英又想起了自己的处境，眼泪也扑簌簌地往下落。

静夜里，两个女人面对面地抹着眼泪，却为着各自不同的伤心事。

十一

大林再回来的时候，邱英就和他说起分手的事。大林听了，把邱英揽在怀里问她："傻娘们，怎么想起说这个？你真能离开我吗？"

邱英说："李霞对我那么好，我却和你好，我总觉得自己不是个人。"

大林也叹气："已经这样了，还有啥办法，就这么过吧，你也别多想了。要觉得对不起她，就多照顾照顾她，这样我在外面挣钱也放心。好歹咱们也得把两个孩子养大呀。"

大林托起邱英的下颌，细细地打量着她，眼睛里有一种别样的东西闪过："要是碰到了比我好的，你该找就找。"

前面的几句话虽然让邱英感到无奈，但好歹也给邱英一点支撑，后面这句话却让邱英听着不顺耳了，她嗔怪他："说啥呢？"

大林无语，只是把邱英抱得更紧。邱英也紧紧地搂着大林："我谁也不找，这辈子就跟着你了，李霞同意，我给你做小也行。"

大林笑了："说你傻吧，你这傻话说起来还没完了。"

邱英张了张嘴，还要说什么，大林就把自己的嘴堵了上去。

邱英暗下决心，自己不能真的像二奶那样让大林养着。邱英又去跑了几个家政公司，把自己的情况和电话都留给了人家，希望能多找到一些活。

没几天，有一家家政公司给邱英介绍了一个能长期干的活。到一个有钱人家做钟点工，家政公司的人说，听条件，邱英挺合适的。

邱英就按着地址找了去。接待她的是这家的女主人，清清瘦瘦，文文静静的，戴着一副眼镜，猛一看，有些像那个叫许晴的女明星。

漂亮的女主人对邱英挺满意，把邱英留下来了，说好，每天来打扫两个小时的卫生，一天十块钱，一个月三百块钱。邱英觉得女主人没跟她计较，价钱给的也挺高，每天干起活来也就不计较时间了，有时一干就是一上午。时间长了，邱英知道，女主人是个老师，而男主人是一个工厂的厂长。邱英知道那个厂子，比他们厂子好不了多少，听说工人也都放假了。可是，这个厂长的日子过得可不孬。一百八十多平方米的房子，左一个房间右一个房间，邱英用了好几天的时间，才把他们家的房间格局弄明白。可是屋里的好多用品，邱英却叫不出名来。她想，不知道他们厂的厂长是不是也住着这样大的房子，也用着这些她叫不出名字的东西。以前，邱英上班看见的是厂里和自己一样的工人，回到家里看到的是和自己家差不多的人家，到了这家，邱英才知道，这世上人和人还真就不一样。让她想不明白的是，住在这么漂亮的房子里的女主人似乎并不开心，总是闷闷的。

慢慢地，邱英知道了原因。

那天，她正在刷洗浴缸，厂长突然回来了。不过，厂长不是一个人回来的，跟着厂长回来的还有一个女人。厂长说，这是他们厂里的会计，他们要工作。

女会计大模大样地往沙发上一坐。邱英给她开了一罐饮料。厂长家平时从不喝水，大人孩子都喝饮料。女会计却不喝她端过来的饮料，说要喝水。

厂长亲自去拿了一瓶矿泉水给女会计，还问她："账本你带来了吗？"女会计马上从一个精美的皮包里掏出来一个本子。厂长坐到沙发上，凑过去看。

邱英见人家要工作，就要去做自己那还没做完的事儿。

厂长掏出一百块钱对邱英说："我的烟抽没了，你去给我买包烟去，要软包的中华。"

邱英不知道买一包烟，厂长咋给她一百块钱。邱英紧紧地攥着一百块钱，下了楼。可是，楼下的食杂店却没有中华烟，店主说："别说软包了连硬包的都没有，那烟在咱这儿根本卖不动。"

邱英从一个食杂店跑到另一个食杂店，最后，在一个离厂长家很远的超市里才找到。当营业员让她交六十块钱时，她强调着说："我就买一包。"

营业员不解地看着她："对呀，一包呀。一条六百。"

"这么贵呀！"邱英小心地从营业员手里接过那盒六十块钱的烟。

往回走的路上，邱英算了一笔账：一包烟二十支，就是说一支烟三块钱，就是说，那支烟叼在厂长嘴上一会儿的工夫，就是毛毛的一顿中午饭，就是他们家两三天的菜钱。

邱英怕厂长急着抽烟，她快步地往厂长家赶，进门的时候，她的头上已有一层细密的汗珠。厂长也很热的样子，厂长的外衣已脱了，衬衣的扣子很随意地扣了两个。

邱英不好意思地对厂长说："让你等着急了吧，跟前没有卖的，我跑了老远。"

厂长像早就知道她跑了远路似的接过烟说："没事，不急。"

邱英把剩下的四十块钱还给厂长，厂长说："不要了，你留着吧。"

邱英说："那怎么行，我不要你的钱。"厂长就说："让你跑那么远，算给你的跑腿钱吧。"

女会计也说："给你你就拿着吧，他有的是钱，你不要白不要。"邱英看见女会计好像也是很热，脸红红的，外衣胡乱地扔在沙发上，一件薄薄的小衫勾出她漂亮的身形。这时，邱英发现，厂长的手上其实夹着一支烟，已经抽了快一半了。邱英明白了什么，她把四十块钱放到茶几上，低着头钻进卫生间继续去刷洗浴缸。

女会计跟了过来。女会计在邱英的身后抱了邱英，一只手把那四十块钱塞到了邱英胸前的围裙兜里，说："给孩子买巧克力吧。"

邱英把钱掏了出来，她不想要这个钱。虽然四十块钱对她的诱惑挺大的，可是，邱英感觉那钱她拿得不明白。邱英想不明白，女会计年纪轻轻，怎么做这种见不得人的事。她暗地里比了比，其实，女会计并没有女主人好看，只是比女主人年轻，比女主人有肉。看来，男人其实还是喜欢有些肉的女人。大林不也是喜欢自己有肉吗？邱英这么想着，竟觉得自己和那女会计是一路的人，便在心里啐自己："呸，自己不检点，还笑话人家。"

厂长又带着女会计回来几次，每次回来，都给邱英一百钱块，让邱英去买软包的中华烟。邱英知道，厂长之意不在烟，也就不着急了，她甚至还会利用这个工夫到跟前的市场里转转，给自己家买点需要的东西。回去的时候，她会故意很慢又很大声地开门，很慢地换拖鞋。厂长每次都是不要那剩下的四十块钱。

后来，邱英只是象征性地把剩下的钱递一递，再后来，邱英就盼着女会计来了。毕竟，四十块钱对邱英来说数目不算小。

其实，邱英盼着女会计来还有一个原因。她在心里拿自己和女会计做着比较。在邱英看来，女会计和她自己都是一样的人——和男人乱搞的女人，只是，她想不明白，自己是一个死了男人的寡妇，还带着孩子，靠个男人是没办法的事，女会计那么年轻漂亮，也去和别人家的男人好，她图什么呢？图钱吗？女会计有文凭、有工作，会缺钱吗？

让邱英想不明白的还有女会计从来没表现出有什么难为情，瞧她大大方方的架势根本不像是到人家来偷汉子。虽然想不明白，邱英却渐渐地对自己和大林好的事宽容起来，她心里的那份自责与羞愧慢慢地淡了。

厂长家的这份工作让邱英变得快乐起来了。

十二

大林一个月能回来一两次，每次回来都是先到邱英的姐姐家，会会邱英再回自己的家。大林每次回来都要给儿子买东西，每次买的东西都是双份的，带毛毛一份。所以，毛毛的书包是和瓜瓜一样的，毛毛的旅游鞋是和瓜瓜一样的，毛毛的球衣也是和瓜瓜一样的。有一次，大林拿回来两台小灵通手机，送给李霞和邱英。

李霞想说自己整天在家里待着，要手机没用，又怕邱英会以为她是舍不得，就把到了嘴边的话咽了回去。

邱英倒是很喜欢的样子，把手机拿在手里左翻右看的。一起干钟点工的几个姐妹都有手机，给家政公司留的也都是手机号码，不管人在哪儿，有了活儿，家政公司都能把她们找出来。邱英留的是家里的电话，有时出去干活，有时在李霞家，家政公司临时有活儿，常常找不到她。邱英曾无意中跟大林提过一次，大林就记在心上了。

摆弄着手机，邱英有些兴奋，抬头看看大林，感激之情从眼睛里溜出来。

女人的开心也感染了大林，他的脸上洋溢着快活。邱英忽然意识到李霞还在旁边，忙收敛了自己的高兴，装作难为情地问大林："这得不少钱吧？"

大林大大咧咧地说："不要钱。交了电话费，人家就送手机。"

"电话费不是钱？"李霞的话叫两个正高兴的人一惊，仔细看去，李霞的脸上是笑着的，好像品不出什么别的内容，就都偷偷地在私下嘀咕："总是做贼的心虚。"

有了手机，邱英感到最开心的是大林和她联系的多了。有时，她正在外面干活，大林也会打来电话，几句问候，让她心里暖暖的，活儿再累也不觉得了。

那天，大林从绥芬河回来，邱英早早地从厂长家出来，到姐姐家给大林包饺子。饺子包好了，邱英就到阳台上去望。远远地看见了大林的人影，邱英的心跳快了许多。她忙不迭地回到厨房，烧水煮饺子。

大林进门的时候，饺子刚刚下锅。

邱英开了门，就跑回到厨房，守在锅前，大林从身后凑过来，嘴在邱英的脖子上蹭着，手就伸到了她的衣服里。邱英把大林的手拿开，转过身来亲了他一下，又把他推到饭桌旁，按到椅子上坐下，把筷子递到了大林的手中，冲着桌上的酒菜努了努嘴。桌上有酱牛肉、炸鸡排，大林很开心地笑了，抬手在邱英鼓鼓的胸脯上抓了一下，坐下来吃喝。

饺子端上来的时候，大林已经一杯小烧下肚了。吃着饺子，大林一个劲说"好吃"，"就冲你包饺子的手艺，下辈子我一定娶你当老婆"。

本是一句表示亲热的话，却惹得邱英不高兴了："这辈子还不知道怎么熬呢，还提什么下辈子？"

大林就自我解嘲："这事儿整的，拍马屁拍到马蹄子上了。"一句话把邱英逗乐了。

大林又给自己倒了一杯酒，给邱英也倒了一杯。

邱英说："我喝不了那么多。"

大林说："喝吧，陪我喝。"

邱英就坐了下来。大林用筷子点着桌上的菜问她："怎么买这个？"

邱英笑了："我挣了外快。"

于是，邱英讲了厂长家的见闻。

大林听了却不觉新鲜："现在都这样，你没听说，卖烤地瓜的修鞋的都找相好的吗？"

"尽扯，他们找谁当相好的呀？谁跟他们哪？"

"卖烤地瓜的找卖瓜籽的，修鞋的找收破烂的呀。"

邱英一听就乐了："瞎白话。"

"真的，"大林很认真地跟邱英说："我那个同学，小情人造了两个。一个是会计，一个是翻译。"

"都在你们公司？"邱英睁大眼睛："那你同学他媳妇不知道啊？"

"知道。知道了能咋的。打也打了，闹也闹了，就是断不了，再说我同学的生意也离不了人家。"

"那，那两个女的互相打吗？"邱英关注的焦点还在女人的身上。

"她们俩倒是不打，就是老互相吃醋。这个嫌我同学给那个买衣服了，那个又嫌我同学带这个出去了。整得我同学天天在她们中间搞平衡，我瞅着都累。"

邱英问："炸山能挣多少钱，让你同学养三个女人？"

"我那个同学真有本事，别看没啥文化，跟我一样的大老粗，可人家有脑子，找了个好项目。俺们炸出来的石头，老毛子还挺稀罕。"大林一扬脖，喝了一口酒。

"吹吧，人家俄罗斯那么大，啥好石头没有，稀罕你们炸出来的破石头？"

"真不是吹牛，这个跟你说你也不懂。哎，我给你讲个笑话吧。前几天，俺们公司来了几个老毛子。"

大林挑了一块鸡排啃着，一边啃一边讲："那几个毛子商人到公司来谈一笔买卖，那笔买卖可能挺大，我同学像招待亲娘老子一样招待那几个毛子，小会计小翻译都陪着，又吃又玩的，不敢有一点怠慢。毛子临回去的前一天晚上要回请我们，说是答谢。我们来到一个酒店，酒店的门是那种推出去还能弹回来的。我同学的司机走在前面给我同学开门，不知道怎么搞的，没把住，推开的门一下子弹回来了，把跟在后面的我同学连鼻子带脸地拍了个实在。我同学揉着鼻子想发火，可是，身后就是毛子，他压着火，瞪了一眼司机，声音很小地训斥：'嘚儿呵的！'没想到，那毛子还是听见这句话了，就问翻译：'嘚儿呵的是什么意思？'翻译是我同学的人哪，她想，也不能告诉毛子老板在骂司机傻了吧唧缺心眼呀，那显得咱们老板多不文明呀。于是，翻译就撒谎说：'嘚儿呵是中国方言，意思是非常好，非常棒。'那毛子商人一听，乐了：'又学了一句中国话'。于是，那个毛子就一边走一边念叨：'嘚儿呵的，非常好；嘚儿呵的，非常好。'等到开席的时候，那个毛子端起了酒杯祝酒，他想说点赞美的话、感谢的话，为了表示友好，毛子想起了刚学的中国'方言'，就用中国话说：'你们对我们，嘚儿呵的！你们公司，嘚儿呵的！你们经理，嘚儿呵的！我们的合作，嘚儿呵的！'"

邱英喝进嘴里的一口酒"噗"地喷了出去。

大林说："邱英包的饺子，嘚儿呵的。"

邱英说："大林讲的故事，嘚儿呵的。"

大林"嗬嗬"地乐。

邱英"哈哈"地笑。

邱英好久没有这么笑过了，笑得那么开心，那么轻松。

两人笑着，各自的一杯酒都干了，盘子里的饺子也不见了踪影。大林填饱了肚子，瞅着邱英的眼神里就有些别的内容。邱英红着脸瞥他一眼，就去拉窗帘，铺被褥。大林在后面抱住了邱英。

这时，邱英的手机响了。邱英要去接，大林不松手。一推一扯中，邱英的衣服就没了，大林瞅冷子用嘴叼住了邱英的乳头，邱英就像抽了骨头一样成了一团棉花。

软软的邱英却让大林更加亢奋，更加昂扬。

可能是因为累了，更可能是因为喝了酒，狂风暴雨之后，大林和邱英沉沉地睡着了。

邱英不知道睡了多长时间才醒过来。醒过来的邱英听到了自己的手机在客厅里响。她爬起来，一边揉着有些发酸的腰一边往客厅走。

　　是李霞打来的电话。邱英一下子彻底清醒了。她犹豫着，没接电话。电话响了一阵，不响了。邱英翻看手机，一下午有十几个未接电话，全是李霞打来的。一开始是李霞用家里的电话打的，后来就是李霞用手机打的。邱英努力地猜想着李霞找她的原因。邱英发觉自己的心慌慌的。

　　大林也醒了，走过来问她怎么了。

　　邱英紧张得声音都变了调："李霞，给我，打了十多个电话。"

　　大林叹了一口气，在邱英旁边的沙发上坐下。

　　手机在邱英的手里又响了。邱英哆嗦了一下，看了一眼电话，抬眼去看大林。

　　大林盯着手机有几秒钟，对邱英说："接吧，看她说啥。"

　　邱英把手机放在耳边时，手抖心更抖。

　　"喂，邱英，邱英，你咋不接电话。"电话里李霞的声音急促伴着咳喘。

　　"我，干活儿哪，电话在包，包里，我，没听见。"邱英的声音小得她自己都听不清。

　　李霞好像没太听她的解释就又说话了："邱英，邱英，你快到急救中心来，毛毛让人砍了。"

　　说最后一句话时，李霞已是哭腔。

　　邱英疯了一样地哭喊着往外跑。

　　邱英和大林赶到急救中心的时候，毛毛已经从手术室里出来了。

　　邱英扑到床边，抱着自己的儿子。毛毛的头上包着厚厚的纱布，耳朵和鼻孔里能看见没有擦干净的血迹。毛毛的眼睛紧紧地闭着，毛毛的脸色灰白。邱英的手在毛毛的脸上抚摸着。邱英的声音颤抖着："毛毛，毛毛，你可不能有个好歹啊，你要是有个好歹，妈也就不活了。"

　　邱英的眼泪一大滴一大滴落在毛毛的脸上。

　　李霞止不住地咳着，喘着，止不住的还有她的眼泪。

　　李霞说："瓜瓜和人打架，对方人多，毛毛就帮瓜瓜打。打着打着，对方掏出了刀，一刀就把毛毛砍了。"

　　瓜瓜脸色煞白地守在毛毛的病床边，看见大林进来，孩子吓得直往墙角里躲。大林眼里冒火，冲着瓜瓜挥起了拳头。

邱英一把把瓜瓜扯到自己身后，跟大林喊："已经伤了一个了，你还想再伤一个吗？"

大林收了拳头，狠狠地瞪了一眼瓜瓜："小兔崽子，等回家再跟你算账！"转过身，脸色铁青地问李霞："学校怎么能看着学生打架不管。"

李霞的泪水更凶了："这俩孩子是在网吧跟人打起来的。"

大林的声音就高了起来："他们怎么能去那种地方？你们俩在家怎么看的孩子？"

邱英接过了话茬："网吧遍地都是，他们学校门口就一溜三四个，咱们也看不住啊。"

李霞说："给他们买饭的钱，他们不买饭，买个烤饼，要不就买包方便面，省下钱来去上网。"

大林恨得一跺脚："熊鸡巴崽子，真他妈的不争气呀！"

李霞深深地叹口气："这也不能光怨孩子，都知道网吧是个坑人的陷阱，咋就治不了呢？"

大林就开骂："这他妈的市长也不知道咋当的，正儿八经的企业不景气，邪门歪道的玩意都挺红火。"

毛毛在医院里养了十来天就回家了。虽然打人的那家倒没推卸责任，医药费也及时地送来了。但是，那家在医院里有人，大夫开的都是普通又便宜的药，而且，早早地就催促毛毛出院，说是医院床位紧张。邱英明明知道大夫在暗暗帮着打人那家，可是，既没有证据，也说不到理上，憋着气给毛毛办了出院。

毛毛在家里又躺了近一个月，从此落下了头疼的病根。

为了照顾毛毛，厂长家的那份工作丢了。邱英只好又开始干有一天没一天的临时性钟点工，收入没了保障，还要给毛毛增加营养，日子紧巴得让邱英透不过气来。好在还有大林的接济，否则，邱英真不知道这日子还能不能过了。

邱英以为李霞会问，毛毛被砍那天，她怎么和大林一起到医院的。可是，李霞却一直没有问，倒是她的病一天比一天重了，喘得厉害的时候，几乎不能自己上下楼，有时候半夜也会憋醒。

邱英除了偶尔干点家政公司给找的临时活儿，大部分时间就都用来照顾李霞。买米买菜，洗衣做饭，做好饭，李霞不让邱英走，把毛毛也叫过来，这样，邱英娘俩除了早饭在自己的家里吃一口，中午、晚上就都和李霞娘俩一起吃了。

有时李霞病得重了，邱英就索性住在李霞家，晚上要起来几次，侍候李霞喝水吃药。

李霞曾说过要给邱英工钱，邱英就说："要算工钱就先把饭钱算了吧，俺娘俩一天天在你家吃，在你家喝，得交多少钱？"李霞就不再提这个话茬了。

十三

转眼，斌子的周年忌日到了。

邱英买了些烧纸、供果，又做了几样斌子爱吃的菜。坐车来到殡仪馆，给斌子烧周年。本来，她想让毛毛也跟着来看看他爸，可是，怕孩子耽误上课，还怕影响了孩子情绪，就自己来了。

找到放斌子的那个小格子，骨灰盒前头的小照片上，斌子一双眼睛定定地瞅着邱英。一年前，那还是一条欢蹦乱跳的生命，跟她一起吃饭睡觉，跟她生气吵架，也跟她恩爱嬉闹。如今，却是阴阳两世界，真是人生无常，生命脆弱。邱英小心地擦拭着骨灰盒上的灰尘，把那些花啊、树啊、果啊的都重新摆了摆。然后，拿了斌子的灵位牌去焚烧间烧纸。

殡仪馆的焚烧间都是按属相分设的。斌子属羊。邱英找到那个门槛上画着羊的焚烧间，里面正烧着一份。看样子，那个死者的年龄很大，磕头的人里，有人头发都花白了。邱英就恨斌子，这么早就自己走了，把她一个人扔在这世上受罪。邱英这样想着，把斌子的灵位牌紧紧地贴在自己的胸前，眼泪在眼圈里打转。

轮到邱英了，邱英一边烧纸一边念叨着斌子的名字，让他来收钱。邱英想对斌子说，她跟孩子挺好的，让他别惦记。她犹豫了半天，竟没说出口。又想给斌子多磕几个头，让他原谅自己。可是，不知怎么弄的，邱英磕头的时候把敬酒的杯子碰掉了，酒杯落到地上摔了个粉碎。

酒杯落地的声音不大，却仿佛炸雷一样让邱英目瞪口呆。她怔了片刻，一屁股坐到地上，放声大哭起来："你怪我干什么呀？我也不愿意这样啊。为了毛毛我也得活着呀，我心里的苦谁知道哇。死鬼，我活得好苦好累，你知道吗……"

邱英认定了，人死了真是有灵的，认定了斌子知道了她所做的一切，而且生气了。邱英上坟回来便噩梦不断。

邱英下了决心要跟大林有个了断，再也不能这样不明不白地下去了。即使斌子不知道，李霞早晚也会知道。

邱英想，或许李霞早已经有所察觉，好一阵子了，她总觉得李霞看她的眼神好像有什么别的东西，可那东西究竟是什么，她又说不清楚。邱英甚至想，就是不怕斌子知道，不怕李霞知道，她还是怕一个人知道，这个人就是毛毛。她不能让孩子知道妈妈是坏女人。斌子死后，毛毛像一下子长大了。长大的毛毛更加忧郁，更加敏感。他总是低着头，不多说话，默默地吃饭，默默地看电视，要不然就是默默地发呆。被打以后，毛毛的功课落了一个多月，再上学就跟不上了。而且，因为有了在网吧打架的事，学校和老师也把他当作了问题学生。有一天，毛毛和邱英说，不想念书了，想下来打工，挣钱养家。

邱英劈手给了毛毛一巴掌，毛毛委屈地看着妈妈，却没有哭，默默地走开了。

邱英腿一软，瘫坐下来，两行苦涩的泪水潸然流下。

邱英想，离开大林的办法只有一个，那就是她正儿八经地找一个男人嫁了。

邱英把自己想嫁人的想法和李霞说了。

李霞看了她半天，叹口气说："要找个相当的也不容易。"

邱英嘴上没说什么，心里却有几分不服。自己还不到四十岁，长得也还可以，难道还找不着个相当的男人？没想到，事实却让李霞说中了。邱英一连相了几个对象都没成。不是年龄太大，就是和她一样是下岗的，好不容易有人提了个年龄相当，工作也不错的，可人家一听邱英的情况连面也没见就说不行。一天，又有人给邱英介绍了一个对象。那人是一个学校食堂的管理员，离婚的，有个儿子已经工作了。李霞听说那人的孩子已经工作了，就问："多大岁数？"

邱英说："比我大十三岁，今年五十一了。"

李霞一听就摇头："五十一岁，太大了。"

邱英无奈地说："这段时间介绍的哪个都不小。听说，这个人当食堂管理员很多年了，攒了些钱，好歹能帮我把毛毛拉扯大。"

邱英就去见了那个食堂管理员。尽管她心里有所准备，可是，那人真的站到她面前时，她的心还是一沉。那人个子很矮，看上去不足一米七，黑胖黑胖的，脑袋脖子一般粗，圆脸上一双鼓鼓的豆豆眼儿，打量邱英的时候，好像把她的衣服都看穿了。最让邱英接受不了的是他已经谢顶了，他的长相也因此显得比说的年龄老许多。邱英想，如果是在街上向他打听道，她没准会叫他一声"大叔"的。

邱英心里对介绍人有了气，怪人家怎么会把这样的介绍给她，她想，无论如何，这个人也不能算是跟她般配吧？可是，相亲的结果却是人家没相中邱英。那个"大叔"嫌她皮肤黑，打扮老气，像四十多岁的人，还带着个男孩。

那人说："要是带个女孩还可以再考虑考虑。"

邱英肚子里憋的气一下子就炸了："自己黑得像头猪，还嫌别人黑，瞅他那个秃驴样，我都怀疑他是不是过了六十了，还说我老气。就这样的，我闭着眼睛也摸不到他头上去，熊样的，他还看不上我了。我咋的了？不就是死了男人吗？不就是带着孩子吗？死了男人就不值钱了，带着孩子就低人一等了？还嫌是男孩，男孩咋了？带着女孩又能咋的？他还想娘俩都要啊。臭不要脸的，一看就是个老骚棍，这样的也配说看不上我。"

邱英骂着骂着，眼泪就掉下来了。一个"大叔"都没看上自己，邱英能把自己嫁给谁呢？

邱英有些绝望，她不明白为什么自己的路总是走不顺溜。

一直沉默着的李霞长出一口气，叹道："人哪，挣不过命去。算了，你别哭了，对象的事我劝你也别再张罗了，咱们，就这么过吧。"

李霞说完，一阵咳嗽，把眼泪都咳出来了。

邱英怎么回味都觉得李霞好像话里有话。"咱们"是指谁？"就这么过"指的又是什么？

十四

斌子一脸怒气地站在那儿。

那刷子一样的头发直直地冲天杵着，厚厚的嘴唇，两道黑眉毛都快要拧到一起了。

"斌子，你咋用那样的眼光瞅我？斌子，你怎么了？斌子，你怎么不说话？"

她伸手去拉斌子，可是，明明斌子就在眼前，她却怎么也够不着。她急了，大叫起来："斌子！"

邱英被自己的叫声惊醒了。

黑暗中，仿佛斌子的眼睛还盯着她。邱英开了灯，斌子的眼睛不见了。她的心突突地跳着，目光落到墙上她和斌子的结婚照上。照片上的斌子含笑看着她，她觉得斌子的笑有些意味深长，看得她心里发虚。她抓起枕巾扔过去。枕巾无力地打在照片上，又软软地飘落下来。斌子的眼睛还在看着她。邱英的手抖抖地抓起电话。

"喂！"电话那边的声音一响起，邱英的眼泪一下子就涌出来了。

"我……我……"

"噢，英子，怎么了？"电话里的声调高了，感觉好像是人坐起来了。

"我……我……我，我又梦到死鬼了。他是不是什么都知道，他是不是要找我算账？"邱英哭出声了。

电话那边是沉重的叹息。

"我害怕。"邱英恨不得顺着电话线爬过去，抓住电话那头那个人的手。

"一个梦，你怕什么呀。"电话里的声音低沉，口气温和得像父兄："别怕，再等几天，我回去一趟。"

"几天哪？"

"两三天吧。我回去带你出去玩玩。哎，你想上哪呀？"

半夜里的电话打了十多分钟。不知不觉，邱英从噩梦的恐惧中走了出来。放下电话，却怎么也睡不着了。

早上起来，头昏昏沉沉的。星期六，念初三的儿子毛毛还要上课。邱英给毛毛煎了鸡蛋，热了牛奶，看着毛毛吃完，背上书包走了，邱英回到床上想补一觉，可她躺了半天还是睡不着。睡不着的邱英又一次地想起了大林，想起半夜里大林跟她说过的每一句话，想起大林说话的口气，她的心里暖暖的。每一次想起大林，邱英的心里都会涌起一股暖流。大林是这个世界上唯一能让邱英感到温暖的人。可是，邱英却实在找不出和大林继续好下去的理由。因为找不到这个理由，邱英就一直在心里谴责自己。她被这种自责折磨着，白天无法面对李霞，晚上不敢面对梦中的斌子。

门铃响了。

是李霞。邱英看着被猫眼弄得了变了形的那张瘦削的脸庞，犹豫了一下才把门打开。李霞细细的眼睛在邱英的脸上扫了一下，邱英就低了头。李霞脱鞋的功夫，邱英已转身进屋了。李霞看了看饭桌，断定邱英又没吃早饭。再看看邱英的脸色，猜想这又是没睡好，就默默地坐到床边。邱英把腿伸进被子里坐着，也不说什么。

阳光一点一点地照进来，屋子里热了起来。李霞捡起地上的枕巾，铺到枕头上，抬眼看着邱英，说："起来吧，咱俩去烫烫头，我今天感觉挺好。"

"不想去。"邱英低着头不去看李霞。

走吧，陪我去。李霞拉拉邱英的胳膊。"过几天大林要回来，咱们得打扮打扮。"李霞说着站起身。邱英没留意李霞话里那个"咱们"，但是"打扮打扮"却让邱英的心里动了一下，她将了将自己的头发，如干草一样。于是，她掀开被，下了地。简单地洗把脸，披上衣服，锁了门，扶着李霞下楼。李霞走得很慢，不过，她只是气出得粗些，并没有喘。

外面的阳光虽然很好，但毕竟是深秋了，路边的杨树叶子都黄透了。一阵风吹来，树叶"哗哗"地飘落。李霞被风呛得有些咳嗽，邱英忙把自己的外衣披到李霞身上。李霞感激地看了邱英一眼，邱英却把眼光挪到别处。祥伦街上有一大半居民是轴承厂的职工和家属，来来往往的人差不多都认识，大家互相打着招呼。其实大多数的时候，是李霞在跟人招呼着，邱英或是微微地笑一下，或是干脆低了头，装作没看见。于是，就有人在她们后边议论："斌子媳妇以前挺开朗的，现在咋变了个人似的？"

"斌子死了她就变了。唉，没男人的日子不好过哟。"

"听说她跟大林的媳妇李霞处得挺好的，比自家姐妹还好。"

"大林没在家，外出打工去了，两个女人过日子，互相搭把手呗。"

路边人的议论，两个女人没听见，她们在想她们自己的事。邱英有些纳闷，今天的李霞是比往日精神了些，情绪好像挺高的，不知道真的是身上的病轻了些，还是有什么别的原因。邱英从侧面偷偷地打量李霞，发现李霞的脸还有些红扑扑的。她禁不住用胳膊肘捣了捣李霞："今天咋了？是不是最近吃的药见效了？看来，你的病能好。"

李霞侧过脸来看着邱英："昨天晚上，一个病友给我打电话说，前年我们住院时一个病房里的六个人，就剩仨人了。你听谁说，肺心病有好的？"

"你还年轻呢，咋也不至于。"邱英想劝劝李霞。

李霞却无所谓似的笑了一下，眼睛看着路边不断飘下落叶的大树："黄泉路上无老少，走的那三个人里头，有一个比我还小三岁呢。"

李霞说得轻声慢语，可邱英的心却往下沉，她更紧地挽了李霞的手臂。李霞感觉到了，也把自己更紧地靠向邱英。

李霞拉着邱英进了祥伦街上最好的发廊。老板娘殷勤地介绍着："咱家的冷烫精有进口的，有合资的，进口的六十块钱，合资的四十块钱，比外面的便宜快到一半了。"邱英在心里算账，进口的两人要一百二十块钱，合资的也要八十块。她给人家打扫一次卫生才挣十块钱，八十块钱，她得给人家打扫八次卫生才能挣来。

"太贵了，有没有便宜点的？"

邱英的问话引起了老板娘的反感，老板娘的声音不那么甜了："有，一个头二十五块。"

一旁的李霞急忙掏出八十块钱，递给老板娘："俺俩烫合资的。"

邱英不想让李霞为自己破费太多，就说："李霞你自己烫吧，俺不烫了。"

李霞边说："你不烫我也不烫了"，边把邱英按到烫头的椅子上，告诉老板娘先给她烫。老板娘收了钱，露出笑容，声音又好听了："你俩一起烫吧，咱人手够。"说着，叫过来一个小姑娘，两个人一起给邱英和李霞上卷。邱英和李霞一人怀里捧着一个装烫发卷的塑料筐，老板娘和那个小姑娘把筐里的烫发卷一个一个地卷到她们的头发上。

发廊里的音响放得很大，刘德华在唱他的那首《当我遇见你》：

有谁令我不再惊怕

遇上你

你知道吗

我不能一息间将你等于他

是你在旁牵起了变化

心枯也不禁说出这段情话

是爱你

你相信吗
我竟然经得起心痛的伤疤
在那最后一刹
你不经意间
永远已替代他

小姑娘一边卷着发卷，一边跟着哼唱，邱英听着，那歌词竟像是给自己写的，她禁不住默默感叹，现在的歌可真多，不管你是什么人，不管你是什么情况，什么心情，总会觉得有一首歌是唱给你的。

十五

头烫完了，邱英看到镜子里的自己增添了几分妩媚。这是斌子死后邱英第一次烫头。邱英抚弄着卷曲的头发，想着大林回来看见会怎么说，心情也好了起来。倒是李霞坐的时间久了，有些累，"呼哧呼哧"喘咳起来。

邱英就扶着李霞出了发廊。看到李霞的脸色不怎么好，邱英招手叫了一辆板爷车。到了楼下，邱英说："我背你上楼吧。"

李霞说不用，慢点上没事儿。邱英就挽了李霞慢慢地往楼上走。刚上了一层楼，李霞就喘成了一团。邱英不由分说把李霞背了起来。好在只是二楼，邱英觉得自己快背不动的时候，也到家了。

李霞吃了药，睡了一觉，好多了。邱英守在李霞家里，没敢离开。

第二天，邱英对李霞说接到一个活儿，给李霞准备了中午饭，就到姐姐家去等大林了。大林一般都是中午之前回来，邱英想给大林包饺子，就顺路买了牛肉、萝卜，还买了一根粉肠、一个炸鸡排。三块钱一个的炸鸡排，嚼起来又酥又香，大林就爱吃这口。

姐姐不在家。姐姐刚支了个烟摊儿，当列车员的姐夫从哈尔滨给她往回背货。虽然风吹日晒的不容易，但至少供孩子上学是不愁了。

邱英自己和面、剁馅，一会儿就包好了。估计大林快回来了，邱英又到阳台上去望。

邱英在阳台上，一手扶着窗棂，一手抚弄着头上的卷发，眼睛望着窗外。姐姐家的楼下有几棵杨树，片片黄叶在秋风中颤抖着，颤抖着，终于，抵不住风的撕扯，离开了树枝，在风中飘舞了一阵，落到了地上，被风又一吹，就聚到路边的污水坑里。人踩车辗之后，就是一摊泥了。邱英想起厂长家有一棵像树一样的植物，厂长很喜欢，有空就又是剪枝又是施肥的。厂长说这棵树花了他八百块钱。邱英猜到那棵树挺贵，但怎么也没想到会是八百块钱。人家用她将近三个月的工资买了一盆花。厂长夫人说，其实，这种树在南方满大街都是，到北方就成了宝。邱英私下琢磨，同样的树，有的就长在路边道旁任风吹雨淋，有的就摆在厅堂让人精心侍候，人跟人不一样，树跟树也是不一样的。

楼下有一个卖白菜的卡车。居民们三三两两地围着，看好了的，就过秤，接着就是老婆孩子齐上阵往家里抱白菜。这情景让邱英想起去年买白菜、腌酸菜的事情，想起大林第一次放在她肩膀上的两只手，想起大林仰着脸让她擦灰的憨样，一丝甜蜜的笑在邱英的脸上浮起。这种甜蜜的心情更增添了邱英的焦急，这都什么时候了，大林怎么还不见人影？邱英把头更多地伸到窗外，可是，她望酸了脖子也没有望见大林。

邱英忍不住给大林打了手机，关机。邱英以为自己按错了号，重打了一遍，是关机。过了一会儿再打，还是关机。邱英隔一会儿一打，隔一会儿一打，电话里永远是小姐那机械得没有任何感情色彩的声音："对不起，你拨的电话已关机或不在服务区。"

直到天快黑了，邱英没等来大林，也没打通电话。她的心里由焦急到焦虑，继而变成忧虑。她想不出大林为什么会失约，这么长时间了，他可一次也没失约过。

邱英把饺子给姐姐扣到锅里，锁上门，回家了。

毛毛还没放学。邱英到厨房里转了转，想不出晚饭应该给孩子做点什么。她的心里慌慌的，像长了草。她立起耳朵听着隔壁的动静。她猜测，大林是不是回来晚了，直接回家了？终于，她忍不住了，她要去看看，大林到底回没回来。

敲开门，邱英问李霞的却是："孩子们回来了吗？"

李霞披着一件毛衣，给邱英开了门，就赶紧回到床上蜷进被子里。屋里有些凉，离供热还有几天，年年这个时候都是最难熬的。有钱的人家里装了空调，像他们这样就得挺着挨冻。邱英嘴里抱怨着："非得等到十月十五号才给气，这屋里比外面还冷，好人都受不了，你这样的病人可怎么办？"

李霞喘着说："没事儿，我把电褥子点着了。"

邱英把手伸进李霞的被窝，还行，挺热乎的。就问李霞："没做饭呢吧？"

李霞说："我寻思等瓜瓜回来煮包方便面得了，没想到你回来这么早，那你就去做吧。"

邱英就往厨房里走。李霞在她的身后哎了一声，邱英回过头，李霞迎向她的目光里有些忧郁："少做点，别带我的了，我不想吃。"

"咋的了？又不得劲了？"邱英坐到李霞的身边，她以为李霞的病又厉害了。

李霞的手捂在胸前说："我怎么闹心呢，一下午了，我这心里就乱七八糟忙忙叨叨的。"

邱英的心一沉，一种非常不好的感觉袭遍全身。但她却没把自己的感觉告诉李霞，而是拍拍李霞的手说："屋里太冷了，我马上做饭，你吃点东西就好了。"

李霞叹了口气，没再说什么。

邱英默默地走到厨房，愣了一会儿神儿，才点着液化气炉。她想简单一点，做个炸酱面得了。

水一会儿就烧开了，邱英把挂面下到锅里，看着直直的挂面在锅里软下来。她用筷子在锅里搅着，面条变得像乱麻一样，邱英觉得自己此时的心情就像这锅里的面条。

邱英做的炸酱面剩了一半。面条煮过了火，变馕了。两个孩子各自吃了一碗就都搁了筷儿。李霞嫌酱咸，她的病不能吃得太咸，所以，只吃了两口也放下了碗。邱英更是没心思吃饭，见大家都不吃了，她就收拾了桌子，进屋坐到李霞身边。李霞手里握着遥控器，一个台一个台地倒着，半天也没找到一个满意的节目。

邱英闷坐了一会儿，心里还是乱乱的，就想回家再给大林打个电话。她刚要和李霞告别，电话响了。

突然响起的电话铃声似乎格外大，一下把两个女人的心都抓过去了。邱英脑子闪过的第一个念头是：这电话一定是大林打来的。她心中有一种强烈的想接电话的欲望，可是，她的手只是下意识地动了动，并没有伸出去，只是眼巴巴地看着李霞接电话，恨不得把耳朵揪长了，贴到电话听筒上。

李霞抓起电话的时候，也看了看邱英，想跟她说保准是大林的电话，不知怎么却没有说出口。

李霞对着电话只说了一个"喂"字，就再也没说话。邱英看见李霞的脸忽然变得煞白，身子晃了几晃，软软地倒下了。

邱英一伸手抱住了李霞。从李霞手中滑落的电话响亮地摔在了地上。

电话是大林的同学打来的。他说："大林被炸伤了，正在医院抢救。不过，没有生命危险了，只是一条腿保不住了。"大林的同学说："大林希望家里能来个人，照顾他。"

李霞的咳喘一阵紧过一阵，憋得脸色发紫，一句话也说不出来。

十六

一辆跑线的依维柯车在牡绥高速公路上疾驰。

邱英坐在这辆依维柯最后一排靠窗的位置上。这是今天早上第一班车，邱英赶到的时候，只剩下这最后一个座位了。等下一辆还要半个小时。邱英没有犹豫就上了车，此时，让她等一分钟都是一种折磨。她恨不得长出翅膀，飞到绥芬河，飞到大林身边。她不知道大林的同学看见她来了会怎么想，她不是大林的老婆，但她来做的是大林的老婆应该做的事。她终于有理由和大林在一起了，而且，可以光明正大地在一起。但是，她没有想到，这个理由会是大林丢了一条腿。

让邱英去接大林，是李霞先提出来的。

听到大林受伤，邱英的第一个念头就是我要去看看他。可是，这个念头只是一闪，就让她压到心底了。邱英知道，此刻李霞的心情可能比自己还急，毕竟是十几年的夫妻。她不能一时冲动，露出什么，那样的话，不是要了李霞的命？

李霞接完电话，就呆呆地坐在床上，头低低地垂着，似乎浑身上下连挺起头的力气都没有了。邱英坐在李霞的旁边，一把一把地抹着眼泪。

"英子，你去绥芬河吧。看看大林伤成什么样，能不能回来？要是能回来，就把他接回来吧。接在家里，毕竟咱们照顾起来方便些。"

邱英没想到，李霞会让她去接大林。她脸一红，想推却，看见李霞红红的眼睛里坚毅的目光，她把推却的话憋了回去。

李霞说："你别想别的了，让你去，其实是大林的意思。"

邱英惊讶地瞪大眼睛："电话里说让家里去个人，怎么会是让我去？"

李霞叹了口气："这个家里除了你谁还能去？孩子不能去，我这个样子，在家里呆着都要靠你照顾，唉，你说，我怎么不死了呢。"李霞的眼泪"扑簌簌"地往下落。

"你怎么又说死呀活呀，大林刚出事，你怎么又说这个，还有孩子哪。"

邱英抓过毛巾给李霞擦眼泪，自己的眼泪却怎么也止不住。

李霞把她的手抓住，抓得紧紧的："英子，这个家今后更离不开你了，你可要待瓜瓜好哇。"说着，把头抵到她们握着的手上，失声痛哭。

邱英的心里酸极了。她明白了，其实，李霞是什么都清楚的，李霞一直在容忍着自己。邱英看着自己面前这个孱弱的女人，忽然觉得有一种力量往她的体内集聚，她不能再假意推辞了，那样会让这个好女人更加伤心。邱英有些奇怪，当她知道李霞早已觉察了她和大林的事后，她的心里的不安突然消失了，涌起的是深深的感激。

她反握着李霞的手，也是紧紧地，她用她的手传递着她心里对这个女人的全部情感。

两双握在一起的手像一个"人"字，互相支撑着。

让邱英去接大林，这个决定是无奈的，也是最佳的，这个决定在别人看来是难以理解的，但是，别人的理解不能当日子过。

两个女人做出这个决定时，都感觉有些壮烈。

最后这排座位上坐了五个人，挨着邱英的是一个足有两百多斤的大胖子。邱英的身子只要一离开靠背，那胖子的大身板立刻就把属于她的地盘占据了。邱英只能坐得直直的不敢动。车厢前面的电视机正在放一部香港武打片，夸张的动作，离谱的台词，不时在车厢里引起笑声。平时，邱英是很爱看这类片子的，可此时的邱英却什么也看不进去。她的头靠在车窗上，脸向外扭着。冷风从关不严的窗缝里吹进来，邱英感到有些凉，她赶紧把抱在怀里的一件毛线外套穿上。她在心里对自己说："别感冒了，现在两个家就靠我一个人了，我可不能倒下。"

窗外，收割过的田野留下片片荒凉，已经发黄的蒿草摇曳着，把种子抛洒到风中。山坡上的柞树、桦树，路边的杨树、柳树都在掉叶子。落叶随风翻滚着，有一些被卷进车底下，车轮碾过枯叶，发出"唰啦唰啦"的声音。还没掉下来的叶子在树上与风做着撕扯，明明知道是争不过风的，却也不轻易放弃。于是，那在风中劲舞的树叶就成了这条路上最耐看的秋景。

作者简介：

萧笛，女，中国作协会员，牡丹江市作协副主席。迄今已发表小说、散文、报告文学等百万余字，作品多次被选刊转载，并有多篇作品被收入国内外选集。

胡桃夹子 /周海亮

一

下楼梯时，石磊就像个提线木偶在小林的肩膀上荡来荡去。很多时候芳子怀疑石磊的脑袋会突然滚落，四肢会突然扯断，或者脖子一歪，眼睛一闭，与这个世界从此了断。然而当小林将他放上床，他还是会像个儿童玩具一样眨眼、咧嘴、放屁、甚至偶尔翻一个身，从床上滚落到地板。芳子最怕他跌落。小林在时，还能抬他上床，但小林在的时间，毕竟那样少。

小林是她的钟点工。

有时芳子想，其实石磊不需要阳光。他做了十二年植物人，早已丧失了苏醒的能力。可是每天，只要有阳光，她和小林都要搬石磊出去。这是一个漫长并且艰苦的过程：小林背石磊下楼，一个楼梯一个楼梯地挪，她扛轮椅下楼，将轮椅摆进阳光，他们将石磊放上轮椅，摆正姿势，然后坐到稍远处，不说话，任阳光将石磊一点点晒透。一个小时以后，小林重新背起石磊，一个楼梯一个楼梯地挪，她重新扛起轮椅，看石磊在小林的肩膀上荡来荡去，荡来荡去，钟摆般荡来荡去，荡来荡去……

黄昏时分，下起雨，小林仍然按时赶来。问他为何要来，小林说："一会儿就晴。"他们坐在沙发上聊天，小林喝茶，芳子剥核桃。剥核桃是为石磊，用一把王子模样的核桃钳子，手指间一捏，核壳被夹碎，声音清脆。她喜欢核壳破裂的瞬间，她迷恋那种声音，更迷恋早已磨得光滑温润的核桃钳子在她手指间的美好触感。她会将剥好的核仁研磨成粉，添一点芝麻，一点糖，一点葵花油，搅成糊，每次喂石磊吃饭，都会加一点进去。她站在厨房里做着这些，看窗外的雨柱绞到一起，织到一起，成一条浇向地面的黄浊的河。她去客厅取开水壶，问小林："一会儿你怎么回去？"小林说："游回去。"小林说话时不看人，他的目光深处，永远是捉摸不定的远方。

卧室传来熟悉的声响，芳子冲进去，撩开毯子，晚了，石磊早将一张大床变成一个舒适的马桶。芳子扛起石磊的两腿，用纸巾为他擦拭下身，待擦得差不多，换成湿毛巾，然后抽掉床单，抽掉毛毯，再换成干毛巾继续擦拭，直到石磊重新变得干干爽爽。她做这些时，小林站在旁边静静地看着。这是他第一次见到石磊丑陋肮脏的私处，也是他第一次见到女人为男人擦拭毫无生机的私处。芳子去洗手间清洗床单和毛毯，小林跟进来，倚着门，点一根烟。她突然很想哭，非常想，强饰着表情，咬牙哼起欢快的曲子，曲子里却泪花四溅。空气中弥漫着臭烘烘的气味，大雨将臭气严严实实地憋进屋子，久久不肯散去。她向小林要一根烟，只抽一口，便烧到了手指。

她受到太多颂扬：专一、奉献、伟大、牺牲……她恨这些词。她认为自己被这些词绑架，然后被活活绞死在道德的十字架上。

她疲惫、憔悴，但依然漂亮、敏感、整洁，爱健身，爱生活，甚至，爱石磊。可是这又怎么样呢？十二年，纵是再专一再执着再乐观的女人，也会想到过放弃和逃离。放弃和逃离石磊，或者自己。

雨停以后，她和小林去菜市场买菜。小林执意要推石磊出来，他说："虽没有太阳，透透气也好，再说我收了你的钱。"菜场坑坑洼洼，至颠簸处，石磊的脑袋就会在肩膀上荡来荡去。肉贩老王盯着石磊看看，再盯着芳子看看，说："还那样？"芳子笑笑，点头。老王说："活受罪啊！拿枕头捂死他算了！"老王爱开玩笑，说话不经大脑或者直接用屁股思考，她却吓坏了。扭头看小林，小林正把轮椅推进一个水洼。然后天黑下来，城市掌起灯，她和小林将沉重的石磊和轮椅，一步一步往楼上挪。

二

石磊用过多少枕头？说不清楚。他的后脑勺如同长出牙齿，一个新枕头绝坚持不过三个月。芳子一直在一家固定的店铺买枕头，店老板见到她比见到亲娘都亲。她挑图案漂亮的、柔软舒适的、结实耐磨的，最后不忘问一句：

"透气吗？"石磊的脑袋总是汗浸浸的，透气性好的枕头，能让他舒服一些。

仅那么一次，她将一个印着"吉祥平安"的枕头买回来，才发现枕面像塑料布一样密不透风。她将枕头收起，再去那个店，再为石磊买一个。她没跟店老板说，她认为这不是她的错。"吉祥平安"从此被她关进衣橱，很长时间里，她完全忘记了它的存在。

从菜场回来，小林没有留下来吃饭。他将石磊放上床，坐沙发上休息一会儿，离开。临走前他问芳子："明天还有雨，要不要来？"芳子说："别来了吧！"小林就走了。小林走得很轻盈，那是女人才有的仪态和步履。小林很像女人：凤眼，弯眉，没有喉结，声音有些尖，喜欢果汁和去皱面膜。第一次见小林，他正在练功房里跳舞。很小的练功房，跳芭蕾的用完，跳拉丁的再用。芳子去得有点早，隔着玻璃门，见小林穿着紧身芭蕾舞服，旋转，跳跃，再旋转，再跳跃。他的两腿间坟起很高，即使隔着裤子，也能隐约判断出男根的英俊和壮硕。然而他又酷似女人，停下擦汗时，食指轻拭额头，小指微微翘起，中指与拇指轻轻一弹，无名指紧贴手腕，然后，屏息，打开，旋转，好幸福……

"娘炮。"春姐这样对芳子说。春姐是芳子的舞伴，跳男步，却极女人。春姐说一生里她有两次深刻地感受到自己是真正的女人：第一次是嫁给前夫的新婚之夜，第二次是离开前夫的单身之夜。"第一次，男人把我变成女人；第二次，我把自己变成女人。"春姐甩甩头发，棕黑色的大波浪在她的双肩流淌。

就这样认识小林，在她去学拉丁舞的第一天。学拉丁缘于春姐，春姐说，这年龄还不健身，就再也找不回来了。那年春姐三十七岁，芳子三十二岁，那年石磊瘫在床上已经整整七年。健身有太多种方式，之前芳子也试过太极和瑜伽，但只有拉丁舞让她动心。芳子喜欢拉丁的风情与节奏：婀娜的伦巴、激情的桑巴、活泼的恰恰、强劲的斗牛……当然还有舞服，美得那么彻底，看着就开心。春姐跟芳子说过一次，芳子说："我考虑一下。"第二次，再见春姐，未等她张口，芳子说："我考虑好了。"其实芳子根本没有考虑。哪怕回到家，坐在床头，一口一口地给石磊喂粥，也没有考虑。没有立即应承下来，只因她想给别人一种"慎重"并且"两难"的感觉。

从家到舞校，公交半个小时，加上舞校学习的两个小时，每天她需要与石磊分开至少三个小时。三个小时里，石磊不吃饭，不喝水，极少排泄。想起这些芳子就自责，认为她过于自私的行为让石磊变得更像一株植物，甚至更像一条狗。婚前她养过一条狗，刚出生的狗，拖回来，随时随地在屋子里方便。狗越来越大，越来越懂事，方便的次数就越来越少。终于每天狗只方便一次，在黄昏时，在她遛狗时。她松开狗，狗颠进草丛，靠着一棵树，畅快淋漓。狗为主人改变了它的生理规律，她认为世界上的每一条狗都卑贱至极。现在，石磊终于学会了狗的本领。

最初一段时间，她与小林没有任何接触。只是偶尔，当她去得稍早，或者小林贪练几分钟，她就会看到小林翘起很高的小指和隆起很高的裆间。大约三个月以后，市文联举行新年团拜会，舞校应邀参加。那是芳子第一次登台，与春姐跳伦巴，紧张、羞涩、美好、沉醉，台下掌声热烈。然后轮到小林。自小林上场，台下就有人笑，待小林旋转，跳跃，台下笑声已经失控。有领导模样的肥胖男人甚至从椅子笑到地板上，又像驴子一样在地板上打起了滚。芳子搞不懂他们在笑什么，按理说参加文联团拜会的除了文人雅士就是政府官员，可是那天他们的表现就像没有见过世面并且没有教养的山野愚夫。芳子于是想到她与春姐的伦巴。她开始相信刚才他们的掌声并非给了艺术，而是给了她们性感的舞服和暴露的大腿。甚至透过节奏强烈的音乐，她能听到台下一片吞咽唾沫的声音。她愤怒、沮丧、心碎，为拉丁和芭蕾，也为小林。小林就是从那天起彻底告别芭蕾舞的，尽管他面红耳赤地坚持将那首曲子跳完。

春姐请小林吃晚饭，算是对他的安慰。小林一言不发，哪怕春姐的笑话直指脐下三寸，他也仅仅抬头看春姐一眼。那天芳子和阿原都在。阿原是舞校老师，留长发，教民族舞，喜欢在舞台上扮成彪悍矫健的蒙古骏马。芳子给小林倒一杯酒，小林一饮而尽，又用食指拭干下巴上的残酒。芳子看看时间，说她得赶回家照顾石磊，春姐便让阿原送小林回去，并嘱咐他途中千万别与小林再喝。最后阿原做了总结。他说："霍夫曼和柴可夫斯基远不如女人的乳沟和大腿对中国男人有吸引力。"小林就笑了，他对阿原说："英雄所见。"却是看向窗外。窗外黑漆漆一片，窗玻璃上映出芳子美丽精致的脸。

芳子喂石磊吃完晚饭，去阳台抽了根烟，天仍然没有黑透。她将音响打开，柴可夫斯基的《糖果仙子之舞》将她和石磊一点一点淹没。她盯着石磊，不明白刚才他为何会将床单和毯子弄得一团糟。他不是已经学会狗的本领了吗？他不是已经成为干净枯朽的植物了吗？芳子喷洒了空气清新剂，又将客厅的香水百合挪进卧室，臭烘烘的气味仍不肯彻底散去。芳子再一次想起小林倚门看她的模样，想起鱼贩老王随意却如刀般锋利的玩笑。她无所事事地打开衣橱，只一眼，便看到那个枕头。她摩挲着枕头，又伸出食指，将"吉祥平安"四个字细细地描摹一遍。她感受着面料的柔软与舒滑，她听到她的耳膜发出极轻微的核壳破裂的清脆之音。

她将枕头抱起，贴紧鼻子。她果然不能呼吸。她放下枕头，深呼吸，再试一次，她的双肺很快变得如烙铁一般滚烫。她抱着枕头坐下，许久后起身，将枕头重新塞进衣橱。她再一次想起鱼贩老王的话。她的身体开始颤抖。

三

与石磊相识以前，芳子并不乏追求者。最终石磊将她打动，只凭一个核桃。

石磊去芳子家做客，果盘里放着几个核桃。石磊问："来一个？"芳子说："砸不开。"石磊抓起两个核桃，握在手心用力一挤，一个核桃就碎了。正惊异间，石磊主动说："两个核桃互相挤碎，谁都能。"核桃仁已经递过来。那天石磊留在芳子那里吃饭，离开时天已很晚。芳子送他下楼，至暗处，借着酒兴，他捉住芳子的手。芳子甩了甩，没甩开，便任他握着。就这样把自己交付了，芳子喜欢强壮、英俊并且坦诚的男人。

他们走到一起，仍然颇费一番周折。婆婆喜欢那种膀大腰圆的女人，她说这样的女人旺夫，能干活，会生孩子。芳子瘦得像根葱，走路风摆柳，好看归好看，婚后石磊恐怕得挨苦受累。石磊说娶个女人不就是让她享受？婆婆说女人是娶回家过日子的，不是摆着看的。石磊软磨硬泡，大半年过去，婆婆总算勉强同意。"可是你恐怕得侍候她一辈子了。"婚礼那天，婆婆这样对石磊说。

侍候一辈子。婆婆诡异地猜到了结果，却猜错了人。

婚后三个月，石磊就出事了。

他与司机去南方送货，途中将卡车停靠路边。两个人睡了一觉，醒来，发现香烟告罄。对面是一家乡间超市，石磊嘟囔着"我去买烟"，迷迷糊糊地推开车门，跨出去，飞起来。一辆轿车结结实实地撞上他，目击者说，空中的石磊翻起跟头，如同京戏舞台上武艺高强的武生，却喊出小生般的声音。

石磊既没有变成武生也没有变成小生，而是变成了提线木偶。他保住性命，却失去除了性命之外的一切。医生说他一辈子就这样了——既死不了，比死也好不到哪里去。这句话有两个意思，后者才令人绝望。

石磊被认定工伤。厂长曾关切地握着芳子的手，说："买包香烟也算工伤，我算做到仁至义尽了。"芳子说："哦。"厂长怜爱地摩挲着芳子的手心，说："一个月四千块钱，我都拿不到这么高工资。"芳子说："谢谢了。"把手往回抽，厂长的熊掌却越握越紧。芳子就盯住厂长的眼睛看，看了半分钟，厂长终于"嘿嘿"笑着将手松开。那是十二年以前，那时候，四千块钱还算得上一笔钱。从此以后，芳子、婆婆和石磊靠着每个月的四千块钱过日子，直到婆婆死去。

起初芳子和婆婆对石磊还心存幻想。婆婆学着电视剧里那样，每天跟石磊说话，给他按摩，放他喜欢的相声，但两年过去，石磊仍然如植物般不动不响。每天芳子和婆婆都要把石磊背出去晒太阳，她们认为即使石磊真是一株植物，也需要阳光。芳子先将轮椅扛下楼，回来，喘口气，与婆婆一起扶石磊坐稳，然后，婆婆扶住石磊，芳子深弓下腰，让石磊伏上她的肩膀，咬牙，扶墙；咬牙，站起；咬牙，扶墙，一步一挪，扶墙，一步一挪，扶墙；咬牙，出门，关门，扶墙；咬牙，下楼梯；咬牙，扶把手，一步一挪；咬牙，扶把手，一步一挪，至小区，扶墙，扶树，扶健身器材，扶一切可以扶到的东西；咬牙，至轮椅前；咬牙，慢慢蹲下来，蹲下来；咬牙，一手扶着轮椅，一手扶着石磊，与婆婆合力将石磊放上轮椅，摆正，大腿盖上毛毯；咬牙，站起，咬牙，站直，喘息，喘息，喘息，芳子和婆婆，都像死过去一次。然后，一个多小时以后，这样的情景，逆进行一遍。婆婆常常在夜里抹眼泪，她不舍儿子，更不舍儿媳。

婆婆是以加速度的方式老去的，昨天与今天，判若两人。两年后婆婆基本下不了楼，走不了路，她说她老了，芳子坚信她是累坏了，愁坏了，吓坏了。那时婆婆尚能在家洗衣做饭，又一年过去，婆婆几乎连自理的能力都消失殆尽。每天她坐在床上，看芳子忙来忙去，看儿子如同一具会呼吸的尸体，她就叹气，就抹眼泪，就一遍又一遍跟芳子说"对不起"。她说"婚前她说了错话对不起"。她说"石磊瘫痪了对不起"。她说"注定要拖累芳子一辈子了对不起"。最后这句话她每天都要说。芳子知道她的目的——她怕芳子离开石磊。现在，除了她，芳子是石磊唯一的亲人。

每天婆婆都要倚在床头，用核桃钳子"噼噼啪啪"地剥核桃，这几乎是她能做的唯一的事情。偏方是听来的，核桃仁磨碎，加上杂七杂八的东西一起熬。很长一段时间，这是婆婆的所有希望。不过偏方毕竟是偏方，有些灵，大多不灵，几年过去，石磊仍然是一株会呼吸的植物。

婆婆是在一个清晨死去的。芳子去早市买菜，回来，见小区里围着一群人，救护车"呜嗷呜嗷"地叫。作家邻居见她回来，抱住她，捂住她的眼，说："别看。"她一下子就想到了婆婆。她没看，夜里却有清晰惊悚的梦闯进来，反反复复将她折磨。

婆婆跳楼而死，或者坠楼而死，所有人都宁愿相信后者。陪她从七楼坠落的还有一扇窗户，这让她是"坠楼"而非"跳楼"变得更有说服力。梦里她听到婆婆打出一声呼哨，抬头，见她身背一页窗户，从窗口缓缓降落。那天风很大，那扇翅膀般的窗户让婆婆有了滑翔的本领。又见她悬浮、盘旋、俯冲，遮住太阳，逆光之中如同一尊降临人间的神。突然窗户上的玻璃炸裂，婆婆直直跌下，将坚硬的水泥地面砸得烟尘四起。玻璃碴们呼啸而至，婆婆的后背如同瞬间长满柔软的银耳。芳子从梦里醒来，惊出一身汗。看看身边的石磊，紧闭着眼，紧闭着唇，紧闭着表情。试试鼻息，竟然踏实均匀。芳子起身去阳台抽烟，看城市灯火未熄，听醉汉笑声阵阵，咬牙将烟蒂嚼烂。

她曾无数次回忆婆婆临死前一天说过的话。婆婆说："一个人你还能照顾，两个人会累死你。"婆婆说："我活着是个累赘，早死早利索。"婆婆说："不管石头能不能好起来，他毕竟是你丈夫，毕竟是个人。"说话时婆婆仍然"噼噼啪啪"地剥着核桃，旁边盘子里，堆起很高。

然后她知道婆婆在两年以前买了一份保险，她的突然死去让芳子有了一笔可以踏实几年的收入。然而芳子越来越不踏实。她想让自己相信婆婆真的是意外坠楼——她硬撑着爬起来，奇迹般攀上窗台，想看看风景，想擦擦玻璃，或者她神志不清，根本不知道想做什么——总之她突然从窗口跌下去，毫无防范，可是芳子说服不了自己。

天没有下雨，却很闷热。小林来得有些早，独自坐到沙发上，抓一把瓜子慢慢地嗑。芳子去卧室给石磊换床单，她说："天太热，石磊喜欢出汗，又不敢开空调，一天至少得换三次床单。"小林问："那还去吗？"芳子说："你不是来了吗？"小林说："我指的是去考级。"芳子说："跟春姐说好了都。"小林说："这几天我独自照顾他？"芳子说："跟你说好了都。"两个人不再说话，看一只风筝从窗口慢悠悠划过。芳子问："还出去吗？"小林说："跟你说好了都。"

将石磊背至小区阴凉处，摆正坐稳，芳子感觉又死去一次。这样的感觉一次比一次强烈，她想她也许会与婆婆一样，突然飞快地变老，猝不及防中顿然死去。她想她注定活不过石磊，熬不过石磊，而当她真的死去……她会突然死去吗？她想她会。就像一棵承受到极限的树，每一天的每一分钟，都可能遽然折断。细致湿润的树皮里面，露出枯槁酥脆的树干。

她再一次想起那个枕头。

春姐打来电话，问她："准备得怎么样"，她说："出去一趟而已，没什么可准备的。"春姐说："我是指石磊，放心把他交给小林？"芳子说："难道还有别的办法？"春姐长叹一声，叮嘱她几句，将电话挂断。明天夜里的火车，她、春姐和阿原将奔赴北京。这是十二年来芳子第一次出远门，也将是十二年来芳子第一次与石磊分开四个小时以上。

她想石磊不仅是一株植物，更是一间密不透风的监狱。

四

自春姐的"安慰宴"之后，芳子半年多时间没有见到小林。婆婆去世已经五年，石磊仍然需要出去晒太阳。一楼贮藏室里住着一位虎背熊腰的女人，每天都会准时过来背石磊下楼。芳子给她钱，她羞红脸，跺着脚，说"不要不要"。她在楼下作家家里做保姆，近四十岁，红脸膛，额头有一块大黑斑，河南新郑人。因为此，芳子对所有的河南人都心存感激。

五年过去，保姆也开始变老。她的白发不再遮遮掩掩，眼袋愈来愈明显。徒手爬到七楼她都会猛喘一阵子，芳子常常怀疑她患上哮喘或者肺气肿一类的病。下楼梯时，哪怕她跟在后面托着石磊，也是两腿打颤，汗如雨下。她说她还能坚持，但芳子死活不肯。她问"那以后怎么办"，芳子说"我会想办法"。几天以后，保姆果然没有再来，却不是因为她和芳子，而是因为作家。作家果断将她辞退，另找了一个年轻的保姆。作家辞退她的原因非常奇特，他说她干枣皱梨般的面孔和胃下垂般的眼袋严重影响了他的创作灵感。新来的保姆丰乳肥臀，满脸堆笑。她的笑容不是挂在脸上而是长在脸上的，即使睡熟以后，那表情也会牢牢守住她油光锃亮的大饼脸。

从那往后，石磊至少三个月没有出门。每天中午前后，芳子艰难地将他扶上轮椅，推他去阳台，晒一会儿难得的太阳。石磊的旁边是蓬勃的青萝、竹节海棠、富贵竹和发财树，只有他日渐苍白枯萎。有时芳子盯住他，怀疑阳光根本照不到他——在家里，他的皮肤似乎生出能够反光的薄膜，将阳光全部反射回去，不留分毫。

阿原在烧烤摊上碰见小林。小林正喝着啤酒，撸着大腰子，兰花指翘得又高又挺。阿原端一盆烤扇贝过去，两个人喝得人仰马翻。阿原打电话给春姐，春姐带一瓶红酒赶去，却寻不见人。阿原和小林去旁边的冬青丛里撒尿，完事后直接躺倒在里面，睡得昏天暗地，人事不省。那天是春姐帮阿原提上裤子的，春姐说熟睡后的小阿原像只蚕般老实听话。

第二天的舞蹈课上，春姐将小林再现的消息带给芳子。说话时春姐一直在笑，问她笑什么，她笑得更厉害了。直到半年以后，春姐才郑重地对芳子说，小林能够高高翘起的并非只有小指。"他那话儿就像可乐瓶子一样壮硕！"春姐捂着嘴，花枝乱颤。

芳子于是想起小林跳舞时的模样。旋转，跳跃，投入的表情，紧身的芭蕾舞服……

晚上小林做东请她们吃饭。席间春姐谈到石磊，唏嘘不已。起初春姐建议阿原去帮芳子，阿原支支吾吾，说："他连大桶水都扛不上楼。"春姐说："你没少把我扛到肩上。"阿原说："我扛的只是两条腿。"春姐说："不帮芳子的话以后连脚趾头都不让你动。"这时小林说："我来吧！"说话时小林并不看芳子，他盯着手里的酒杯，盯着他握紧酒杯的手，盯着手指上的细小纹理。他的手指纤细苍白，近乎透明。

芳子说："你背不动他。"

小林就站起来。那是一个公社食堂风格的饭店，桌椅粗糙笨重。小林让春姐们让开，钻至桌子底下，起身，扛起桌子，酒店里转了两圈，回来，放下桌子，桌面上的汤汤水水竟没有溢出一滴。小林重回芳子身边坐下，端起酒杯，扭头看墙上一幅仿七十年代的宣传画：一个扎白头巾的男人手握一把银闪闪的镰刀，一个扎红头巾的女人肩扛一筐金灿灿的小麦，空白处，写着"夺丰收，广积粮"。

以为只是借酒兴说说而已，不料第二天，小林真的找到芳子。尽管做过思想准备，但当见到石磊，他还是难掩惊讶的表情。他说石磊不像长年卧床的病人，身体一点儿都没变形。非但没有变形，看起来还挺强壮。他是在把石磊搬到小区朝阳处以后对芳子说这些的，第一次，没有任何经验的他采用了抱姿。他将石磊小心翼翼一步一挪地抱下楼，如同抱着一个巨型婴儿或者巨型恋人。如此怪诞滑稽的情景恰被作家撞见，作家先是吓了一跳，然后躲到暗处，笑岔了气。

那天芳子心情很差。不是因为作家，而是因为小林。小林说："石磊看起来很强壮。"

看起来很强壮。一句安慰别人的话，足以令人绝望。

芳子不让小林再来，小林不肯，芳子只好付钱。小林收下钱，说："以后你就是我的雇主了。"芳子笑笑，说："该回去了。"小林就这样成为芳子的钟点工，每天两个小时，工作是先背石磊下楼，再背石磊上楼。

直到现在芳子都认为小林的毛遂自荐完全因了他的穷困潦倒。他没有固定职业，东一榔头西一榔头地过活，就像跟社会闹着玩，跟自己闹着玩，跟人生闹着玩。去舞校学芭蕾是他生命里最稳定的一段时间，那时他在一个保健品公司做商务代表，其实就是向老年人推销一种强身健体的保健品。他先电话同老人们联系，然后趁他们儿女不在家时登门拜访。他陪老人们回忆过去，给老人们讲养生的好处，甚至为老人们捶背、做家务、梳头、洗脚……他的"亲情营销"非常奏效，他的业绩总是稳定在公司前三。

直到有一天，他将两盒保健品卖给一位老人，收下钱，尚未出门，恰撞上老人的儿子下班回来。儿子说他是骗子，他辩驳几句，遂遭到儿子的一顿暴打。小林说他练过泰拳，完全打得过儿子，之所以没有动手，是怕老人伤心。他称老人为"爸"——推销产品时，他称所有的老先生为"爸"。但这一次，对这个老人，他将自己说服，或者他假装将自己说服，总之他相信了，或者他假装相信了——他说他爸去得早，老人与他爸真的很像。跟芳子说这些时，他打开手机，让芳子看两张照片，两位老人就像亲兄弟。那天小林不仅白挨一顿打，还为老人退掉钱，并免费送给他两盒产品。他以为事情过去了，但出门时，还是听到老人的儿子在背后骂他一句"太监"。两个字让他猛然站定，拳头紧握，双唇抖颤，牙齿咬得"咯嘣嘣"响。他返回客厅，走进厨房，捞两把菜刀出来，老人已经跪倒在客厅，试图以他的苍老之躯拦住小林的脚步。那一刻小林泪如泉涌。他扔下菜刀，扶起老人，离开，再也没说一句话。

后来小林在酒店后厨帮过灶，在化妆品商场做过促销，在玩具商店卖过玩具，在家具工厂打过零工……三十好几的人，活得就像一个毫无方向感的小男孩。后来他在网上开了一家舞蹈用品店，卖练功鞋、拉丁鞋、摩登鞋、舞蹈扇、腰链、爵士帽、八角手绢、手杖……他将网店装修得很典雅，生意仍然很差。碰到阿原那天他刚刚完成一笔大单，他用赚来的钱交了房租，吃了一顿烧烤，又在第二天请芳子他们去"人民公社大食堂"胡吃海塞……反正日子就这样混过去了，他说虚度光阴才让他踏实。

上午芳子去买枕头，挑了十几分钟，仍拿不定主意。店老板有些不耐烦，跑过来推荐，说这款是新到的，舒适又透气，最重要的是图案非常漂亮。芳子瞅一眼图案，两只鸳鸯恩恩爱爱。她被刺了一下，说"不要不要"，逃出去，又被阳光刺了一下。她去附近批发市场挑了一袋核桃，往回走时，再一次经过那家店铺。她闯进去，直接抱起一个枕头，付钱，逃走。

枕头上印着杂乱无章的几何图案。公共汽车上，她感觉那图案如同小林杂乱无章的生活。

回到家，石磊正在熟睡。她放下护栏，为石磊翻一个身，发现他的身下已经湿透。她将湿透的床单叠起一半，将干爽的床单铺上一半，再把石磊翻回来，然后将湿透的床单从另一侧抽出，将干爽的床单在另一侧铺平。做完这些，她大汗淋漓。这时她才想起忘记为石磊换上新买的枕头，只好再一手抬起他的脑袋，一手将旧枕头抽出来、新枕头塞进去。放下石磊脑袋的时候，她看到她的一滴汗正好砸中石磊的眼角。那滴汗很像他的眼泪。

整个下午她都在对付那袋核桃。她用核桃钳子将核桃夹碎，用手指将核桃剥开，用擀面杖将核仁碾碎，然后将它们装进一个漂亮的敞口瓶。她做这些时，屋子里一直回荡着柴可夫斯基的《糖果仙子舞曲》。这是芭蕾舞剧《胡桃夹子》第二幕的嬉游曲之一，她喜欢这首曲子，几近痴迷。这缘于小林。

自从在小林手机里听到这支曲子，便再也忘不掉了。

她和小林将石磊搬出去，搬回来，天已经黑了。春姐打来电话，说她和阿原半小时以后过来接她。芳子看看小林，小林突然有些紧张。芳子说："只要不把石磊搬出去晒太阳，他还是很容易照顾的。"小林说："好在只有四天。"芳子将小林带进卧室，说："如果你不嫌，可以睡我那一侧。"又说："记得换床单。"又说："如果他的枕头被汗浸湿，也得换。"说到这里她长时间盯住小林的眼睛，小林不看她，只看床头柜上的照片。那是芳子与石磊的新婚照，两个人把脑袋歪到一起，幸福地笑着，对即将到来的灾难毫无察觉。

然后，终于，芳子打开衣橱，取出"吉祥平安"。她将枕头放到床尾，说："这个枕头，不透气。"小林没有听清，问："什么？"她说："我试过了，不透气。"说完她去客厅取两杯水，一杯递给小林，一杯一饮而尽。放下水杯，她发现小林早将那杯水喝得一滴不剩。

芳子去洗手间冲了个澡，春姐的车子已经停到楼下。她拖着行李箱走到玄关，回头，见小林正站在客厅中间看她。她咬咬嘴唇，走出去，关门，下楼，冲春姐微笑；上车，冲阿原微笑，关车门。她听见自己心跳如鼓。

她听见小林心跳如鼓。

五

大约六年以前，芳子听说有一种电击治疗仪效果很好。去医院咨询，大夫说像石磊这种情况，什么治疗仪都白搭。芳子对大夫表示感谢，却在走出诊室的同时就用电话订下一台。治疗仪拿回来，每天用一个小时，半年以后，奇迹真的出现——有时候，石磊竟能勉强翻一个身。这变化让芳子欣喜若狂，她甚至幻想再过一段时间石磊就能独自坐起来，站起来，走起来。又一年过去，石磊仍然是偶尔翻一个身。再一年过去，一切还是老样子。不仅老样子，治疗仪也出了问题，不能再用。芳子给经销商打电话，电话号码已经易主。芳子给厂家打电话，厂家已在六年前倒闭。芳子算算时间，她买的这台治疗仪，应该是厂家最后一批货。

石磊非但没能好起来，反而让芳子更累：尽管他仅仅是偶尔翻一下身，芳子仍然在床边安装上防止坠床的护栏。有时候，当石磊在床上方便完毕，就会努力扭动屁股，刚换的床单又会被蹭得一塌糊涂。后来，太多时候，芳子希望没有那台治疗仪——没有它，石磊是一株听话的植物；现在，石磊是一株随时可能把床单弄脏、随时可能把自己摔坏的植物，一株没有任何希望的植物。

原以为小林不会做太久，想不到他真的坚持下来。加上来回时间，每天他需要在石磊身上耗掉近五个小时。五个小时换来一点点报酬，没有人相信他与芳子之间是干净的。连春姐都不相信。

春姐说："小林，你每天到底是在石磊身上耗掉五个小时，还是在芳子身上耗掉五个小时？"小林笑笑。春姐说："如果真心喜欢芳子你就直说，别弄得像个旧社会的苦命长工一样。"小林笑笑。春姐说："芳子这种情况真的需要一个好男人照顾石磊的同时还能照顾她。"小林笑笑。春姐说："你他妈的除了笑还能不能有点别的表情？"小林笑笑，举起杯，酒杯直接插进喉咙。

四个人在大排档吃饭，沸腾的火锅和高度白酒让小林的眼睛里喷出火。然而那表情依然扭捏，就像第一次坐轿子的大姑娘。后来春姐说："咱们做个游戏吧！顺时针旋转，问身边那个人是否爱自己，必须如实回答，好不好？"没等别人同意，她先把头扭向阿原，问："阿原你爱不爱我？"阿原说："我爱你啊。"阿原问小林："小林你爱不爱我？"小林说："滚！春姐你爱不爱我？"春姐瞪着小林，说："找茬？故意隔开芳子，你心里有鬼？"小林说："我认罚！"仰脖又是一杯。春姐用筷子敲敲桌子，说："再来！阿原你爱不爱我？""我爱你啊！小林你爱不爱我？""去死！芳子你喝多了吗？"这次春姐盯着小林，很久没有说话。后来她端起酒杯，说："小林我陪你喝一杯。喝完这杯，你就可以去投胎了。"

除了芳子，每个人都喝到酩酊大醉。芳子也想醉，但她不敢。她回去还得照顾石磊。将石磊独自扔在床上出来喝酒已经让她内疚不安，怎敢再喝醉呢？可是她那么想醉，那么想那么想。她知道醉酒解决不了任何问题，但起码可以让她暂时逃离——哪怕逃离几个小时。哪怕逃离一个小时，哪怕逃离几分钟。逃离如影相随的楷模、专一、奉献、伟大、榜样、牺牲……逃离如影相随的道德、义务、责任……逃离如影相随的石磊……甚至，自己。

她知道酒散以后，当她急匆匆往回赶，春姐和阿原去最浪漫的酒店里挑一间临河的房间共度良宵，小林去最低廉的歌厅挑一个最漂亮的小妹一起吼歌。她还知道此时，有恋人在公园里卿卿我我，有夫妻在床上缠绵或者争吵，有孩子恋恋不舍地守在电视机前不肯离开．有老人静静地躺在藤椅上回忆往事，有一条趴在地板上的狗懒洋洋地睁开眼睛，又懒洋洋地闭上眼睛……这世间只剩下她还在拼命往家赶吧？只剩下她还在为一场没有喝醉的酒内疚万分吧？只剩下她还要在赶回家以后为一株植物忙上半天然后在睡着以后仍然保持警醒吧？她活得还不如一条狗。她很久之前活得就远不如一条狗。她一生都注定会活得远不如一条狗。

她知道春姐那个游戏的用意。她不感激，亦不反感。不过小林真这样问了呢？当小林问她"芳子你爱不爱我？"她该怎样回答？她爱他吗？她不爱他吗？爱与不爱对她来说，其实都无所谓吧？因了石磊，因了那份义务而非忠诚，因了那份责任而非婚姻，她没有资格爱上任何别的男人。

那天春姐请大家吃饭是为庆祝她们顺利毕业。不仅毕业，还因为她与芳子的优秀，舞校邀她们一起留下来当老师。周六周日各两节课，每节三个小时，报酬不低。春姐当时就应承下来，芳子却有些为难。她说："这等于两个白天都不能照顾石磊了。"春姐说："你赚点钱雇个保姆也合算。"芳子说："保姆做不了的。"春姐说："你想一辈子就这样窝囊？"芳子不说话，低下头，盯着指甲上残存的指甲油。暗红色斑驳的色彩让她心伤。

芳子爱打扮，爱干净。她受不了粗俗的妆容和穿着，受不了脏兮兮的房间和故事。每天她都会将房间彻底清扫一遍，从卧室到厨房，从窗台上到床底下，从地面到空中。她喜欢在屋子里喷洒百合香味的空气清新剂，喜欢在茶几或者床头插一束香水百合。她对香水百合有一种近乎病态的迷恋，却并非迷恋它的美丽和象征，而是气息。她喜欢坐在干净整洁的屋子里，享受一杯绿茶，或者在音乐中"噼噼啪啪"地剥着核桃。她喜欢这种有条不紊并且散淡的美好。电视上经常看到与她有着类似经历的家庭，当有人带着慰问品或者慰问金过去，男主人和女主人的脸，同样的苦难和卑微。每看到这里她就替他们难过——不是难过他们的处境，而是认为他们不至如此。而当看到他们又脏又乱的家，每一次，她都有想哭的冲动。替她们哭。她认为那已经不是苦难的展示了，而是真正的绝望。

火车上芳子一直在睡觉。尽管颠簸不止，但十二年来她头一次睡得如此放肆和踏实。她做了一个长长的梦：从石磊出事开始，直到她登上火车。尽管她忘记梦里的大多内容，但她确知她在梦里的经历与现实中大相径庭，当醒来时，她只记得石磊在她的梦里死去。石磊因窒息而死，因一只从天而降的密不透风的枕头。她惊出一身汗，起身，看向窗外，华北平原一望无际。春姐与阿原坐在过道的椅子上低声聊着什么，见她醒来，春姐说："先去洗把脸。该去餐车吃点东西了。"

芳子打开行李箱取毛巾，发现她竟带来了那只核桃钳子。她想她肯定随手将它塞进了箱子，那时她想着心事，并未察觉。她收起钳子，取了毛巾，去洗脸，去餐车，吃饭，看窗外风景，往回走，车厢里泡面的辛辣气味让她很不舒服。她讨厌泡面，更讨厌将泡面当成一顿饭，她认为这是对生活的不敬甚至不忠。她重回铺位，春姐和阿原过来，说可以打牌消磨时间。芳子不想打牌，又不好拒绝，恰好这时乘务员过来推销干果，芳子见有核桃，便买了一袋，又从行李箱掏出核桃钳子："噼噼啪啪"地剥。

"我给你们讲个故事吧。"后来芳子说："《胡桃夹子》的故事。说德国有个小女孩，叫玛丽，圣诞节那天，教父送给她一把胡桃夹子，是一个咬核桃的金属小人造型，很漂亮，玛丽非常喜欢。夜里她梦见老鼠国王率领老鼠士兵攻打她的玩具士兵，胡桃夹子变成一个指挥士兵们作战的王子。虽然他非常勇猛，但仍然身负重伤，眼看就要战败。情急之中，玛丽拾起床头的鞋子，砸中老鼠国王，救下胡桃夹子变成的王子。可是由于用力过猛，玛丽晕倒在地，竟一病不起。教父前来探病，又给她讲了另外一个故事：说有一位国王在设宴的时候，发现厨子为王后做好的香肠被老鼠偷吃大半，国王龙颜大怒，命令技师消灭这些可恶的老鼠。技师将老鼠们一一杀死，但是老鼠王后还是侥幸逃脱。老鼠王后向公主施以魔法，公主变成了丑八怪。国王命令技师必须让公主恢复以前的美貌，否则便将技师处死。技师四方打听，得知公主只有吃了克拉图克核桃仁才可以恢复之前的美貌。他历尽千辛万苦，用了整整十五年，终于弄来一颗克拉图克核桃。然而核桃奇硬无比，没有人能够弄开。技师的侄子毛遂自荐，愿意一试，只见他将核桃放进嘴里，使劲一咬，核桃应声而碎。王宫里有规定，无论谁咬开核桃以后必须闭上眼睛后退七步，技师的侄子只退了两步，就被老鼠王后绊倒，于是他也变成丑八怪，国王怕公主受惊，便将他赶走。从此以后，技师的侄子只能在他国过着流浪的生活。玛丽听了这个故事，非常同情那个技师的侄子，整整一天，闷闷不乐。夜里她又做了一个梦，梦见那个咬核桃的王子与长着七个脑袋的鼠王决斗，最终打败鼠王。王子邀她去自己的木偶王国游玩：玫瑰湖，牛奶河，巧克力城堡，杏仁糖宫殿……两个人快乐幸福。这时玛丽醒来，发现教父的侄子正站在床前看着她。令她吃惊的是，他与梦里那个咬核桃的王子竟然长得一模一样……小林讲给我听的。他以前跳过这个芭蕾舞剧……"

芳子抬起头，看着春姐。"故事是不是很美好？"

春姐点点头。

"开头和结尾颠倒过来呢？"

"很残酷。"春姐想了想，说。

"我与石磊，就是颠倒过来的《胡桃夹子》。"芳子将一颗完整的核仁塞进嘴里，说。

六

石磊是儿童玩具，是植物，是狗，是一个冷冰冰的胡桃夹子。之前芳子无数次做过类似的梦，在小林为她讲《胡桃夹子》以后或者以前。梦中英俊的王子，到最后，无一例外会变成一个咬核桃的金属小人。

芳子这种情况，肯定会让某些男人产生或美好或龌龊的幻想或举动，三楼的作家便是其一。两年前的一天，他突然来敲芳子的门。他说保姆回陕西老家秋收，老婆带孩子去马尔代夫旅游，他一个人闲着没事，来看看芳子有什么需要帮忙。他坐在沙发上口若悬河，说他近来正在构思一部中篇力作，很兴奋很冲动。他说他已经把故事梗概跟一个粉丝说了，粉丝也很兴奋很冲动，每天盼着他早日动笔，甚至恨不得将他的两条腿打断，让他做不成别的，只能乖乖地坐在家里完成这部力作。又说不过现在他又修改了部分构思，他想以芳子为原型，问芳子能否讲讲她的生活。

"千万别把我当作家，"作家说："把我当大哥就行。"芳子说："我不想被你写进小说。"作家说："只是原型……"芳子打断他："原型也不想。"作家尴尬地笑，说芳子这种坚强又漂亮的女人实在少见，他不过想向世人表达一种大善大美罢了。不过既然芳子拒绝，他当然遵命。作家坐到很晚才肯离开，临走前他再一次强调他独自在家没什么事，如果芳子需要帮忙，尽管向他开口，并承诺他会在夜里一直为芳子开着手机。

第二天黄昏，作家再次拜访，并提着一条红鲤鱼和一瓶红酒，他说反正他也无处吃饭，不妨搭伙把这条鱼烧了。芳子说："为什么要搭伙？"作家说："反正我一个人也是吃饭。"芳子说："那你就该一个人好好吃你的饭。"作家说："反正你一个人也是吃饭。"芳子说："我是和石磊一起吃饭。"说话间作家进了厨房，正挽起袖子准备洗鱼，芳子跟进来，说："我和石磊从不吃鲤鱼。"又说："你进厨房总得经过我的允许。"作家有些尴尬，退出厨房，说："你肯定还在为保姆的事情生我的气。"芳子不想理他，提了墩布拖地。

作家在客厅里躲闪着芳子的墩布，独自喝光那瓶红酒。突然他从背后抱住芳子，他说："芳子我喜欢你啊！"芳子愣了愣，说："放手。"作家说："良辰美景多美好啊！"芳子说："不放手我喊人了。"作家说："芳子啊你的思想什么时候能变得像我一样深刻呢？"芳子说："我真喊人了。"作家说："你喊吧你喊吧你大声喊吧。"芳子试了试，没有挣脱，想了想，没有喊。她说："我总得先洗个澡吧！"作家说："我怕你不出来。"芳子说："你总得先洗个澡吧！"作家说："我怕你把我锁里面。"芳子说："那一起洗吧！"

作家放开手，芳子冲进洗手间，将门反锁，然后给小林打了一个电话。她让小林过来，越快越好。小林问："什么事？"她说："没什么事让你过来不行？"她看到作家将耳朵贴到门上，又挥起巨掌拍门。作家说："芳子你不乖啊！你这样戏耍一个可怜的作家有意思吗？芳子你的行为越来越像一个小孩子啦！芳子你什么时候能变得深刻一点？"作家在小林到来之前匆匆溜走，他隔着门对芳子说："都是成年人了，你犯得上为这点事搬来一个江湖杀手？"

小林赶过来，跑得气喘吁吁。芳子坐在沙发上喘息，看他一眼，说："现在没事了，你走吧。"小林说："你确定？"芳子点点头。小林扭头就走，没有多问一句。芳子有些恼，喊："回来！"小林就停下，回来，站在芳子面前。芳子扑上去，抓起他的手，牙齿狠狠切中他的虎口。似乎欲望之火就是从那一刻开始燃烧，芳子看到淡蓝色的火苗在小林的头顶上慢慢升起。

他们开始扭打和挣扎——分不清是芳子在拒绝小林，还是小林在拒绝芳子。他们从玄关扭打到客厅，从客厅扭打到厨房，又从厨房扭打到书房。书房里有一张不大的书桌，小林将芳子拦腰抱起，重重摔上书桌。芳子开始了真正的挣扎——如果之前是虚假的——她将身体紧绷，两腿紧闭，她的血肉之躯瞬间变成坚硬的金属——她闪出可以斩断一切的利齿——那一天，她变成一把无坚不摧的胡桃夹子。小林低伏身体，双手钳住她的手腕，脑袋顶住她的肩膀，牙齿撕咬她的纽扣，又将他温暖粗重的气息喷进芳子的两乳之间。外面下起雨，一只麻雀惊惶失措地撞上窗户，芳子听到翅膀折断的声音。那一刻芳子终停止挣扎。她想有什么不可以的吗？她想没什么不可以的！她想有什么大不了的呢？她想没什么大不了的！她想去他妈的吧？想去他妈的吧！隔着几层衣裤，她切肤地感觉到小林的滚烫、膨胀、坚硬与跳动。

最后一刻，他们终于放弃。因为芳子，因为雨。雨大起来，窗户被敲得"噼噼啪啪"地响，声音让芳子想起核桃，想起核桃钳子，想起石磊。今夜因了作家的闯入、小林的救援和欲望的点燃，她竟有三个小时没有去看看近在咫尺的石磊！她变得不安并且惊慌，变得极端讨厌自己和正在慌乱地剥着她衣裤的小林。她抬起肩膀，坚定地撞开炭般炽烈的小林，急匆匆逃离书房，奔向卧室。她的衣服敞着，露出大半个雪白的乳房。她肤色很白，乳形很美，耀眼、柔软、温暖、圆润、坚挺，充满弹性。春姐对芳子的乳房既羡慕又嫉妒。春姐曾说："你的乳房就像蓓蕾。可惜了。"

"可惜了"的意思简单直接，直接到近乎粗暴。就像那天的小林。

第二天再见面，两个人局促难安。他们几乎不说话，甚至当小林背石磊下楼，芳子竟没有在后面帮他一把。后来石磊静静地坐到背阴处享受着阳光的散光，芳子仍然距离小林很远。再后来小林背石磊上楼，芳子咬咬牙，跟上去，从后面托起石磊的屁股。小林扭过脸笑，汗水淌成了河。

回到家，安置好石磊，两个人坐到沙发上喝茶。芳子突然说："昨晚石磊睡得很香。"小林搓搓手。芳子说："医生说他不仅没有思维，对周围一切也毫无感知。"小林想说什么，终是忍住。芳子说："他连最简单的情绪都不会有。"小林喝一口茶，却被烫到。芳子顿了顿，咬咬嘴唇，说："去洗个澡吧！"

所以，直到现在，芳子都认为那天的她是不可饶恕的。假如是在昨天，当她受到作家的欺负和惊吓，她还能够寻到借口，那么今天，当她经过一整天的深思熟虑，当她用了一整天的时间忏悔，她与小林的肉欲之欢，便只剩下肉欲之欢。有爱情吗？有感情吗？有这样或者那样的能够称之为"情"的情吗？有吗？没有吗？有吗？

那天的小林极度疯狂。书桌很小，湿淋淋的小林将身体拉成节奏强烈并且不知疲倦的风箱。芳子感觉自己就像一把被烧得滚烫并且柔软的胡桃夹子，慢慢打开，打开，收紧，收紧，战栗，战栗……终于她听到核桃破裂的"噼啪"之音，她确信她将自己钳捏得粉身碎骨。

火车上她给春姐和阿原讲《胡桃夹子》的故事，她再一次想起那个闷热的夜晚。她不知道当她与小林在书房交欢之时，石磊是否真的正在熟睡。她永远不可能知道。她不想知道。

七

安顿好酒店，芳子给小林打了一个电话。她问小林"如何"，小林说："挺好。"她问石磊如何，小林说："也挺好。"芳子长舒一口气，狂跳不止的心脏终恢复平静。

三个人上街吃晚饭，芳子选中一家川菜馆，要了两瓶红星二锅头。春姐说："对你来说这就叫放纵了吧？"芳子说："我想无所顾忌地大醉一场。"春姐笑意复杂："那就应该把小林带来。"知道她在开玩笑，芳子仍然笑不出来。她喝下一口酒，五脏六腑开始燃烧。

如她所愿，半小时以后，她真的醉了。看什么都像枕头：盘子、酒杯、墙上的挂画……汽车、牌匾、路边的风景树……春姐、阿原、自己、马路上的行人……所有的枕头全都密不透风，它们从天而降，蒙住一张脸，那张脸便再也不能呼吸。然后，眼珠凸出，舌头伸长，瞳孔放大，一条生命在漫长的一两分钟以后，彻底从世间消失。

相比一个中年人的余生，一两分钟算得上什么呢？什么也算不上。

"什么也算不上。"回到酒店的芳子没头没脑地冲春姐冒出一句。说完她倒头就睡，打起响亮的鼾。醒来已是午夜，芳子头痛欲裂，口渴难忍，寻半壶凉水喝下，刚想再睡，隔壁房间虽压抑却快乐的高一声浅一声的呻吟灌进她的耳朵，声音不大，却震得她耳膜发麻。那是春姐的呻吟。春姐就像一个永远不会老去的妖精。

八

春姐在一个饭局上认识阿原，并互留了电话。饭局上人很多，阿原顽强地从一堆油腻的中年男人的笑脸中挤进她的脑子，回去，便忘不掉了。夜里她做了一个梦，梦里的阿原变成一匹俊美的蒙古公马，喷着白色的雾气，打起漂亮的响鼻。

阿原挺帅。帅气的男人总是占尽优势。哪怕是在女人的梦里。

本以为她与阿原的交集仅限于梦，岂料两天以后阿原打来电话，问她对舞蹈有没有兴趣。他说他在舞校教民族舞，知道跳舞对女人的诸多好处。又说像春姐这样漂亮、妩媚、高贵、热情的女人，不跳舞实在浪费她的气质。明知是奉承，听起来却极舒服，春姐随他去舞校看了一次，遂决定选择拉丁。春姐说拉丁就像一团烈火，她希望她的后半生燃烧起来。

春姐知道阿原果然喜欢扮成蒙古骏马。很多时候，梦与现实，纠缠难清。

那时春姐已经离异整整七年。春姐说婚姻有七年之痒，离异也有。婚姻的七年之痒是想逃离，离异的七年之痒是想回归。春姐没有回归婚姻，却有了一个帅气的男朋友。上街时，她喜欢挽起阿原的手臂招摇。

春姐告诉芳子，她的一生里有三次深刻地感觉到自己是真正的女人：第一次是嫁给前夫的新婚之夜，第二次是离开前夫的单身之夜。然后她开始笑，一直笑，似乎芳子不问她，她就永远笑下去。芳子只好问："第三次呢？"春姐说："当阿原像一个骑手那样骑上我的身体。"说话时春姐的眼睛里雾蒙蒙一片，却射出璀璨的光芒。其实春姐才是骑手，阿原才是草原上驰骋的骏马。他赤裸的上身涂满华丽的油彩，舞台变成广袤的草原。他的两腿强劲有力，每一丝肌肉都在蹦跳；他的眼神深邃犀利，却又清澈迷离。骏马看春姐一眼，春姐就瘫了，就醉了，手指却开始抽搐，指甲掐进芳子的手背。有时春姐想她对阿原的感情早已超出"爱"的范畴，而是"迷恋"。她迷恋有关阿原的一切，包括他果真如骡马气味的饭嗝。

那段时间春姐变化很大：皮肤白皙，面色红润，头发黑亮，嘴唇鲜艳。芳子说是舞蹈让她变得更漂亮更优雅，春姐说："错！是爱情。"

是爱情吧？芳子信，也不信。信或不信都无所谓，反正她无权得到任何男人的爱情。

芳子去了舞校，选择了拉丁，成为春姐的舞伴。与春姐不同的是，她很少在学舞以外的时间与圈子里其他人交往。尽管如此，几年下来，她还是跟着春姐认识了唱美声的修鞋匠、拉大提琴的农民工、扮小丑的党政干部、跳街舞的八旬老人、学艺伎的妇产科大夫、跳芭蕾的保健品推销员……他们是这个城市神一般的存在，他们让芳子看到立体并且明亮的人生。

两年以后春姐想到与阿原结婚。还没跟阿原说，女儿先站出来反对。春姐离婚时几乎放弃一切才争取到女儿，想不到几年过去，她为自己争取到的却是一个障碍。当然女儿有素质有教养，这让她立场坚定的反对也变得委婉很多。那时她刚刚大学毕业，见过阿原几次，对阿原的评价是"像个男孩"。她说像阿原这种年龄的男人不该留长发，不该穿破洞的牛仔裤，不该在大排档吃又脏又便宜的烧烤，不该无所顾忌地贪杯，不该在女人面前说些沾荤沾腥的段子……总之春姐与他交交朋友还行，结婚绝不是好选择。

春姐生日那天，女儿要请春姐吃饭，春姐胡乱感动一番，去约好的西餐厅，见女儿对面坐着一个秃顶的西装革履的老男人。女儿介绍说这是贾教授，在大学教西方古典美术理论，曾被若干重要机构评为"德艺双馨的艺术家"、"德艺双馨的老艺术家"、"中老年德艺双馨的艺术家"、"华人世界德艺双馨的中老年艺术家"……反正都是来头不小的"艺术家"；他还获得过"三个一工程奖"、"五个二工程奖"、"六个六工程奖"、"九魁首工程奖"……反正都是跟数字有关的大"工程奖"。不仅如此，他还见过很多政府要员和社会名流，享受着国家的特殊津贴。

不介绍还好，一介绍春姐就烦，就觉得这必定是一个半瓶子醋，就想把这个得过诸多"数字奖"的"德艺双馨"的"中老年艺术家"掀到阴沟里喂蛆。让她厌烦的还在后面。此教授喜欢微笑，那微笑要多虚假有多虚假，似乎不微笑他就不会说话；更可气的是此教授还彬彬有礼，说话时喜欢在前面加上"你好"，配上他的微笑和因微笑露出的两颗金牙，春姐只觉鸡皮疙瘩爬满一身。而当看到此教授大模大样地用西餐叉抠牙，春姐简直连昨天的晚饭都要吐出来了。

春姐越想越不对劲，就趁教授去洗手间的时候问女儿带这么一个玩意儿来干什么，女儿说贾教授既和蔼可亲又为人正派，学问研究得也很深，桃李满天下。春姐问："这跟咱俩有什么关系？"女儿说："他爱人前年才过世。"春姐于是明白女儿的用心良苦。她举起手，想赏女儿一记耳光，恰贾教授甩着湿漉漉的手回来，便将那记耳光赏给了自己。回到家，问女儿："我这么老了？"女儿说："我希望有一个老实可靠的男人照顾你。"春姐说："安享晚年？"女儿说："都是为你好。"春姐说："要不要再整个小院，种点萝卜白菜西红柿？"女儿说："不也挺好？"春姐去酒架取一瓶葡萄酒，打开，给她和女儿各倒一杯。"过来坐，咱俩谈谈人生。"春姐说。

女儿毕竟是妈的小棉袄，尽管不愿意，但与春姐谈过几次人生以后，总算勉强接受了阿原。可是当阿原把他想娶春姐的打算告诉儿子，儿子的脸，马上黑下来。

阿原说："我搬到春姐那里住。"儿子说："我反对不是为了房子。"阿原说："这些年存下的钱，你都留着用。"儿子说："我反对不是为了钱。"阿原说："以后你要是没时间，不必去看我。"儿子说："我反对不是为了工作。"阿原说："难道你反对是为了维护世界和平？"儿子说："总觉得她不是能过日子的女人。"阿原说："此话怎讲？"儿子支支吾吾："觉得她有点闹，还妖里妖气。"阿原盯住儿子半天，说："她不是妖里妖气，她是有妖气。"又说："没有这股妖气，我就不喜欢她了。"

阿原认为妖气是对女人的最佳褒奖，特别是对一个四十多岁的女人。离异前他欠儿子太多，他不想与儿子闹僵。就这么拖着吧，反正他和春姐似乎对婚姻都不是那样渴望。见面时卿卿我我，分开时彼此牵挂，挺好了。

他知道春姐对那段失败的婚姻一直耿耿于怀。前夫做生意，压力大，很多事想不开，春姐便请好友小莉前来开导。小莉做过心理医生，戴一副眼镜，一年四季都穿着裙子。几次以后，春姐发现问题，想挽救，晚了，前夫与小莉已经爱得死去活来。春姐提出离婚，本想吓吓前夫，想不到前夫立马答应，似乎生怕她反悔。春姐的尊严受到伤害，那段时间她整天将自己关在家里，认为全世界都在看她的笑话。她断言前夫与小莉好不过三年，她的理由其一是猫一旦偷过一次腥，肯定还会偷第二次；理由其二是小莉不仅长相随意，并且有两条只能靠长裙遮掩的罗圈腿。让她始料未及的是，直到现在，前夫与小莉仍然生活在一起并且生活得很好。

后来春姐从别人嘴里知道一点点，说前夫那段时间患上抑郁症，有自杀倾向，但春姐似乎对他不管不顾，是小莉的及时开导和对症下药才救下他的性命。又说他的抑郁症是春姐逼出来的，春姐总希望她的老公能从一群平庸的男人中脱颖而出，这无疑给他增加了太多压力和负担。春姐说难道我希望自己的先生变优秀也有错？假如我没看出他的抑郁倾向，假如我对他不管不顾，还会找小莉帮他？不管如何，既然事实无法改变，她希望自己能够大度一些，然而每想起这对奸夫淫妇，她还是恨得牙根直痒，真想将他们生吞活剥。

所以春姐常劝芳子，千万别为一个男人牺牲太多。芳子问："你是指阿原？"春姐说："我是指石磊！"很有些恨铁不成钢的意思。芳子笑笑，心里蓦然升起一把刀子。刀子寒气逼人，芳子的胸口开始绞痛。

　　后台候场的时候，芳子给小林拨一个电话，无人接听。芳子有了不祥的预感，心中那把刀子再一次升起。再拨，无人接听；还拨，无人接听。芳子慌起来，腿开始抖。不过几秒钟时间，芳子想到了无数种可能：每一种可能里全都有一个密不透风的枕头，有一张紫黑色的眼球暴出的脸，有两片风干的不断翻动的嘴唇，有风，有挣扎，有雨，有顺依，有黑暗，有窒息和死亡，结束和开始。仍然拨，无人接听。芳子的面前，血光浩荡。然后，迷迷糊糊之中，她被春姐强拽上台。

　　芳子不知道她是怎么熬下来的。台上她没有任何有关拉丁的记忆，她只看到旋转的枕头、枕头、枕头……待回过神，她已坐在台下，两边坐着春姐和阿原。往台上看，主持人正在公布比赛名次：五十对参赛选手中，她与春姐名列第四十六。还好她们得到一个三等奖——所有的参赛选手都有奖。

　　电话突然响起来，惊得芳子差点从椅子上蹦起。手机屏幕上，小林的名字利刃一样划着她的眼睛，芳子竟不敢去接。终于她战战兢兢听到小林的声音，那声音既疲惫又遥远，几近失真。

　　她听到小林说："刚才背石磊晒太阳了。"

　　她听到自己说："你吓死我了。"

　　她听到小林说："电话没带……"

　　她听到自己说："我以为你不会带他出去……背得动？"

　　她听到小林说："我可以抱。"

　　她听到自己说："石磊还好吧？"

　　她听到小林说："刚才在床上画了一张世界地图。"

　　她听到自己说："现在你干什么？"

　　她听到小林说："先休息一会儿。烧饭，喂石磊吃饭……"

　　她听到自己说："枕头……换了吗？"

　　她听到小林说："嗯。"

　　放下电话，芳子仍然恍惚。刚才是小林打来的电话吗？刚才那些话是她说出来的吗？刚才她跟小林提过枕头吗？小林说"嗯"是什么意思？

走出剧场，芳子才意识到应该给春姐道歉。近来春姐想开一家舞蹈学校，她和芳子教拉丁，阿原教民族舞，这次来北京，就是想先拿个奖，再考个级。拿奖和考级都是用来招生的噱头，进京之前，春姐说，她需要一个响亮的招牌。

春姐倒是显得无所谓。她说三等奖也是奖，招生简章里填上，唬人没有问题。她说明天的考级远比今天的比赛重要，今天就当热身了。她说："再说我们本来就是冲着考级来的，比赛只是搂草打兔子罢了。不过你今天状态真的很差，心事重重。"春姐说："是石磊有什么不对劲？"芳子说可能昨晚休息不好，加上酒喝得太多。"今天说什么也不能再喝。"她说，"省得明天还是没有状态。"

不过阿原还是建议他们找个地方喝点。他说难得芳子出来一次，待回去，想喝醉也喝不成了。三等奖其实在意料之中，今天不仅芳子，春姐状态也很差。"昨晚她也没休息好。"阿原边说边意味深长地冲春姐眨眨眼睛。

三个人找到一个烤鸭店，点上一只烤鸭和几个小菜。阿原频频举杯，芳子和春姐只是象征性地沾沾嘴唇。这时春姐的女儿打电话给她，春姐站起来走到一边，两个人聊了很久。以为只是母女间那些芝麻小事，岂料重新回到桌边的春姐将满满一杯高度酒一饮而尽。

"他离婚了。"春姐边咳嗽边说："是不是该庆祝一下？"

前夫终于与小莉离婚，却不是因为他偷腥。偷腥的是小莉。前夫去广州办事，飞机晚点，想返回来吃顿晚饭，将小莉与她的情人抓个正着。甚至当他站到床前两个人都没有察觉。

前夫早怀疑小莉出轨。他以为旁敲侧击加上睁只眼闭只眼生活就太平了，他不过是一厢情愿罢了。他几乎是将那个男人从小莉的身体里拔出来的，就像拔出一个冒烟的手榴弹。他提出离婚，小莉立刻答应，似乎生怕他反悔。事情发生在昨天晚上，今天他们就办好离婚手续，离婚对他们来说，就像某个人要出趟差般随意。这种随意只能说明一点——小莉早已深思熟虑，希望速战速决。夜里前夫独自喝一场大酒，又喊来女儿，抱着她大哭一场。他说"无论什么事情，绕一个圈子，终会回来。回来时，一切都没有变，一切都变了。"

女儿给春姐打来电话，想让她安慰一下父亲。或许女儿还有另外一层意思——无论什么事情，绕一个圈子，终会回来。这"事情"里，包含着以往的婚姻。

春姐很快灌醉自己，又试图灌醉芳子。芳子抵挡一阵，败下阵来，连喝两杯。仗着酒意，春姐突然起身，抱住芳子。"没个男人，以后你怎么办呢芳子？"春姐打着酒嗝，说。

芳子想不到她会突然说出这样的话，更想不到她会从前夫的事情上直接蹦到自己的事情上。芳子偷偷将春姐的酒换成矿泉水，笑笑，干杯。此时饭店临近打烊，服务员拖着地板从他们面前经过，芳子看一眼门外，夜醉得很深。

回到酒店，芳子从行李箱里往外掏东西，那把核桃钳子再一次出现。它掉到地板上，声音响亮清脆，她想千里之外的小林也能够听见。她去浴室洗澡，回来，核桃钳子仍然安静地躺着。它张开嘴，似乎随时做好咬开核桃的准备。芳子将无名指伸进去，核桃钳子果然咬住了它。它咬得既准且狠，芳子看到变黑的指尖、流淌的鲜血和半空中翻起跟头的红色指甲。她想将核桃钳子甩开，钳子却变成面目狰狞的小人，越咬越紧，越咬越紧……芳子一个激灵醒来，见自己穿着浴衣躺在床上，头发还是湿的。核桃钳子仍然躺在原处，嘴巴大张。芳子俯下身体，指尖碰触钳嘴，寒气逼人。

隔壁再一次传来春姐的呻吟，芳子怀疑四十多岁的春姐与年近五十的阿原早已变成两只不知疲倦的蛤蚧。又想起刚才的话，芳子黯然神伤，她明白春姐的弦外之音，就算真如春姐所猜测的那样，她只是将旧时女子的捻珠换成了核桃，也没有关系，她可以忍受没有性爱的生活，性爱终究是肉体之欢，就算有了爱情，就算有了可以当成借口的爱情，都不过是肉体之欢。她所不能忍受的是，让她不安的是，让她恐惧的是，让她绝望的是，让她几乎崩溃的是——她没有孩子。无数个夜里，当她躺在玩偶般的植物般的木头般的石头般的金属般的死人般的石磊身边，当她想到永远不会有一个属于自己的孩子，她就想从窗口跳下。

既然生活毫无希望，不如一了百了。

九

三个月的新婚生活成为芳子永久的记忆。她与男人身体的接触和感觉，也只有短短的三个月。后来让她后悔的是，有时候，当石磊向她求欢，当她不想，很累，或者其他原因，就会拒绝。那时她以为他们的婚姻没有尽头，时间没有尽头。她并非为自己后悔，而是为石磊——只要放弃底线，只要愿意，她随时可以找个不那么讨厌的男人，但石磊不能，永远不能——然后石磊出事，他们的婚姻仍然没有尽头，他们的时间仍然没有尽头，她却成为有丈夫的寡妇。

"寡妇"。这是一个随时随地可以将她刺伤刺痛的恶毒的词。

小林呢？她只记得那天很闷热，小林很疯狂，自己很慌乱。后来她记住了交欢，唯独没有记住交欢的感觉。或许她根本没有感觉吧？性爱就像一个老友，当离开太久，即使再见，也不会有什么感觉了吧？

对这些，她看得真的不重。有什么大不了的呢？无非是夜很长。无非是盯着一只蟑螂从这面墙爬到那面墙，再从那面墙爬回这面墙。无非是静静地躺着，想些心事。无非是剥核桃，发呆。有什么大不了的呢？无非是折磨。

可她真的不能忍受没有孩子。她可以数着绵羊熬到天亮，可以受到别人的误解和嘲笑，可以被他人甚至被春姐当成一条母狗来怜悯，甚至可以死去，但她真的不想让有关她的一切随着她的死去而结束。她喜欢孩子，渴望孩子，她希望孩子可以知道她的故事，回忆她的故事。她愿意拿出一切交换，包括生命。

可是她注定不能有一个孩子。

最初几年，当她为石磊擦拭身体，那身体偶尔还会有些变化。虽然变化只因了外界的刺激，完全没有主观意识，却让芳子看到希望。然而随后几年，那变化越来越少，终于彻底消失。有时候，即使芳子有意碰触和刺激，石磊也会像只缩在茧里的蚕蛹般温顺柔软。每当这时绝望排山倒海，瞬间将她淹没。她知道绝不会再有奇迹。一切真的结束了，只剩下生命还在延续。

她的生命，石磊的生命，毫无意义的生命。

她知道小林喜欢她，她认为小林代价太大。喜欢一个女人，却必须照顾好她的丈夫，这是什么狗屁逻辑？四年多来，几乎每一天，小林都要背石磊下楼，上楼，伴着她和石磊一起老去。小林的确老去不少，笑时，眼角的鱼尾纹排列紧密；上下楼时，气喘如牛。他高高翘起的兰花指不再那样挺拔，两鬓生出白发。芳子为小林悲哀。她认为他真的不值。

可是小林从未向她表白。或许小林只把她当成需要帮助的朋友，尽管他们有过一次鱼水之欢，也不过是生活生出的枝蔓而已。太多时候，芳子认为小林或许真的只为那点工钱，或许只为她慷慨赏赐给他的性爱而对她的补偿和感激。还或许，仅仅是善良、怜悯、博爱……总之小林对自己的爱或好感，不过是她虚构或者臆想之中的罢了。当然那次以后，小林对她又有过几次不像暗示的暗示，或者不像挑逗的挑逗，但她认为真的不再可以。她甚至有了辞掉小林的打算。鱼水之欢只因她的冲动，她却认为是小林让她蒙羞。

她的生活几乎没有任何改变——仍然靠着石磊单位每月给她的四千块钱度日，偶尔与春姐去企业晚会跳几曲有报酬的拉丁舞，帮小林将石磊搬下楼然后搬上楼，夜里一边听着音乐一边给石磊剥核桃，剥核桃，剥核桃，剥核桃……直到春姐告诉她："我想办一个舞校。"

大约半年以前，春姐有了办舞校的想法。她说："假如学校批不下来，就办学习班，反正她和阿原想做点事情。"春姐想拉芳子入伙，让她既教拉丁也参与学校事务，说只要芳子愿意，时间上可以随意安排。"绝对不影响你照顾石磊。"春姐补充道，"学校还可以增设芭蕾舞班，让小林过来当助教。"以为只是想法罢了，不料她竟然付诸行动。近来她一直在物色场地，策划招生方案，又替她和芳子安排了比赛和考级。她甚至给学校取好了名字：婴宁舞校。她恶狠狠地对芳子说："要的就是这股妖气。"

老实说芳子有些动心。这几年，夜里，除了睡不着，除了剥核桃，她还在跳舞。一个人，暗着灯，在客厅里，时而女步，时而男步，时而恰恰，时而伦巴……有时她甚至会穿上性感华丽的舞服，化上浓艳妖靡的舞妆，为自己想象一场盛宴或者一场战争。她看到客厅里人头攒动，她看到红酒、玫瑰、烛光，她看到所有美好的事物，听到内心深处澎湃的声音。每当这时她会彻底忘掉石磊，忘掉核桃和核桃钳子，忘掉以前和今后的生活……

她成为自己的神。

之所以答应春姐，还因为考级那天晚上，她可以去看《胡桃夹子》。虽然只是很小的民间芭蕾舞团，虽然只是两幕三场里的一场，但毕竟有舞台，有灯光，有服装，有故事……想自己可以坐在暗处，静静地陪女孩玛丽在一个美丽浪漫的故事里穿行，应该是一件很奇妙的事情。阿原托北京的朋友帮她弄到一张票，事情就算定下来。总之芳子就这么去了，比赛，考级，一场芭蕾舞剧，丢下石磊。后来芳子想假如没有比赛和考级，仅凭一场《胡桃夹子》就能召她进京吧？打开，旋转，跳跃，多美好……

然后多出一个枕头。枕头藏在衣橱深处，藏在她的内心，却突然硬插进她的计划与行程。枕头温顺柔软，她丢下它，逃上车，枕头仍塞在胸口，让她透不过气。上车的那一刻她就后悔了。后悔了，硬撑着，对谁都不说。

考级还算顺利。她与春姐的表现虽不完美，但过关没有问题。黄昏时他们走出剧场，找地方随便吃了点东西，《胡桃夹子》就该上演了。仍然是那个剧场，白天她们用来考级，晚上租给小舞团演芭蕾。阿原和春姐今晚都不能陪芳子，阿原的朋友半小时以前打来电话，邀他和春姐去一个郊区小院喝茶叙旧，春姐试图推辞，朋友来接他们的车子已至途中。春姐嘱芳子散场后早点回酒店，芳子说："或许我会找个男人。"春姐笑，笑完，认真地说："我倒希望是真的。"

芳子没敢给小林打电话。她不打，小林也不主动打来，芳子一整天胆战心惊。她从吃饭的地方慢慢走回剧场，到剧场前的阴暗处，终忍不住了。她摸出烟，点上，深吸一口，又掏出手机，再深吸一口烟，拨通电话，调整呼吸，小林的声音从很远的地方飘来。

小林说："还好吧？"芳子说："还好。""考级顺利吧？""只是个过场。""什么时候回？""明天中午的火车。""回来后天快亮了。""天快亮了。""你注意安全。""……还好吧？""有点累。""……石磊呢？""还好……天太热，枕头总是湿的。""一会儿我要看芭蕾舞剧。""《胡桃夹子》。""突然想，这场剧更适合你看。""我得去看看石磊。""现在？""这两天他动都不动一下。"电话就挂断了。没有告别。

芳子紧攥电话，又一次变得恍惚。"枕头总是湿的"是什么意思？"这两天他动都不动一下"是什么意思？没有告别就挂断电话是什么意思？再想，自己似乎有些神经质了。刚才小林确凿无疑地告诉她："石磊还是老样子，爱出汗，不能动。"不就是这些吗？难道还有别的？

剧场开始检票，芳子又摸出一根烟。只抽一口，她便看到那个女孩。女孩坐在轮椅上，候在剧场外面。不远处，一个中年妇女正向检票员解释着什么。

芳子觉得这个女孩就像剧中的玛丽。

之后两个小时，芳子的面前一直有一团缥缈的烟雾。她看到国王、王后、技师、玛丽、木偶王国、变成胡桃夹子的王子和变成王子的胡桃夹子……她站起来，慢慢走回酒店，她为她的逆世界倍感忧伤。

然后她接到春姐的电话。春姐说："我和阿原不想回去了。"

芳子以为是今晚。

但春姐指的是，以后。

十

其实在肉贩老王之前，有人跟芳子说过类似的话。巧合的是，那一次，小林同样在场。

是秋天，风很大，背阴处的阳光却还是热的。芳子和小林陪石磊晒太阳，石磊的口水打湿下巴又弄湿领口。芳子回家给石磊取围嘴，回来时，见小区的田阿姨正与小林聊着什么。她将围嘴给石磊戴上，田阿姨仍不走。不仅不走，见芳子过来，主动往旁边挪挪，给芳子腾出一个地方。芳子刚坐下，田阿姨就说："刚才听小林说，这么多年小石连褥疮都没生一个。"又说："像芳子这样的好女人，天底下难有第二个。"

芳子笑笑，不想搭理她。

"不死不活的，还拖累人。"田阿姨瞅瞅不远处的石磊，说。

芳子相信田阿姨没有恶意。她不过说出事实，说出芳子很认同并且很无奈的事实。但这样的话，还是让芳子很不舒服。

"芳子你知道安乐死吗？在国外，有些国家，好像患者家属能拿枕头捂死不死不活的病人。"田阿姨接着说："这对病人也好吧？赚个痛快。反正我相信投胎。"

田阿姨相信投胎，芳子不信。她认为死即死，所有的一切，肉体的灵魂的，从此灰飞烟灭，绝无轮回。或者即使芳子相信投胎，也觉得这该是自然的过程。何谓自然？春华秋实，沧海桑田，生老病死，转世轮回，没有任何人与神的介入。芳子不想给田阿姨解释安乐死，解释脑死亡，解释法律道德伦理宗教，解释医生的针剂与家人的枕头……那天她只想早些逃离。然而回到家，当她和小林并肩坐在沙发上喘息，她发现"枕头"开始与她纠缠。起先仅仅是一个词，慢慢有了形状，又有了色彩、图案、质地、触感，最后加上动作。她看一眼小林，小林瞅向窗外，大口喝着水，似乎比她还要慌乱。

那天距两个人的肉体之欢已经过去两个多月，两个多月里，他们从未提及那件事。她知道小林对她是渴望的，有时候，黄昏，小林赖在她家，去洗手间冲冲澡，帮她拖拖地板，洗洗菜，或者干脆留下来吃饭，总之磨磨蹭蹭，不肯回去。有天她穿一件领口低垂的大汗衫站在餐桌前剥核桃，小林坐在对面喝茶，后来小林去厨房取开水壶，回来时，从旁边挤过芳子的后背。虽然只是短短的相触，芳子仍然清晰地感觉到一根滚烫的金属棒划过她的腰畔。她战栗，愣怔，看小林，小林喝着茶，看向窗外，面无表情。那一刻她突然很想哭，为小林，或者为自己。她将汗衫往上拽拽，剥核桃，剥核桃……她听到"啪"一声脆响，一颗核桃被她的核桃钳子捏得粉碎。

　　田阿姨说出"安乐死"那天，她再一次将几颗核桃捏得粉碎。她怨核桃皮太薄，但她清楚这只是借口。她开始恨田阿姨，觉得她就是那种蛇蝎女人，心肠恶毒。再想似乎田阿姨什么也没有说，反正就是闲聊，田阿姨不过信口扯了几句。是她想起枕头。温顺的枕头，突然闪出寒光。

　　那天夜里，当小林走后，当夜深人静，她再一次在客厅里跳起舞。面前是并不存在的舞伴，有时春姐，有时小林，有时石磊，更多时，她只看到自己。她保持着完美的架形，头后仰，胯前挺，旋转，旋转，旋转……舞蹈会让时间过得快一些，会让自己变得稍稍快乐一些，然而今夜，不管她旋转得多快，那个枕头注定紧紧相随。后来枕头果然进入她的梦里，变成利齿又变成尖刀，变成饿狼又变成魔鬼。从梦里醒来，她的枕头全是湿的，去洗手间冲澡，竟忘记刚才的梦。她只记得梦里石磊已死，大张的嘴巴里，爬出一条条灰白色的邪恶的蜥蜴。

　　后来，慢慢地，芳子就将那个枕头彻底忘记，直到肉贩老王又一次提及。她和小林于是又一次变得慌乱并且恐惧，似乎老王是梦的法官，可以从道德和法律的层面来审判她的梦。从菜市场回去以后，小林留在她那里吃饭，两个人喝了一点酒，说了一点笑话。小林说他上午去相亲，见了一个老姑娘。老姑娘挺漂亮，特别是睫毛，又长又翘。芳子说："你连我都不正看一眼，头次见面就盯着人家姑娘的脸？"小林认真地说："我是用余光看的。"似乎小林真有这种本领，他用余光就能将一切看清看透。他们坐在餐桌边抽烟，半天不再说一句话。一只蟑螂爬过墙角，走走停停，小林盯着它看，芳子也盯着它看，直到蟑螂消失不见。"就是成了？"芳子摁灭烟蒂，突然说："要喝喜酒了吧？"小林说："成不了。"芳子说："不是挺漂亮吗？"小林说："是挺漂亮。"芳子说："那怎么成不了？"小林站起来，目光从窗外收回，直直地盯住芳子的眼睛。之前芳子从未发现小林的眼珠是彩色的——就像在他的眼球外面吹出一个同样大小的闪烁出缤纷七彩的肥皂泡。

<h1 style="text-align:center">十一</h1>

昨夜芳子梦到小林，梦到他彩色的眼珠和金属棒般的下体，早晨醒来，她为自己感到羞愧。打春姐的电话，春姐说她和阿原正往这边赶。芳子去洗手间冲澡，换上最后一套干净的内衣。北京之行似乎就这样结束，再过几个小时，她就将登上返程的列车，重复以前的日子，或者颠覆以前的日子。

她既怕重复，也怕颠覆。

昨夜她没有看《胡桃夹子》。因为女孩。女孩的母亲试图说服检票员让她们进去，为此她愿意多付两倍的价钱。她没有成功。芳子盯住女孩的脸，她认为女孩才应该是剧中的玛丽。不仅如此，她还认为女孩肯定有着忧伤并且刻骨铭心的往事：比如她曾经是芭蕾舞演员，比如她曾经的恋人是芭蕾舞演员，比如她在赶赴演出的途中遭遇了车祸，比如她在演出时遭遇了意外……她走上前，将票塞给女孩的母亲。她说她临时有点事，别糟蹋了票。说完她扭头就走，越走越快，几乎走出一条街。她在路边商店买了两包香烟，慢慢往回走，剧院门前，女孩和母亲已经不见。

芳子在阴影里坐下，掏出电话，戴上耳机，打开《胡桃夹子》，掏出烟，弹一根，点着，慢慢抽，慢慢抽，抽完，另一根续上……她就这样静静地坐了一个多小时，任耳边回旋着柴可夫斯基的《花之圆舞曲》，任面前上演着并不存在的《胡桃夹子》。她在散场前离开。她既不想再见到女孩，也不想女孩再见到她。她慢慢走回酒店，疲惫并且虚弱。她知道一切都结束了——比赛，考级，女孩玛丽连同她的胡桃夹子。一起结束的也许还有石磊，以及她之前的生活。她害怕知道，她想知道。她害怕知道。

她独自去酒店餐厅用早餐。一个男人从她面前经过两次，然后坐到她的对面。男人冲她微笑，很绅士很儒雅。男人接了一个电话，用了非常熟练标准的英语。放下电话后男人去取了两杯咖啡，将其中一杯推给她。男人冲她笑笑，说："这家酒店的咖啡还不错。"男人四十岁上下，英俊魁梧，衣着得体，看起来既有钱又有品味。男人的搭讪也很有分寸，尺度把握得恰到好处，这让芳子不好拒绝他的咖啡。男人说平时他住在青岛，这几天来北京等一桩生意，又说他一个人有点无聊，想约芳子一起去看恭王府，那里有他的朋友，中午可以吃全京城最正宗的烤鸭、焦圈和驴打滚。芳子忙说她还有事。男人先是表示遗憾，然后说明天早晨餐厅里再见。芳子冲男人笑笑，喝下最后一口咖啡，起身，往外走。明天早晨男人会为没有见到芳子而遗憾吗？会认为芳子没有教养吗？会认为芳子在耍他吗？或许明天早上，男人就会彻底忘掉芳子。这世上有一种男人只为赚钱和泡女人活着，这男人也许就是。尽管他们并不讨厌。

芳子回房间收拾东西：晒衣架、内衣、水杯、化妆品、牙具盒、核桃钳子……做完这一切，又抽掉两根烟，春姐和阿原终于回来。阿原去房间取行李，春姐坐在芳子床头，静静地看一会儿芳子，突然说："我和阿原，不想回去了。"

芳子一惊。

"是暂时不想回去了……阿原的朋友帮他在郊区租了一个农家院，可以自己栽花种菜，养猫养狗，挺安静挺温暖，我们都很喜欢。"春姐说："关键是朋友办了一所小学校，我和阿原正好可以教那些孩子舞蹈。"

"你们不是要回去办舞校吗？比赛，考级，租房子……"

"你和小林也可以。"

"我们不行……"

"大不了带上石磊……我想和阿原在这里静静……芳子你说我是不是老了？突然之间，就想静静……"

"我希望你先回去，考虑清楚再做决定……"

"车子在酒店外面等着……一会儿先送你去火车站，然后我和阿原直接回郊区小院。今天我们想把菜园简单拾掇一下，过些天，萝卜白菜西红柿……"

芳子看着春姐的表情，确信她决心已定。她不明白春姐变化因何如此之快：昨天还在为舞校做着努力，今天就决定与阿原共守一方小院"安度晚年"——生活不是玩碰碰车，想进就进，想退就退。

"我害怕再见到他。"在车站，春姐突然说："我怕他抑郁，怕我心软。我怕与他旧情复燃。"春姐伏上芳子的肩膀，将她的肩膀打湿。

　　那么，春姐与阿原留在北京终有了一个说得过去的理由。然而理由又是那般牵强——假如她深爱着阿原，怎会与前夫旧情复燃？假如她对阿原有怀疑，又怎会死心塌地随他留在距离北京很远的郊区？尽管春姐又说，她只是暂时留在北京，说不定下班火车就会返回，但芳子相信即使春姐返回，也是为留在北京而"处理后事"。反正从此以后，小城注定少了一位风风火火妖娆热情的女人，农家院里注定多了一位安安静静面目慈祥的妇人。

　　一个人彻底颠覆自己的生活，其实容易得很。

　　芳子尊重春姐的选择。然而她总是感觉哪里不对劲。

十二

　　芳子看着窗外，与来时完全相同的景致，此刻正在回放。景致前后相颠，便是她的北京之行了；《胡桃夹子》首尾相颠，便是她之前的故事了。她的生活会不会因了这四天，完全变成另外一种模样？前提是，那个密不透风的枕头。

　　那个密不透风的枕头。密不透风的枕头。枕头。头。

　　"拿枕头捂死他算了！"这句话是肉贩老王当着她和小林的面说的。其实老王还冲他们的后背小声嘀咕过很长一段话。老王以为谁都没有听见，但她和小林听得真真切切。

　　老王说："真捂死他，谁都不会计较。亲戚朋友，街坊邻居，认识的不认识的，谁会计较呢？警察也不会计较……石磊也不会计较吧？谁会计较呢？杀一只羊，好事还是坏事？救一头牛，好事还是好事？死了还是活着，好事还是坏事？看问题的角度不同罢了……"然后天黑下来，城市掌起灯，芳子和小林的心里掌起灯。灯火飘忽闪烁，那是心的鬼火。

　　邻铺的小女孩凑过来，叫芳子"阿姨"，给她看她的画。芳子笑着，敷衍着，内心动荡。突然她站起来。她认为此时必须给小林打个电话。小林还有整整一夜的时间。一夜里，什么都可能发生。

　　"芳子。""在干什么？""做饭。""还好吧？""今天下雨了。""别动……那个枕头。""什么？""枕头。""已经动了。""什么？""动了。""动手了？""……

嗯。""别吓我。""我等你回来。""小林你别吓我。""有些事总要解决。""小林……""不用怕都过去了。"电话就挂了。芳子想再拨，伸出手指，却不敢。她就这样盯着手机，呆呆地站在车门旁边，直到列车靠站，几个提着蛇皮口袋的男人粗暴地将她撞开。

芳子走回铺位。她摇摇晃晃，头重脚轻，身体仿佛被掏空。她的脑子也仿佛被掏空，里面什么也不存在，连慌乱都不存在、连悲伤都不存在、连悔恨都不存在、连恐惧都不存在。后来她把自己关进厕所，一根接一根地抽烟。再后来她开始心存侥幸，认为小林只是在吓唬她，或者只想跟她开开玩笑。再后来，她甚至想，也许她听错了。小林根本没有说过"动手"、"解决"这样的词，这些词不过是她的幻觉罢了。她甚至对刚才是否给小林打过电话都开始怀疑。也许那只是一个梦，一个她躺在铺位上所做的真实、清晰并且残忍的梦。她突然不敢去看手机，翻手机。她怕那不是梦。她清楚那不是梦。

后来她干脆戴起耳机，打开《花之圆舞曲》，让音乐不间断地在耳边流淌。没有用。她发现她的手一直在抖，双腿一直在抖。她强忍着，却抖得越来越快，越来越快……她从箱子里摸出核桃钳子，什么也不做，就那么握着，她听到"噼噼啪啪"的碎裂之音。突然世间万籁俱寂，她看一眼手机，电量已经告罄。天地间真的很静，侧耳细听，列车竟没有发出一点点声音。她开始怀疑列车浮上天空，她听到耳边有细小的尘埃在流动和碰撞……

似乎她睡着了，又似乎她在黑暗里一直大睁着两眼。往后时间里，她对时间完全没有感觉：一秒钟可以无限抻长，十几个小时也可以压成一瞬。车至终点，她飞奔下车，每一步都是心惊肉跳。她忘记了她的箱子。她只攥紧她的胡桃夹子。她看到熟悉的夜景，所有一切都在她的面前旋转、颠簸和回滚。她站在路边打车，她看到的每一辆出租车里都藏着一颗紫黑色的眼球凸出很高舌头伸出很长的脑袋。她想回家。她害怕。她不敢回家。她想拼命。她想逃离。她想死去。

她想起石磊说出的最后一句话。目击者告诉她，石磊被撞飞的刹那，空中清晰地喊了她的名字："芳子……"

她上楼，推门。门竟是虚掩的。小林坐在沙发上，静静地看她。

她踉踉跄跄，冲进卧室。她看到干干净净的床单，干干净净的石磊。石磊正在熟睡，口水挂在嘴角，呼吸均匀。芳子惨叫一声，瘫倒在地，所有委屈、不安、紧张、恐惧、悔恨和愤怒在那一刻同时爆发。她坐了很久，爬起来，跌跌撞撞冲进客厅。小林仍然坐在沙发上，静静地看她。她冲向小林，抡起手，却被小林捏住手腕。"都过去了，"小林说："经历一次也好。"

"你为什么不说？"

"经历一次也好。"

"可是什么也没有发生！"

"什么也没有发生。"小林松开她的手腕："但咱俩真的经历了一次。石磊也是。"

小林从沙发上站起，身后闪出"吉祥平安"。枕头被洗过、拆过、缝过，加上简单的捆扎，变成肥嘟嘟的玩偶抱枕。小林说："看电视可以抱着它，暖和。"

芳子看向餐桌。餐桌上不但菜肴丰盛，还有一瓶红酒，两个酒杯。"昨天是你的生日，忘了吧？"小林说："夜没过去，这一天就算没完。现在补上，不晚。"

芳子的确忘记了她的生日。她坐到桌边，哭了，笑了，又哭了。她哭了很久，端起酒杯，抬头，抹抹泪，说："干杯。"就愣住了。

她看到茶几上，散落着几颗剥好的核桃。核桃旁边，一把崭新的王子模样的胡桃夹子。

作者简介：

周海亮，男，山东威海人。迄今已发表小说作品三百余万字。在国内多家报刊开有个人专栏，出版有小说集《天上人间》、《帘卷西风》、《刀马旦》、《太阳裙》等二十余部。